Editions Pierre-Yves Nédélec – 4 rue des ajoncs – Locronan – France
Dépôt légal Octobre 2020
Imprimé à la demande

Pierre-Yves NEDELEC

Le Radiateur de Frénégonde

Roman

Avertissement :

Le présent ouvrage est tout entier sorti de l'imagination de son auteur, qui le revendique. Il s'agit donc d'une œuvre de fiction. Toute personne qui penserait se reconnaître dans les lignes qui suivent commettrait donc un péché d'orgueil, et ça, c'est pas beau.

Chapitre 1

Huit ans ! À en croire l'affiche électorale placardée au mur, en face de la boutique, j'ai passé huit putains d'années à me geler les noix dans ce congélateur ! Mais j'entends déjà crisser de pointilleux sourcils, alors mettons les choses au point tout de suite. J'écris comme je parle, et je parle comme je veux, sans me soucier de savoir si ça vous gratouille, vu que vous n'êtes ni mon père, ni ma mère, et que même eux, vu la façon dont ils m'ont traitée… Mais bref. Les plus attentifs d'entre vous auront noté le "e" marquant le féminin à la fin du mot "traitée". Ce "e" est logique, vu qu'il est dû à l'accord avec le complément d'objet direct, icelui se trouvant placé avant l'auxiliaire. Or ledit complément parle de moi, qui suis née femelle. Donc oui également, je ne pouvais pas, à proprement parler, me geler les noix, vu que je n'en ai pas. Il s'agit une expression triviale, comme j'ai l'habitude d'en employer, et si vous commencez à enchoser les mouches pour le moindre détail, on n'a pas fini de pinailler, c'est moi qui vous le dis. Pour être tout à fait claire, je me tape qui je veux quand je peux, mâles et femelles, et pourquoi pas en même temps (ce qui n'est pas encore arrivé, je vous l'accorde), je fume la pipe et le cigare si ça me plaît, je bois sec quand ça me chante, je mange gras et sucré pour le plaisir. C'est comme ça et pas autrement.

Et donc, comme je vous l'expliquais au début du chapitre, je viens de passer huit ans dans un frigo. Non, non, non, ce n'est pas une figure de style. Il s'agit d'un vrai frigo, ou plus exactement d'une chambre froide professionnelle d'une vingtaine de mètres cubes en parfait état de fonctionnement. Vous me direz, je n'étais pas seule. Madame Gudermann me tenait compagnie, mais le moins que l'on puisse dire, c'est que la conversation de son cadavre ne valait pas sa conservation. LOL, comme vous dites. De toute manière, ça ne faisait pas trois jours qu'on était ensemble que son âme se tirait à l'étage au-dessus, me laissant seule dans ce putain de frigo où je serais encore si un flic, plutôt mignon bien que rouquin, n'avait pas ouvert la porte il y a une petite heure de ça. J'ai profité du léger courant d'air provoqué par ses collègues de l'identité judiciaire, venus examiner les restes momifiés de la victime, pour me glisser par l'ouverture avant que quelqu'un ne referme ce tombeau, par inadvertance, et pour une durée indéterminée. C'est que j'ai horreur du froid, moi, et pour cause.

Je m'appelle Frénégonde Toucour. En réalité, comme je suis née en l'an 651 de l'ère chrétienne, je n'ai pas de nom de famille, vu que ça n'existait pas, à l'époque, ce qui ne gênait personne. C'est évidemment bien différent aujourd'hui, et comme il faut donner le change, je me suis donc inventé un patronyme adapté à la situation. Vous me direz que j'aurais pu en profiter pour changer de prénom, vu que celui-ci n'est pas des plus faciles à porter. Ce n'est pas faux. Sauf que c'est le mien, que je m'y suis faite, et que de vos jours, il se fond dans l'atmosphère de nostalgie médiévale qui prévaut dans les maternités. J'ai connu des époques où il paraissait bien plus saugrenu et je reconnais qu'il m'est arrivé, de temps à autre, de m'inventer des identités plus commodes… Mais je reviens toujours à ce bon vieux prénom que je tiens de mon arrière

2

grand-tante la reine Frénégonde, troisième épouse du roi Chilpéric, premier du nom. Trois épouses, pour un type qui meurt assassiné à vingt-trois ans à peine ! Qu'est-ce que vous dites de ça ? C'est qu'on savait rigoler, à l'époque. D'ailleurs, ma vieille tatie était une salope de première grandeur. Elle a quand même fait assassiner les deux ex de son mec, plus deux enfants issus des premiers lits, entre autres turpitudes… Je vous rassure tout de suite. Bien que dotée du même prénom, je suis beaucoup plus civile que ma tantine. Je n'ai encore tué personne. Faut dire que je n'ai pas vraiment eu le temps, vu que j'ai été trucidée alors que j'avais tout juste usé quinze petits balais, et que depuis… Disons que je me promène.

Je fête cette année le mille trois cent soixante-deuxième anniversaire de ma naissance. Mais je ne fais pas mon âge, bien entendu… Je promène toujours ce physique de jeune première qui fait mon charme…Et j'aurais apprécié que vous me le fissiez savoir… Ne serait-ce que par galanterie. C'est vrai qu'elle n'est plus usitée aujourd'hui, la galanterie. C'est le problème, quand on dure… On multiplie à l'infini les périodes où c'était le bon temps…

Suis-je morte ? C'est selon. Cliniquement parlant, le diagnostic est sans appel. Pas d'activité organique, ça laisse peu de place à l'imagination… Je n'ai pas besoin de manger, mais je peux le faire, si je veux … Je peux aussi me passer de respirer. Pour dire la vérité, j'ai appris, au cours des siècles, à faire semblant de respirer, pour ne choquer personne, mais ça ne me sert à rien. Je bois, mais seulement par plaisir, je baise essentiellement pour la même raison, encore qu'il me soit arrivé de me servir de mon corps pour des motifs plus bassement matériels… Je n'ai aucun besoin de dormir, j'ai d'autres moyens pour recharger mes batteries. Donc, pour résumer, on peut affirmer que je suis physiquement décédée, mais que ça ne se voit pas. Ou presque pas. Il est des circonstances plus difficiles que d'autres, mais j'aurai l'occasion d'y revenir. Pour l'instant, il me faut développer le second volet de la question. Car psychanalytiquement parlant, mon cas est loin d'être aussi tranché. Mon Moi s'accroche à la vie comme un morpion à un poil de cul, avec férocité. J'ai réellement vécu ces mille trois cent soixante-deux années, même si j'ai assez peu de souvenirs des quatre ou cinq premières. Certes, aucun cœur n'a battu dans ma poitrine depuis ce funeste été de 666 et ma rencontre avec cet enfoiré de comte Vladimir, dit Vlad l'Emballeur, un chevalier d'Europe centrale de passage dans le coin, que Daddy avait invité à passer quelques jours au château. Mais mon esprit fonctionne toujours, lui, depuis cette époque, et réussit à générer un ectoplasme de densité variable qui lui sert de véhicule dans la société humaine. Alors morte, moi ? Ce n'est pas mon avis. Et je suis loin d'être la seule dans ce cas. Mais de cela aussi, nous aurons l'occasion de reparler.

Pour l'instant, ce qui est important, c'est que je me tire d'ici. En sortant du frigo, je suis tellement congelée que je n'existe qu'à l'état ectoplasmique léger. Insuffisant pour me permettre de rentrer. Il me faut réussir à stocker un minimum d'énergie avant de filer d'ici. Je bénéficie d'un coup de chance… La baraque a été construite par des charlots ! Les prises électriques débouchent dans un espace vide entre les pierres des murs extérieurs et les briques qui constituent les cloisons. Et les murs extérieurs sont assez mal jointoyés, à mon avis, parce qu'un courant d'air ténu, mais régulier, m'aspire vers ce vide inter-mural via une des prises en question. Arrivée là, je fais une pause, histoire de me bouger les particules, sans faire le plein complet pour autant. J'aurais l'air fin si, par manque de contrôle, je me retrouvais brutalement à poil au milieu de ces flics. Dès que j'ai stocké assez d'énergie, je fais sauter les plombs, histoire de créer une diversion, et je glisse sans attendre mon ectoplasme regonflé sous la porte d'entrée de la boucherie, avant de plonger dans la première bouche d'égout pour échapper à la canicule ambiante, et de filer jusqu'à mon petit chez moi. Je laisse aux flics le soin de deviner ce que mes fringues font en tas, par terre, à côté du cadavre égorgé, mais néanmoins exsangue, de cette chère Rachel Gudermann. C'est quand même un des aspects les plus chiants de mon mode d'existence. Je ne compte plus le nombre de tenues sympas que j'ai été contrainte d'abandonner derrière moi.

Je suis encore assez immatérielle pour pénétrer dans mon appartement par la fente de la boîte aux lettres, ouverte, à l'ancienne, dans la porte d'entrée. Je ne vous raconte pas le tas de courrier sur lequel je me vautre. Et que de la pub, évidemment ! Heureusement que je suis propriétaire de ma casbah, et que le système que j'ai mis en œuvre, qui voit mon avocat payer les factures d'eau, d'électricité, et mes impôts, est dimensionné pour fonctionner plus de vingt ans sans intervention de ma part. Faut quand même que je prévoie de passer à son bureau le temps de lui faire croire que je ne suis pas morte, et que je pense à commander un dépoussiérage complet de mon chez moi... Je glisse jusqu'à ma chambre. Mon gros radiateur est là, opérationnel. Je me love comme une chatte dans le grand panier rond posé dessus et commence lentement à reprendre forme humaine.

Chapitre 2

"Bonjour monsieur le commissaire". Salut réglementaire effectué avec une forme non dissimulée de nonchalance par le préposé en uniforme. D'une part parce qu'on est dimanche, et que le site dont il protège l'entrée n'attire pas encore les curieux, amateurs ou professionnels, et d'autre part parce qu'il connaît suffisamment le commissaire pour savoir qu'il n'en a rien à faire, du salut réglementaire. Alors, franchement, pourquoi se donner du mal ?

Le commissaire en question est bougon, ce matin, et mal réveillé. Sa cafetière électrique de célibataire endurci - quinze années de bons et loyaux services, mais aussi de tartre accumulé - a rendu l'âme au pire moment. Réveillé en sursaut, en plein rêve érotique, au motif fallacieux qu'il est l'officier de garde ce dimanche, il n'a pas eu le temps d'aller chercher ses croissants, n'avait même plus un quignon de pain à se coller sous la dent, normal, vu qu'on est dimanche, et n'a donc pas non plus pu avaler la moindre goutte de café. Avouez qu'on râlerait à moins.

Jules Racine porte sans y penser une quarantaine d'années ordinaires, qui ont raisonnablement alourdi sa silhouette et paisiblement commencé à buriner ses traits de Caucasien moyen, cheveux châtains avec touches de gris, yeux bruns, taille légèrement supérieure à la moyenne, signe distinctif néant. Il se prénomme Jules, parce que son père, mort accidentellement juste avant sa naissance, était un fan avéré du commissaire Maigret. Pas facile à porter comme prénom, Jules, dans sa génération… Trente ans plus tôt, c'était usité… Trente ans plus tard, ça redevenait à la mode. Pas de chance, il a fallu s'en accommoder. D'aucuns diraient que ça forge le caractère d'un gosse, ce genre de handicap. En l'occurrence, ça l'a surtout habitué à supporter la solitude. Il est policier pour les mêmes mauvaises raisons, sa mère ayant eu, sa vie durant, plus de capacité à lui imposer ses choix que lui à résister à ce déferlement d'amour maternel orienté. Son père admirait Maigret, donc, il deviendrait Maigret. Et ça avait marché. Sorti dans les premiers de l'école supérieure de police, il avait été gentiment incité à choisir son affectation à la brigade criminelle. Pour fêter son arrivée au 36, sa mère, en plus de la collection complète des aventures du célèbre commissaire, qui appartenait à son père, lui avait offert une pipe. Elle avait eu la bonne idée de casser la sienne peu après, laissant son unique rejeton, fumeur mais un peu désemparé, dans cette vie qu'il n'avait pas choisie, mais au sein de laquelle, finalement, il ne se débrouillait pas si mal. Sans parler de vocation, son job lui convenait somme toute assez bien. Il le vivait comme un personnage de roman de Simenon, en fonctionnaire célibataire, ordinaire mais buté, accrocheur, obtenant des résultats supérieurs à la moyenne, mais sans jamais rien déranger à l'intérieur de la grande maison, où il était, du coup, apprécié et pas craint, deux caractéristiques idéales pour mener une carrière longue et pépère.

Jules Racine pénètre dans la maison du crime. C'est une ancienne boucherie de quartier, désaffectée depuis près de dix ans, enclavée dans un pâté d'immeubles vétustes, abandonnés, dont les issues ont été condamnées à grand renfort de parpaings pour éviter les squatters. Le promoteur qui marne depuis des années pour avoir le droit de raser l'ensemble afin d'édifier à la place un petit paradis pour locataires aisés, et d'en profiter pour changer sa Mercedes dont le cendrier est plein, l'attend dans la boutique, sous la surveillance d'un autre préposé en uniforme. À l'intérieur de la chambre froide, dont la porte s'ouvre dans le mur du fond, s'active déjà l'équipe de la police scientifique. Racine se présente à l'homme d'affaires, qui, en se tordant les mains, commence à pleurnicher qu'il n'y est pour rien, qu'il ne comprend pas, et que cette affaire va lui faire perdre des fortunes. Le commissaire n'est pas d'humeur à supporter une telle plaie. Il est certain que le type ne disparaitra pas du jour au lendemain, et presque aussi sûr qu'il n'a aucun lien avec l'affaire. Il l'enjoint, avec une délectation sadique, de se tenir à la disposition de ses services, et l'envoie rejoindre bobonne et les enfants à la messe, vu que c'est l'heure. Puis il rejoint l'équipe scientifique dans la chambre froide, non sans avoir enfilé les sur-chaussures en papier et les gants en latex réglementaires.

- Salut commissaire ! l'apostrophe un jeune rouquin rigolard au faciès de génie de laboratoire. Drôle d'affaire, pas vrai ?

- Je ne sais pas encore, Matthias, je ne sais pas encore, soupire Jules, agacé par la bonne humeur de son collègue scientifique, toujours excité comme une puce dès qu'une affaire sort de l'ordinaire. Qu'avez-vous à m'apprendre ?

- C'est le léger bruit du compresseur qui a attiré l'attention de monsieur Hess-Eiffer, le promoteur que vous venez de renvoyer, qui venait faire le tour du propriétaire avant le début des travaux de démolition, prévu pour demain. Intrigué, il a ouvert la porte, et là, surprise ! La chambre froide était habitée… Le frigo est alimenté par un branchement sauvage tiré sur le compteur de l'entreprise de transport qui occupe l'arrière du bloc d'immeubles, mais on ne sait pas depuis combien de temps. A l'intérieur, nous avons une victime de sexe féminin, égorgée, entièrement vidée de son sang, sauf qu'on ne trouve ici aucune trace d'hémoglobine, ce qui laisse supposer qu'elle a été zigouillée ailleurs…

- Une idée de la date du décès ?

- Houlà… Va falloir patienter un peu, m'sieur le commissaire… Vu l'état de la momie, je dirais que ça fait entre plusieurs mois et quelques années...

- Youpi. On va s'amuser avec cette affaire, je le sens.

- D'autant que, dans cette pièce étanche, fermée de l'extérieur, nous avons trouvé une tenue de femme complète entassée à proximité de la victime…

- Eh bien sans doute que le tueur était une femme, ou qu'il était accompagné d'une femme, et que celle-ci, pour une raison qui nous échappe, a jugé bon de se changer avant de repartir…

- Y compris culotte, soutien-gorge, collants, chaussures et lunettes de soleil, le tout entassé comme si leur propriétaire avait brutalement fondu à l'intérieur !

- Fondu ? Vous lisez trop de littérature fantastique, Matthias. Redevenez scientifique, s'il vous plaît, et validez-moi une explication plausible à cette énigme. Avez-vous quelque chose d'autre ?

- Pas pour l'instant, non.

- Bon ! J'attends votre rapport dès que possible… Et pour l'heure, vu qu'on n'est pas aux pièces, je vais essayer de trouver un café ouvert dans le coin.

- Faites-moi monter une bière et un sandouiche ?

L'imitation n'est pas mauvaise, et d'ordinaire, ça le fait plutôt sourire, qu'on le taquine en singeant l'un ou l'autre des interprètes du célèbre commissaire, mais pas aujourd'hui, rapport au café manqué.

- Occupez-vous de votre macchabé, Matthias, et laissez Maigret tranquille !

L'autre baisse le nez sans répondre, avant de se mettre à donner des ordres à ses subordonnés.

Jules Racine n'a pas à marcher beaucoup dans le quartier pour trouver un café ouvert. Il a juste bouclé le tour du pâté d'immeubles, histoire de prendre la température de la zone, avant de dégotter un petit établissement de quartier typique, un bistrot-brasserie de quelques tables, dont le menu du jour, inscrit sur une ardoise, confirme que nous sommes bien dimanche et que le patron n'est pas de première jeunesse : il y a du vol-au-vent en entrée… Le commissaire s'installe à une table ronde minuscule, posée à même le trottoir, et commande à un loufiat déjà fatigué un double-crème et deux croissants. Puis, tout en trempant précautionneusement les viennoiseries dans sa tasse, il détaille l'environnement qui lui fait face. Le bloc d'immeubles condamnés est adossé à un entrepôt lui aussi en triste état, qui, à en croire l'écriteau vieillot, abrite la Sotrapa, acronyme vraisemblable pour Société de Transports Parisiens. Entre la muraille de bardage métallique rouillé qui constitue la façade de l'entreprise et la rue, un parking bétonné héberge deux mobil-homes qui abritent les bureaux de la société, et un gros 4X4 japonais.

Le ventre plein et l'esprit libre, Jules décide de traverser la rue, histoire de voir si le propriétaire du véhicule nippon ne serait pas dans son bureau… Il glisse un œil par la fenêtre poussiéreuse, et distingue un gros type d'une cinquantaine d'années en train de clavioter comme un furieux sur un ordinateur qui paraît avoir connu le siècle des disquettes souples. Il se décide à escalader les trois marches d'aluminium qui permettent d'atteindre la porte d'entrée, frappe, et entre sans attendre d'y être invité. Le Chéri-Bibi de la comptabilité, crâne rasé, carrure puissante, estomac proéminent, et faciès de bouledogue, aboie aussitôt :

- Si vous avez une commande à passer, vous êtes le bienvenu, sinon, je ne suis pas là.

- Police ! répond Jules en exhibant sa carte, et un sourire espiègle.

- Et merde ! Lequel de mes gars a encore fait une connerie ?

- Ah, ça, je n'en sais rien. Je ne fais pas partie de la police routière, je suis de la criminelle… Commissaire Racine.

Le gros type, intrigué plus qu'ému, fronce ses épais sourcils et arrête de martyriser son clavier.

- Et que me voulez-vous, monsieur le commissaire ?

- J'ai besoin de votre aide. Voilà, je vous explique. J'enquête sur une affaire qui concerne la boucherie à laquelle votre établissement est adossé…

- Chez Dulard ? C'est fermé depuis au moins dix ans, ce bouclard ! Attendez… Non, je dis des conneries. Le père Dulard a fait son attaque en juin 2005, je m'en souviens, je venais de changer mes Renault pour des Scania. Donc ça fait juste huit ans. Sa rombière s'est tirée avec un gigolo et tout leur pognon, en le laissant seul crever à l'hosto ! Si c'est pas malheureux ! On ne l'a jamais revue dans le quartier, cette salope.

- Très intéressant. Permettez, je prends quelques notes, dit Racine en extrayant de la poche de son pardessus mastic un carnet à spirale et un crayon à papier.

- En quoi est-ce que cette vieille histoire intéresse-t-elle la police criminelle ?

- Eh bien voyez-vous, monsieur… Monsieur ?

- Sotrapa, c'est inscrit sur le panneau, car oui, c'est mon nom !

- Très bien, je le note également. Je disais donc que ce qui nous intéresse, c'est que la chambre froide de cet établissement fonctionnait, quand nous l'avons ouverte, ce matin. Nos experts ont découvert que l'alimentation électrique nécessaire provenait d'un câble nomade branché sur votre compteur, et…

- Putain de bordel d'enfoirés de merde ! Qui sont les bougnoules qui me pompent mon électricité ? Comme si c'était pas déjà assez difficile de faire tourner une boutique en France de nos jours !

- Calmez-vous, mon vieux, calmez-vous ! Il n'y a pas mort d'homme, et à voir la voiture avec laquelle vous vous trimballez, vous ne devez pas avoir trop de problèmes de fin de mois, si je puis me permettre !

- C'est bien de la jalousie de fonctionnaire, ça ! Ma bagnole, y'a huit ans que je l'ai, je l'ai achetée d'occase, et elle affiche quatre cent cinquante mille bornes ! Ça vous la coupe, hein ? Il n'y a pas que les riches qui ont une grosse voiture. Il y a aussi les gens qui aiment les grosses voitures ! Et si elle est belle, c'est que je l'entretiens, et que je conduis bien !

- C'est exact, je me suis emballé en déduisant trop vite, vous avez raison, je vous présente mes excuses, mais revenons à nos moutons. J'aurais besoin de savoir depuis combien de temps fonctionne ce frigo pirate. Et je me suis dit qu'en compulsant vos relevés d'électricité, il serait possible de déterminer depuis quand on vous vole votre courant.

Le gros homme se calme aussitôt, et se met à réfléchir.

- Pas con, commissaire, pas con. D'autant que si je surveille la consommation de carburant de mes camions, je n'ai jamais fait gaffe à l'électricité. C'est peanuts, ici, y'a que l'éclairage du hangar et la consommation des bureaux. Le classeur des factures est là, dit-il en se levant du fauteuil qui en profite pour respirer un grand coup.

Il attrape le contenant en question dans une armoire, le pose sur le bureau, et invite Jules à consulter la paperasse organisée chronologiquement. Quatre factures trimestrielles banales. Le commissaire insiste :

- Il me faudrait des éléments de comparaison, pour vérifier si nous avons des différences d'une année sur l'autre…

- Prenez le classeur et suivez-moi, lui répond Sotrapa en sortant du mobil homme.

Racine lui emboîte le pas, et pénètre à sa suite dans l'entrepôt. Une série d'armoires métalliques en provenance vraisemblable des Domaines flanque le pignon du bâtiment.

- "Voici nos archives, monsieur le commissaire ! Vingt-cinq ans de comptabilité, empilés dans des classeurs. Normalement, c'est plutôt rangé par années, sauf que, quand on a eu besoin de faire des recherches, pour vos collègues du fisc, on a laissé tout en bordel derrière eux, mais ça ne concerne que trois exercices. Je vous laisse vous débrouiller avec ça, parce que j'ai du travail, moi.

Le gros plante Jules Racine devant les armoires défraichies.

- Et moi, je fais quoi, là, je tricote ? pense le commissaire, qui hésite entre amertume et amusement.

Puis il attaque ses recherches. Partant du principe que le classement n'est pas la vertu première de l'entreprise, et que, de toute façon, il emportera avec lui les papiers qui l'intéressent, il chausse ses lunettes, puis extrait une à une les factures d'électricité de chacun des classeurs correspondant aux dix dernières années. Il les organise ensuite par ordre chronologique. La méthode est bonne, l'augmentation de la consommation lui saute aux yeux. Elle date pile de huit ans. Du troisième trimestre 2005, pour être précis. Et comme elle est identique au quatrième trimestre, il en déduit que la chambre froide tourne aux frais de Sotrapa depuis le tout début de juillet. Du coup, il se dit, in petto, que madame Dulard n'est peut-être pas partie filer le parfait amour avec un gigolo…

Chapitre 3

Je me doute que vous vous posez quelques questions à mon sujet. Et je vous comprends… Je ne suis pas sûre d'avoir tout bien compris moi-même. Remontons le temps jusqu'à mes vertes années… Je suis née en Bourgogne sous le règne de Clovis II le Fainéant, dans une famille noble. Effacez tout de suite de vos imaginations ce que ce mot peut évoquer de dorures et de paillettes. Un noble, au septième siècle de l'ère chrétienne, c'est un membre de la famille d'un guerrier courageux et puissant, sur lequel peut plus ou moins compter le roi. C'est donc une grosse brute illettrée qui obéit à la règle des 4 b : se battre, bouffer, boire, et baiser tout ce qui porte jupon (ou pas, mais alors discrètement), avec ou sans consentement. Mon paternel n'appartenait pas au premier cercle, mais il était néanmoins assez apprécié dans l'entourage du roi, vu qu'il était considéré comme fiable dans ses engagements et plus efficace que la moyenne sur les champs de bataille. C'est-à-dire plus brutal, sauvage, impitoyable, sanguinaire... Cette réputation offrait quelques avantages. Nous avions peu à craindre des seigneurs des alentours, qui trouvaient politique de bien s'entendre avec Louis le Hachoir, surnom que lui avait valu sa dextérité au maniement de la hache d'armes sur les charniers. Enfin, quand je dis "Nous avions peu à craindre", c'est un raccourci. Il serait plus juste de préciser que, globalement, la populace qui dépendait de mon père vivait plutôt en paix. En ce qui concerne le sort des damoiselles, dont je faisais partie, il convient de nuancer le propos. J'étais la huitième enfant que mon père fit à ma mère, qui me mit bas le jour de son vingt-quatrième anniversaire. Il faut croire qu'elle était féconde. Mon père s'estimait gâté par le sort, puisque son épouse légitime avait commencé par lui donner deux beaux garçons, aptes à seconder un jour leur père au combat, puis une chiée de filles pour aider leur mère à tenir la maison, souder les amitiés stratégiques par quelques mariages opportunément arrangés, et tenir chaud aux copains de passage. Comment ? Vous ignoriez ce détail ? Il est vrai que j'ai noté que l'histoire de France, telle qu'elle est enseignée, est assez angélique quant aux mœurs de mon époque. Les histoires de vase de Soissons, de Roland de Roncevaux, de bon saint Eloi ou d'empereur à la barbe fleurie sont à pisser de rire, si vous me pardonnez l'expression ! Il faut vous replacer dans le contexte, mes agneaux. Le château dans lequel je vivais n'était qu'une grosse masure entourée de murailles de pieux et de terre, stratégiquement situé en haut d'une colline. Une salle commune rassemblait la famille et les amis de passage lors des repas et de la veillée. Pour la nuit, nous nous regroupions à plusieurs par chambre, à l'étage. Quand, par chance, il n'y avait pas d'invité, je dormais dans le même lit que mes frangines, peinarde et au chaud. Mais quand mon père recevait un pote, il lui fournissait la protection de ses murs, la chaleur de son feu, la convivialité de sa table, et le corps d'une de ses filles pour la nuit. Si c'était un très bon pote, il en mettait même deux ou trois. Ça ne choquait personne, à l'époque. C'est le contraire qui aurait été honteux ! Laisser un brave chevalier, compagnon de beuveries et de tueries se cailler seul dans une piaule même pas chauffée, voilà qui aurait fait jaser ! D'autant que mon paternel était considéré comme un type plutôt bien, vu

18

que, quand ma mère était indisposée, il se tapait une paysanne du village plutôt qu'une de ses filles, alors… Évidemment, il fallait gérer les grossesses. À l'époque, les curés n'osaient pas trop la ramener à propos des relations extra-conjugales, dans la noblesse du moins. Ils n'étaient pas encore assez solidement implantés, et ne devaient leur survie qu'au bon vouloir des guerriers, pour qui l'élimination d'un gêneur tonsuré se payait rarement de plus d'une année de pénitence. En revanche, fallait pas déconner avec les avortements, d'autant que, dans nos cas, ces avortements auraient été provoqués, non pas par l'impossibilité de nourrir une bouche de plus, mais par la volonté de celer à la société les conséquences d'une activité lubrique. Fornication et homicide, c'était la condamnation à mort assurée. Et pour la femme, évidemment, pas pour l'étalon dont la virilité, considérée comme un patrimoine, devait être préservée… On se débrouillait donc entre femmes et par tous les moyens pour éviter de se retrouver prise. Différentes recettes se repassaient de mère à filles, et entre sœurs des différentes générations, à base de graines de fougère ou de gingembre, de feuilles de saule ou d'aloès, de décoctions de fenouil, de persil, toutes destinées à éviter la conception, avant l'assaut, mais également dans les jours qui suivaient. C'est que la fiabilité des tests de grossesse de l'époque laissait à désirer. Nous pratiquions en conséquence le principe du "deux précautions valent mieux qu'une, et trois mieux que deux". Dans le même ordre d'idées, toujours dans le but d'éviter les ennuis, et toujours encadrées par les femmes plus âgées de la maisonnée, mes frangines et moi étions assez rapidement devenues expertes dans l'art subtil d'amener une brute avinée à se soulager à l'extérieur de la zone sensible, si vous voyez ce que je veux dire. Pour préciser les choses selon les normes de votre vingt et unième siècle, j'étais, à quinze ans, plus experte dans les pratiques lubriques que nombre de vos péripatéticiennes à la fin de leur carrière. Mais toutes ces précautions n'offraient hélas pas une fiabilité parfaite, et il arrivait parfois un accident. Si on le détectait suffisamment tôt, avant que la nouvelle n'ait franchi le premier cercle des femmes du foyer, on faisait appel à une faiseuse d'anges, qui réglait le problème à l'aide d'une mixture secrète. En revanche, si la grossesse était trop avancée, la politique de la maison était de laisser pisser, et de présenter le nouvel arrivant comme élément de la fratrie à tout étranger à la maisonnée. Évidemment, pendant la période visible de la grossesse, la frangine "infectée" partait en villégiature chez la faiseuse d'anges précitée, qui se trouvait fort opportunément être également sage-femme, et habiter à l'écart des routes fréquentées. La vieille, qui rendait plus d'un service à plus d'une famille, ne vivait du coup jamais seule. Elle était plutôt sympa, pour autant que je m'en souvienne. Je l'ai assez peu connue en fait, j'ai eu la chance de n'avoir jamais besoin de prendre pension chez elle.

Tout ça pour vous préciser que je ne me souviens pas dans les bras de qui j'ai perdu mon pucelage, alors que je devais avoir une douzaine d'années, et que je n'en n'ai d'ailleurs strictement rien à faire. Quand le sort me désignait, je montais sans joie mais sans renâcler accomplir l'office que l'on m'avait confié, dans le seul but de vivre ma vie aussi peinardement que possible. Mon père n'était pas un tendre, il valait mieux éviter de lui donner un motif de se plaindre. Pour l'avoir oublié, l'une de mes aînées avait eu droit à un aller-retour alors qu'il avait encore son gantelet d'acier. Elle avait passé deux jours dans le coma, jusqu'à ce qu'on fasse venir le curé pour la prière des morts. Ma pauvre frangine eut alors l'idée saugrenue de revenir à elle pendant l'office. Tandis que le saint homme criait au miracle et remerciait le ciel, mon père en collait une troisième à l'autre andouille, à main nue toutefois, au motif qu'on ne dérangeait pas les prêtres pour des simagrées de femelle. Elle en était restée sourde. Vous l'avez compris maintenant, ma vie consistait à filer droit et à passer inaperçue, en échange de quoi j'avais la garantie d'avoir le ventre plein et de vivre à l'abri. Et ce n'était déjà pas si mal. Et l'avenir ? Eh bien, si j'avais un peu de chance, je pouvais espérer me trouver mariée à un type pas trop brutal, et lui donner un nombre raisonnable d'enfants. Non, je ne m'endormais pas, la nuit tombée, en rêvant de la venue d'un prince charmant. Je priais plutôt pour qu'il prenne tout son temps.

Le fameux soir où tout a commencé, on fêtait la fin des moissons, qui étaient, cette année-là, abondantes et précoces. C'était la fin du mois d'août de l'an 666. Je précise tout de suite que la date est un hasard complet, et n'a rien à voir avec ces croyances stupides liées à je ne sais quel nombre de je ne sais quelle bête. Vu les incertitudes qu'on a encore quant à la date exacte de début du comptage, en plus... Cette année-là, personne n'avait particulièrement peur. En plus, écrit en chiffres romains, nous étions en l'an DCLXVI. Vous noterez que ce n'est pas si remarquable, comme signes... Ah oui, je dis signes, évidemment, parce que si mes deux frangins avaient eu le droit de se faire taper sur la caboche et sur le bout des doigts par les moines pour y faire entrer des rudiments de lecture, d'écriture et de calcul, nous, les filles, avions au moins échappé à cette corvée-là. J'ai mis des siècles à maîtriser ces différentes matières. Le millésime, en l'occurrence nous préoccupait autant que la perte de notre pucelage, c'est dire.

Pour en revenir à nos moutons, qui justement tournaient sur des broches depuis le matin, mon père avait invité nombre de ses amis, et toutes les frangines étaient réquisitionnées. On nous avait même passées au bain, c'est dire si le paterfamilias voulait en mettre plein la vue au voisinage. La journée avait été occupée par les préparatifs de la fête. Des musiciens, toujours au courant des endroits où l'on peut manger un morceau à l'œil, s'étaient pointés à tour de rôle dans l'après-midi. Ils avaient eu le droit de faire le plein aux cuisines en avant-première, afin d'être au top pour animer une soirée qui se présentait bien. La fin du jour amenait une fraîcheur agréable, après la lourdeur de cette fin d'été. Les effluves de viandes grillées se mêlaient aux fragrances des foins coupés pour venir titiller agréablement nos entrailles. Mon père fit mettre une barrique en perce, ce qui marqua le début des festivités. J'avais été chargée de servir, dans tous les sens du terme, le seigneur Vladimir. Personne ne le connaissait, dans le coin. C'était une espèce de chevalier errant, qui nous avait été amené par le curé. Faut dire qu'en débarquant dans notre cambrousse, le type avait été bien emmouscaillé, vu que personne ne comprenait son patois. Il avait eu l'idée de passer par l'église du village, car en plus de son étrange langage, il parlait latin. Du coup, le curé, qui était bien évidemment de la fête, se trouvait contraint de me traduire les "compliments" que me faisait le bonhomme. Au début, ça ne posait pas vraiment de problème, mais à la fin de la soirée, le vin et l'ambiance aidant, mon soudard se mit à devenir assez explicite sur le sort qu'il me réservait, et les méthodes qu'il comptait utiliser pour parvenir à ses fins. Si l'on fait abstraction du fait que je me préparais, à l'en croire, à passer un début de nuit douloureux, je dois dire que les efforts fournis par notre brave homme d'Église pour m'expliquer par métaphores les promesses de prouesses sexuelles de Vlad l'Emballeur étaient des plus cocasses. C'est Vlad lui-même qui nous avait expliqué que son surnom lui venait justement de cette capacité exceptionnelle qu'il avait d'entraîner les donzelles dans son lit. Ma crainte d'en prendre plus que mon compte me fit accepter l'explication avec un sourire niais. Je n'allais quand même pas lui dire que sans l'ordre exprès de mon père de me soumettre à ses caprices, je me serais passée sans regret d'avoir à subir son odeur de bouc en rut toute une soirée et une nuit. Je me tenais d'autant plus à carreaux que j'avais repéré que le mec buvait plutôt moins que la moyenne, et paraissait tenir le vin. La nuit promettait d'être longue…

Faut quand même que je vous décrive un peu mon "prince charmant" du jour. Vous visualisez Johnny Depp dans "Pirate des Caraïbes" ? Les dents gâtées, l'hygiène approximative, l'accoutrement bizarre… Ben, pareil, au maquillage près. Sauf que le Vlad devait mesurer dans les… Attendez que je vous le donne en système métrique… Disons un mètre quatre-vingt-dix, et peser son quintal sans trop de gras. J'ai oublié de préciser que je mesure, quant à moi, un mètre cinquante et des prunes, et encore, format mirabelle, les prunes, et que je n'ai jamais pesé plus de quarante-deux kilos, malgré ces magnifiques rondeurs que je promène aux bons endroits. Bien sûr, j'avais déjà épongé des soudards, dans ma chienne d'existence, mais aucun de ce calibre. Aucun, non plus, ne m'avait jamais détaillé le menu des festivités à venir comme il le fit, se montrant, à cette occasion, d'une inventivité exceptionnelle. Je n'ai découvert que beaucoup plus tard qu'il avait poussé ses pérégrinations jusqu'au Japon en passant par les Indes, deux contrées assez portées sur les acrobaties conjugales, et qu'en matière d'inventivité sensuelle, il n'était finalement qu'un vulgaire copieur. En règle générale, en ce domaine, l'affaire était bouclée en cinq à dix minutes, et le type s'endormait. Mais ce soir-là, mon petit doigt et le curé me disaient de conserve que ce ne serait pas aussi simple... D'autant que le type affichait la fougue d'un homme d'une vingtaine d'années. Vingt-cinq tout au plus. En tout cas, personne ne lui aurait donné ses deux siècles.

Chapitre 4

"Bordel mais tu ne peux pas faire attention ! "

Déjà le petit laveur de pare-brises qui campe au carrefour s'excuse en bafouillant, en rougissant, et essaye tant bien que mal de réparer les dégâts causés par l'eau de son seau sur le costume à mille euros, au moins ! de l'homme d'affaires pressé, qui le repousse d'un "ça va, ça va, dégage !" hautain avant de reprendre sa marche en avant vers la réussite et la gloire. Sans son portefeuille. Car Goran n'est en réalité pas le gamin rom laveur de pare-brises qu'il donne en spectacle aux badauds naïfs, trop souvent exaspérés par la simple présence de ce petit mendiant pour lui jeter plus qu'un vague regard. Goran Krasniqi est un pickpocket génial, à qui personne ne donnerait les seize ans qu'il a pourtant, tant il est chétif, en apparence. Il a mis au point seul une technique de vol très efficace. Mais il ne vole plus vraiment par besoin. Il s'agit plutôt d'une façon de s'entretenir, et de se souvenir du passé, aussi. C'est que Goran est un jeune homme peu ordinaire. Il est arrivé en France trois ans plus tôt, le jour de son treizième anniversaire, accroché à la main droite d'un père croate fuyant un pays devenu inhospitalier pour un ancien combattant un peu milicien, un peu mercenaire, et un peu trafiquant. La main gauche de Brako Krasniqi abritait la menotte d'Andjà, la petite sœur de Goran, tout juste âgée de neuf ans. L'homme avait sur le dos un vieux sac de voyage contenant tous leurs biens communs. La maman des enfants n'avait pas eu la même chance qu'eux. Elle avait «disparu» tandis qu'il préparait leur fuite, pendant que les enfants étaient à l'école. Alors, ils avaient cavalé droit devant, se nourrissant de sandwiches de grande distribution et de sodas dans différents moyens de transports publics, dormant dans des hôtels premier prix sans gardien de nuit, en arrivant tard, afin de ne rencontrer personne de plus curieux que le guichet électronique qui distribuait les codes d'accès contre paiement par carte bancaire. Brako Krasniqi disposait de plein de cartes bancaires et d'un tout petit ordinateur portable...

Arrivé à Paris, le père avait trouvé une piaule chez des contacts à lui. Il y avait installé les enfants, avait confié Andjà à la garde de Goran, à qui il avait aussi donné un gros portefeuille de cuir plein de billets en euros, l'ordinateur et une bonne partie de la collection de cartes bancaires, avec leur mode d'emploi. Puis il était parti, à la tombée de la nuit, rencontrer des amis qui pourraient lui trouver un travail, et leur permettre de s'installer pour de bon dans ce nouveau pays. Et il n'était pas revenu. Il n'avait pas dû fuir assez vite, ou assez loin. Il avait été suicidé sur la ligne B du RER le lendemain. Goran en avait été informé par sa logeuse dès le soir. Les nouvelles circulaient vite dans la communauté. Goran en avait été affecté, mais surtout sur un plan pratique. Il n'aimait pas son père, ce géant brutal, qui cachait son intelligence supérieure sous le faciès d'une brute épaisse dont il avait trop souvent les manières viriles. Il le connaissait à peine tant il avait été souvent absent de la maison, toujours appelé par un combat ou par un trafic. Et quand il passait quelques heures au sein de sa famille, il n'avait de tendresse que pour la douce Andjà, sa petite perle... Goran adorait sa maman, en revanche, mais s'interdisait pour l'heure de repenser à elle, parce qu'il ne fallait pas se laisser aller… C'est qu'il avait la responsabilité d'Andjà, maintenant, et personne sur qui se reposer.

Cette nuit-là, Goran ne dormit pas. Au matin, il avait tracé les grandes lignes de la stratégie qui devait leur permettre de faire mieux que seulement survivre, tous les deux, dans ce pays inconnu. Et tout avait ensuite fonctionné comme il l'avait alors imaginé. C'est que Goran n'était pas un enfant ordinaire. Il ne l'avait jamais été, au désespoir de son père, qui le considérait comme une mauviette sans avenir dans le monde hostile dans lequel ils évoluaient. La frêle constitution du gamin, sa maladresse, ses inaptitudes étaient tellement criantes qu'elles occultaient, même aux yeux de son propre père, l'étonnant fonctionnement de son cerveau. Seule sa maman savait, même si elle ignorait les mots complexes que les experts inventent afin que leur classification de l'humanité soit aussi précise qu'exhaustive. Elle savait que Goran était différent, et qu'il avait besoin de davantage d'amour et d'attention qu'un gamin normal, et elle lui en avait donné, autant qu'elle le pouvait, en cachette du père, de manière à ne pas attirer sur la tête de son petit encore plus de sarcasmes et de moqueries. Si elle avait su lire, et surfer sur la Toile comme le faisait son mari, elle aurait pu découvrir que les spécialistes du cerveau nomment syndrome d'Asperger les caractéristiques qui différenciaient Goran de ses camarades. Un retard de développement physique, une maladresse manifeste dans les gestes quotidiens, et des troubles du comportement s'exprimant sous forme de routines qui exaspéraient son père, et, surtout, cachaient à tous une intelligence hors norme. Mais si elle ne connaissait pas ce nom savant, elle avait perçu, avec son cœur de maman, les fragilités, mais aussi les potentialités de son petit gars, et elle avait travaillé, avec lui, à combattre les unes et à cultiver les autres. Grâce au génie qu'elle avait mis à inventer des exercices d'habileté, grâce à la patience dont elle avait fait preuve dans son entraînement, à la science qu'elle avait développé pour cacher cet investissement, les difficultés du gamin s'étaient estompées, puis avaient fini par laisser la place à quelques talents, comme cette faculté de piquer n'importe quoi sur n'importe qui, juste pour sourire, puisque Goran ne riait jamais. Mais toujours en comité restreint, seulement pour sa mère et sa petite sœur. Pour le reste du monde, il restait Gogo le maladroit, le mou, l'avorton… C'était un autre de ses talents, cette aptitude à se cacher derrière un paravent de banalité médiocre, qui lui permettait de se rendre invisible aux yeux des imbéciles, qui sont si nombreux… Quant à ses potentialités… Goran dominait le verbe. Né croate, il parlait et lisait parfaitement cette langue avant son deuxième anniversaire, l'écriture posant davantage de problèmes à ses doigts maladroits. Moins d'un an après, il connaissait également les autres langues slaves que sont le bosniaque, le slovène, le macédonien, le bulgare et le serbe, et avait résolu le problème d'écriture grâce à une vieille machine à écrire que sa mère avait dégottée, avec une provision de rubans suffisante pour tenir plusieurs années. À cinq ans, il avait ajouté l'anglais, le latin et le russe à son répertoire. À dix ans, on se perdait dans la liste des langues qu'il avait apprises. Il lui fallait moins d'un mois pour passer de la découverte des premiers mots d'un idiome à la maîtrise de sa grammaire et du vocabulaire d'un citoyen lambda du pays concerné. C'est à cet âge-là qu'il avait brutalement pris conscience que cette informatique qu'utilisait son père avec un certain talent n'était rien d'autre qu'une famille de langues comme les autres et que le clavier à partir duquel on commandait la machine était le frère presque jumeau de celui de sa vieille Remington. Dès que Brako Krasniqi quittait la maison, emportant avec lui le petit portable qui ne le quittait jamais, Goran se ruait sur le gros PC posé à même le sol dans la chambre de ses parents, et poursuivait sa quête de savoir. Profitant de la connexion illimitée, puisque piratée, de son père, il était rapidement devenu un hacker très efficace, juste pour le plaisir. Il pénétrait sans peine tout système normalement protégé, en prenant grand soin, à l'opposé de nombre de ses congénères, de ne jamais laisser la moindre trace de son passage. Savoir qu'il avait réussi suffisait à lui mettre le cœur en joie. Il n'avait pas besoin de la reconnaissance d'une caste pour exister. En ce domaine également, une prudence instinctive l'avait conduit à cacher ses capacités. Goran, en toutes matières, était un spécialiste de l'invisibilité.

L'annonce de la disparition tragique de son père avait brutalement signifié pour lui qu'il devenait l'homme à la place de Brako, et par conséquent, l'unique protecteur d'Andjà la petite perle. Gogo l'avorton, protecteur de la belle Andjà ! Les circonstances auraient été moins tragiques, et l'enjeu moins énorme, Goran aurait ri, dans sa tête, d'une telle incongruité. A neuf ans, sa sœur était aussi grande que lui. C'était une liane souple et tonique, mince et élégante, aussi blonde et lumineuse que Goran était brun et terne. Elle incarnait le charme slave, lui la caricature du petit mendiant rom. Quand elle était à ses côtés,

Goran existait encore moins que d'habitude. Elle se déplaçait déjà avec la légèreté d'une ballerine, un petit sourire serein toujours accroché aux lèvres. Andjà attirait les regards, toutes sortes de regards, les attendris, les éblouis, pleins de douceur, mais aussi les concupiscents, les salaces, les salissants. Et Goran était parfaitement conscient de l'énormité de la tâche qui l'attendait. Quand Andjà se promenait avec Brako, personne n'aurait osé lever sur elle un regard chargé d'un autre sentiment qu'une innocente admiration, ce qui flattait son père. Gogo le nabot n'avait pas ce talent. Il aimait, lui aussi, contempler le pouvoir de la beauté d'Andjà dans les yeux des autres humains, mais s'était déjà rendu compte qu'en l'absence du colosse croate, les yeux en question conjuguaient des sentiments plus divers, et plus dangereux. Goran adorait sa sœur. Il aurait pu jalouser sa beauté, ou l'intérêt presque exclusif que lui portait son père, car c'est là un sentiment commun dans bien des fratries, mais le gamin ne ressentait pour elle qu'un amour absolu. Un amour maintenant sans partage, puisque son unique concurrent avait disparu sous une rame du RER B. La nuit qui suivit la mort de Brako Krasniqi, un autre Goran était né. Pour protéger sa petite perle, il lui fallait rassembler tous ses talents, et devenir implacable. Le défi était de taille. Il l'avait pourtant relevé, sans états d'âme, sans se poser de question. La fin justifie les moyens, dit-on. Aucune fin n'était comparable au bonheur qu'il souhaitait pour Andjà. Il se créa donc des moyens à la hauteur de l'enjeu.

Chapitre 5

Je me surprends à ronronner tant je suis bien dans mon cocon. Je reviens lentement à une densité agréable. Je recommence à exister physiquement. J'ai des picotements dans tout le corps, comme si je me remettais d'une longue ankylose. Je sens peu à peu l'édredon au sein duquel je me niche s'écraser sous mon poids retrouvé. Je vais peut-être vous choquer, les filles, mais ça me fait du bien de me sentir lourde. C'est une sensation que j'ai appris à goûter au cours de mes siècles d'errance. Sous mon nid de plumes encapsulées dans une enveloppe de coton un peu grossier, un peu rêche, qui me rappelle mes jeunes années, le gros radiateur électrique me recrée comme chaque fois que je me confie à ses soins indifférents. S'il pouvait savoir combien je l'aime, ce gros caisson de tôle grise, lourd, massif, complexe avec son système de circulation d'huile et son cœur d'argile. C'est qu'il a transformé ma mort, cet engin. Il en a gommé l'angoisse que je ressentais depuis le début à l'idée de ne survivre que sous la forme impalpable d'un pur esprit ballotté par le vent. Lui et l'électricité qui va avec. Quelle belle découverte que l'électricité…

Je prends un vrai plaisir à me reconstituer. Je suis absolument concentrée dans le contrôle de mon retour à la densité. C'est que ça paraît facile, comme ça, mais ça n'a rien d'évident. Les premières fois, toute contente de trouver une source de chaleur, je me laissais aller à faire n'importe quoi. C'est comme ça que je me suis trouvée brutalement réincarnée, nue, dans des endroits où il valait mieux ne pas se montrer. J'ai créé quelques chocs, vous pouvez me croire ! Je me souviens encore de la tête de ce pauvre boulanger quand il m'a vue sortir de son four, habillée de ma seule vanité, alors qu'il se préparait à défourner ses pains. Et la fois où je n'ai rien trouvé de plus intelligent que de m'installer sur la chaise électrique, à Sing-Sing… Je ne sais pas si j'aurais l'occasion de revenir sur ce coup-là, mais je vous assure que la gueule des matons qui ont vu apparaître une jeune fille à oilpé sur les genoux d'un type accusé de multiples viols et meurtres, au moment précis où on l'envoyait rejoindre ses victimes, valait son pesant de cacahuètes. Les pauvres ! À mon avis, ils ont fini leurs jours à l'hôpital psychiatrique… Notez également, puisque nous en sommes aux anecdotes amusantes, que j'ai été brûlée vive, comme sorcière, au début du quinzième siècle. Les braves-gens-qui-n'aiment-pas-que-l'on-suive-une-autre-route-qu'eux, et qui, forcément, ne connaissant pas ce vieux Georges, massés autour du bûcher, se réjouissant déjà de voir griller mon adorable petit corps, ont découvert ce jour-là le sens littéral du mot ignifugé… Ils croyaient me détruire, alors qu'ils me rendaient plus forte. Quand les cordes qui me liaient ont été consumées, et mes fringues aussi, soyons précise, je suis calmement descendue, à poil, du bûcher, sans que personne ne cherche à m'arrêter. Et je n'ai pu m'empêcher d'en rajouter une couche, en me transformant soudain en … fumée… Trop drôle.

Je sens un ronronnement monter contre ma hanche et me transmettre la chaude vibration de la présence amie de ma chatte. Je vous arrête tout de suite. Je parle bien du chat femelle qui me tient compagnie depuis… toujours. Elle est, comme moi, un être de l'entremonde. Je la suppose même plus âgée que je le suis. Sa petite tête triangulaire dénonce une origine égyptienne vraisemblable. Du coup, comme nous nous sommes adoptées vers les années dix-huit cent quinze, et suite aux travaux de Champollion, je l'ai baptisée Basse Tête. Vous m'excuserez pour le calembour, mais ça lui va bien, vu que, dès qu'une situation lui paraît louche, elle s'aplatit et rase le sol… C'est une drôle de bestiole que ma chatte. Si elle comprend parfaitement tout ce que je lui dis, je suis incapable d'en dire autant à son sujet. Je ne connais donc pas son histoire, avant notre rencontre, et suis, par conséquent, incapable d'expliquer pourquoi elle est invisible aux vivants. Et je m'en fous. Pour l'instant, je suis heureuse de la sentir là, ronronnant, collée à moi, à partager avec délices ma chaleur enfin retrouvée… Comment a-t-elle occupé ses huit années ? Allez savoir. Je suppose qu'elle s'est beaucoup promenée. Les murs ne l'ont jamais arrêtée. Pour l'heure, ce qui compte, c'est qu'elle est là, tout contre moi, et que sa présence complice m'aide à me réapproprier l'espace et le temps que j'ai quittés si longtemps. Mes idées se rassemblent, se mêlent, se heurtent, s'ordonnent, se complètent, s'organisent et finissent par redevenir une conscience, avec ses souvenirs et ses projets. Deux faits s'imposent, cliniques : Vlad est toujours vivant, mais j'ai pris huit ans de retard dans ma chasse. J'aurai le temps d'y réfléchir plus tard. Je me sens encore trop indolente pour tenir un raisonnement. Je préfère errer au gré de mes souvenirs avant d'affronter de nouveau mon quotidien de solitude et de quête.

Cette nuit-là, celle qui fut pour moi à la fois la dernière et la première, promettait pourtant d'être une belle nuit. Les musiciens s'étaient donnés sans compter. On avait mangé, bu, et dansé. Vlad dansait bien, même si nos pas ne lui étaient pas familiers. Il apprenait vite, et souriait tout le temps. Il ne me quittait ni des yeux ni des mains, et son empressement, malgré les promesses évoquées au dîner, n'était pas si désagréable. Mes pauvres sœurs étaient plutôt moins bien loties que moi. Puis les feux se sont assoupis, les musiciens ont rengainé leurs instruments, et nous avons regagné le château à la lueur d'une lune pleine et rieuse. Et je me suis trouvée seule avec lui. J'éprouvais un sentiment étrange en sa présence, à cet instant. Non, je n'étais pas amoureuse, je vous rassure. Quelle femme aurait pu s'offrir ce luxe, en ce temps-là ? Je vous le demande. Mais tandis que mes frangines se trouvaient accompagnées de barbons ivres qui, sans doute, ne leur feraient pas grand mal ce soir, au lieu de les envier, je me sentais curieuse et excitée, à l'idée de découvrir, peut-être, des sensations que je ne connaissais pas. Comment allait-il se conduire avec moi ? Allait-il m'arracher ma chemise, me sauter dessus, et prendre son plaisir de quelques vigoureux coups de reins, avant de s'endormir à l'auberge du cul tourné ? Je n'arrivais pas à l'imaginer dans un rôle aussi mesquin.

Il a refermé la porte de la chambre, et a pris soin d'en condamner l'huis en coinçant une chaise sous la serrure, tout en m'adressant de coquines œillades. Il m'avait alors paru évident que cette mise en scène était destinée à nous garantir une forme de tranquillité, et non à empêcher quiconque de venir à mon secours, c'est vous dire que je n'éprouvais aucune crainte. Puis il a saisi le broc et versé de l'eau dans la bassine de toilette, s'est déshabillé entièrement, sans gêne, mais sans paraître non plus chercher à s'exhiber, et s'est entièrement lavé. C'était indéniablement un beau mâle, puissant, viril, conscient de sa force, tranquille, et bien poilu, ce qui était fort apprécié, à l'époque. Il a jeté l'eau souillée par la fenêtre, a rempli la cuvette de nouveau, et m'a fait signe de m'approcher. Il m'a dévêtue à mon tour, sans excitation maladroite, sans précaution superflue non plus. Je me souviens m'être dit alors qu'il avait effectivement une expérience certaine de la chose, mais il m'apparaît aujourd'hui, quand je me remémore cette nuit-là, que son détachement était suffisamment étonnant pour que j'eusse dû me sentir alertée. Pourtant, honnêtement, je n'ai rien vu venir. J'étais sous le charme de cette manière inusitée d'être traitée. Il m'a lavée, lentement, et cette toilette a constitué la première de ses caresses. Après… Je ne vais quand même pas plagier le Kâma-Sûtra. Reportez-vous à vos lectures favorites. Je peux avouer ici et maintenant que je lui dois mon premier orgasme, et le deuxième et le troisième aussi. Il m'a fait découvrir des trucs dont j'ignorais l'existence, ou le mode d'emploi, y compris dans mon anatomie. Il m'a fait mal, aussi, et ce n'était pas toujours désagréable. Je me suis effondrée une paire d'heures après la toilette, complètement rincée de ma séance. Je me dois de préciser, non sans fierté, qu'il était, lui aussi, à ramasser à la petite cuillère, et que, si j'avais beaucoup appris, j'avais également beaucoup donné.

Et puis, je me suis réveillée. Pas longtemps. Une grosse seconde. Juste le temps de rendre mon dernier soupir. Là, tous les gens ayant connu une expérience de mort imminente - c'est-à-dire ceux qui ont flirté avec la Faucheuse, mais ont réussi à faire marche arrière au dernier moment – vous le diront, la conscience sort du corps et constate combien la chair est fragile… La mienne, en l'occurrence, pendait, suspendue par les pieds à une poutre du plafond, la gorge grande ouverte, comme un cochon. C'est la dernière image que je garde de mon corps physique… Grâce au vingtième siècle, heureusement, j'ai pu en parler longuement avec un psy qui croyait à la réincarnation. Je ne vous cache pas que ça m'a fait un bien fou ! J'ai quand même supporté ce traumatisme sans soutien pendant treize siècles, excusez du peu ! L'autre taré recueillait mon sang dans la bassine de toilette et dans le broc. Il en était tout barbouillé. Je suis restée perchée sur l'armoire à le regarder faire, fascinée… En se servant du bec verseur du broc, il emplissait de mon sang plusieurs outres qu'il avait tenues cachées dans son bagage jusque-là. Je remarquai également que ma propre bouche était maculée de sang, mais pas de mon sang, qui aurait coulé de la blessure qu'il m'avait faite à la gorge, non. On aurait dit que j'avais plongé la gueule en avant dans les entrailles d'une proie, comme les chiens à l'issue de la chasse. Et je me suis alors souvenue de l'étrange rêve que j'avais fait pendant la nuit. Ou, plus exactement, de ce que j'avais alors pris pour un rêve…

Mais bon, c'est pas tout ça, mais il faut que je me bouge, moi. Je suis rechargée à bloc, et bien que l'envie de rester pelotonnée au chaud dans ma couette me chatouille, je sais par expérience que si je cède, je vais très vite m'énerver. C'est le problème de tous ceux qui, comme moi, ne peuvent pas dormir. Je ne parle pas des insomniaques, épuisés tant par le manque de sommeil que par leur lutte quotidienne pour le trouver. Je vous ai déjà expliqué que je n'ai pas besoin de dormir. En fait, la situation est un peu plus complexe. La vérité, c'est que je n'ai pas la possibilité de dormir. Je peux simuler le sommeil, en cas de besoin, fermer les yeux, donner l'impression de respirer calmement et profondément, ronfler, faire tourner mes yeux dans mes orbites, paupières fermées, pour faire croire que je rêve. Mais je ne peux empêcher mon esprit de fonctionner, et, du coup, rester trop longtemps immobile devient vite une torture, tant j'ai l'impression de perdre mon temps. Surtout quand je suis, comme maintenant, gonflée d'énergie... Au bout de mes huit années de frigo, j'étais évidemment beaucoup plus indolente... Je n'existais que comme une invisible vapeur aux idées vagues et mélangées. Seule, un peu désespérée, une petite étincelle de conscience luttait pour me conserver une forme d'existence, centrée sur mon but. C'est grâce à elle que j'ai pu retrouver le chemin de la maison, malgré les courants d'air. Mais maintenant que je pète la forme, l'idée de gaspiller du temps à rêvasser dans mon couffin, en caressant ma chatte d'une main distraite, m'est tout bonnement insupportable. Je me mets debout d'un bond, en goûtant à sa juste valeur le bruit que produit l'impact de mes pieds sur le plancher de ma chambre. Je pèse donc je suis... J'extrais de mon armoire les nippes nécessaires... Qui sentent évidemment la poussière et le renfermé. Dame, huit ans... Je n'avais pas pensé à ça. Je rassemble rapidement une paire de tenues complètes, et je file à la buanderie histoire de leur donner un coup de neuf en les passant à la machine. Rien de mieux qu'un lavage, cycle court, avec assouplissant parfumé pour leur rendre une fragrance adaptée à mon standing. Sauf que… La machine n'a pas apprécié de ne pas tourner pendant huit ans. Quand j'ai appuyé sur "marche", ça a fait "splitch" quelque part derrière, et le disjoncteur général a joué son rôle. Donc, j'ai débranché mamie, rétabli le courant, appelé le magasin qui me l'avait vendue pour que quelqu'un vienne me la réparer, appris que le modèle était trop vieux pour réussir à avoir les pièces, commandé sa descendante directe, plus un sèche-linge, vu que les modèles «deux en un» ne sont plus à la mode, tempêté sans résultat pour être livrée dans l'heure, accepté finalement que quelqu'un passe après-demain, entre quatorze et dix-huit heures, raccroché ce foutu téléphone, et fini par faire une lessive à la main, comme on le faisait de mon temps. Vous vous doutez que je bous un petit peu. L'autre enfoiré a repris huit ans d'avance sur moi, quand je touchais enfin au but, alors être contrainte de jouer les lavandières au lieu de reprendre ma chasse ! Je bricole rapidement un étendoir à linge au-dessus de la baignoire, et je retourne me percher dans mon couffin, sur mon vieux radiateur, en attendant que ça sèche…

Autant profiter de ce temps mort pour continuer à vous mettre au parfum. Où en étais-je, déjà, dans mon récit ? Ah oui, le rêve ! Enfin, l'impression de rêve… Je crois que j'avais dormi avant, c'est sûrement ce qui contribue à créer cette confusion dans mes impressions. Je me suis réveillée avec un drôle de goût dans la bouche. J'étais pelotonnée contre Vlad, et je suçais son doigt, qu'il s'était entaillé avec la pointe de son couteau de chasse… Et j'aimais ça. Et je me suis rendormie. J'ai mis un moment à comprendre le pourquoi de la chose… Mais je ne vais pas vous faire languir, d'autant que je suis certaine que les plus malins auront déjà deviné que mon amant de la nuit était un vampyre. Oui, avec un "y", c'est l'orthographe originelle.

J'ai beaucoup rigolé en regardant les différents films et feuilletons qui traitent du sujet… Et plus ils se prennent au sérieux, plus ils sont drôles ! Ils véhiculent, surtout, un tombereau de niaiseries à leur sujet. Il est temps que l'on remette, à leur propos, les pendulettes à l'heure. Les pendulettes, oui, c'est tout ce qu'ils méritent ! Descendez de vos nuages, les minettes adeptes des ténébreux héros de Twilight ou de True Blood… La vérité est à la fois moins romantique et moins fantastique aussi. Les vampyres ne sont absolument pas des morts vivants. Ils appartiennent à une espèce particulière de mammifères, comme les humains. Il s'agit d'une race différente de l'homme, mais dont le génome est suffisamment proche pour permettre les mélanges, sous de strictes conditions, tout de même. Je ne suis pas prof de biologie, mais je vais néanmoins essayer de vous tracer un portrait objectif de ces enfoirés. Et il me faut bien admettre, pour rester objective, justement, que le vampyre constitue l'ultime maillon de la chaîne alimentaire. Il en est le prédateur suprême, le seul qui s'attaque à l'homme, et à lui exclusivement… Quoique… En cas de besoin, il peut aussi manger du boudin. Je ne saurais vous dire quand il est apparu sur terre, ni même s'il est une mutation de l'espèce humaine. Je le crois, mais ne suis pas capable de le démontrer, et, à dire vrai, je m'en fiche. Il est capable de manger et de digérer les mêmes aliments que l'homme, avec les mêmes bénéfices, c'est-à-dire que la nourriture permet à son corps de fonctionner, et les mêmes inconvénients : l'excès de sucre (et non de gras !) génère chez lui un fort taux de cholestérol et l'alcool lui fait tourner la tête. Il me faut toutefois admettre qu'il supporte quand même mieux les excès en tous genres que l'humain de base. Mais ce qui distingue essentiellement le vampyre de sa proie, c'est qu'il a une appétence particulière pour l'hémoglobine humaine. Tant qu'il a sa dose de sang humain, Nosfératu peut se passer de tout le reste, ou à peu près. Il peut même rester sans respirer un très long moment. Combien de temps ? Je n'en sais rien, ça dépend de quand date sa dernière dose, sans doute, mais Vlad a réussi à m'échapper une fois en restant planqué dans le fond d'un réservoir plus de vingt-quatre heures. Il me faut malgré tout préciser ici que le vampyre ne saute pas au cou de ses victimes avec des canines de six centimètres de long pour les égorger et les sucer sur place… D'abord parce que la méthode est des plus inconvenantes. Le vampyre se considère comme un aristocrate, et ne s'abaisserait pas à se conduire comme un vulgaire chien courant à la curée. Et surtout, parce que ce serait du gaspillage. Un vampyre qui se tape un verre de sang humain, puisé directement à la jugulaire, ne tire pas plus de bénéfices de l'opération que nous le ferions vous ou moi. Enfin, surtout vous, vu que moi… Mais bref. Pour que la consommation de sang lui soit bénéfique, il faut d'abord que la victime potentielle soit transformée en proie, en ingurgitant une dose de sang du vampyre. L'organisme humain subit alors une mutation de sa formule sanguine, qui transforme l'hémoglobine ordinaire en un produit doublement intéressant pour le méchant prédateur. Premièrement, le sang transmuté ne coagule plus, ce qui permet de le conserver aisément, même dans des bouteilles en plastique au frigo. Et deuxièmement, sa consommation, à petites doses régulières, ralentit considérablement le vieillissement du vampyre, dont l'espérance de vie m'est inconnue à ce jour. Tout ce que je peux vous dire, c'est qu'il y a treize siècles, Vlad, qui en avait deux (des siècles !), paraissait avoir vingt-cinq ans, et que la dernière fois que je l'ai vu, il y a donc une huitaine d'années, il était dans la force de l'âge… Vous comprenez, maintenant, pourquoi, avant de me suspendre à la poutre comme un cochon pour récupérer mon sang, ce salopard m'avait fait sucer son doigt entaillé. Une dernière précision, sur ce sujet. Le vampyre se régénère aussi bien avec le sang d'un mec que celui d'une nana. Mais, en général, c'est un être pervers qui aime bien s'amuser avec sa proie, d'où son attirance pour les proies féminines. À ma connaissance, il n'existe pas de vampyre homo. Et il n'existe pas non plus de femme vampyre. La nature fait bien les choses, elle maintient en tout petit nombre un prédateur pareil…"Mais comment fait la bébête pour se reproduire, alors ?" me direz-vous.

J'ai mis quelques siècles à cerner le processus complet. Il faut d'abord que le pépère qui a décidé de se donner une descendance sélectionne une humaine sexuellement immature et vierge, ce qui, suivant le lieu et l'époque, n'est pas si évident. Il doit ensuite lui faire consommer son sang, à doses quasi homéopathiques, pendant plusieurs années, jusqu'à ce que sa victime devienne nubile. Elle est alors une "compagne putative", capable d'engendrer un vampyre. Pour le mode de fabrication, reportez-vous à la collection de DVD que vous cachez dans le placard de votre chambre. Il faut juste que le pervers soit le premier et le seul utilisateur de la demoiselle. L'étreinte d'une "compagne putative" avec un humain ordinaire transforme en effet la fille en furie incontrôlable, et sa mort par épuisement survient en quelques jours à peine. En revanche, une compagne fidèle vit aussi longtemps que son créateur. Chaque fois que son saigneur (LOL) et maître se régénère, et sans qu'elle ait besoin de consommer elle-même de sang humain transmuté, elle se régénère également. Elle vieillit donc au même rythme que lui. S'il disparaît de façon brutale, elle recommence simplement à prendre de l'âge à une vitesse normale Du coup, le vampyre est un mec plutôt fidèle, il a rarement plus d'une compagne. Ce qui ne l'empêche évidemment pas de s'amuser avec des humaines de passage, avant de les saigner, mais ça, ça ne compte pas. Chez les vampyres, on a le droit de jouer avec la nourriture.

Chapitre 6

Le commissaire Jules Racine est bougon depuis quelques jours, et il s'en veut pour ça. Il se trouve que, par l'entremise de Marie-Amélie Francillette, brigadier-chef d'origine martiniquaise tout aussi bavarde qu'habile à délier les langues les moins souples, et qui se trouvait de permanence le dimanche précédent, tout le personnel de son service savait dès lundi matin que le commissaire n'avait plus de machine à café chez lui. À midi pile, ladite Marie-Amélie venait le chercher dans son bureau, en prétendant qu'une personne le demandait en bas, et qu'elle n'avait pas voulu dire son nom. Racine n'étant pas tombé de la dernière pluie, il avait évidemment deviné que le prétexte était fallacieux, et s'était prêté au jeu de bonne guerre, pensant qu'un apéro devait être offert par l'un de ses subordonnés, afin de fêter un anniversaire, d'annoncer une naissance ou un mariage, voire l'acquisition d'une nouvelle voiture, et qu'on allait lui faire la surprise. Il ne se trompait pas beaucoup, à l'exception de la nature de la surprise. Ses troupes s'étaient cotisées pour lui offrir un percolateur dernier cri, fonctionnant à l'aide de capsules d'aluminium. Il avait été légitimement ému de cette attention, et de sa signification profonde. Ses collaborateurs l'appréciaient, et le faisaient savoir. Mais depuis, il était bien emmouscaillé avec cet engin trop moderne, qui délivrait avec parcimonie une lichette de mousse de café très odorante, pour un coût astronomique. Il regrettait son café-filtre maison, qu'il absorbait dans un grand mug au décor de bande dessinée tout au long de la journée… Il me faut préciser ici que le commissaire Racine a parfois un petit côté psychorigide. Ainsi, sa défunte cafetière le suivait partout, du domicile au bureau et du bureau au domicile, tandis que des mugs jumeaux assuraient leur office dans chacun des lieux. Le rutilant remplaçant, beaucoup plus lourd, n'offre pas la même souplesse. Il avait d'abord hésité à le rapporter chez lui, mais s'était dit que, si le mardi matin, la clinquante machine n'était pas de retour, ses collaborateurs penseraient aussitôt qu'il n'appréciait pas son cadeau, ce qui était le cas, mais personne n'avait besoin de le savoir. Du coup, il avait décidé d'installer l'engin sur une petite table achetée pour l'occasion dans une grande surface d'ameublement à capitaux suédois, avec un assortiment de tasses, de cuillères, et un pot à sucre de même provenance, et ne pouvait s'empêcher de proposer le café à toute personne pénétrant dans son bureau. Il avait également acheté une cafetière ordinaire pour chez lui, ce qui lui permettait quand même de consommer son jus de chaussette avant de partir, mais dans la journée, il se trouvait astreint à avaler les dés à coudre de mousse que produisait le percolateur, et s'en trouvait doublement marri. D'abord, parce que ce breuvage n'avait rien à voir avec le café léger qu'il aimait boire en doses unitaires de vingt-cinq centilitres, quatre à cinq fois dans la journée, et ensuite parce qu'à chaque capsule glissée dans la machine, il avait le sentiment de jouer avec un bandit manchot, et de perdre sa mise, sans compter le surcoût imposé par les investissements connexes qu'il lui avait fallu réaliser. Ce n'est pas que Racine était radin, mais il avait horreur du gaspillage. Et il faut bien admettre que depuis que ce truc trônait dans son bureau, les amateurs de café s'étaient multipliés à la brigade.

Non seulement ça lui coûtait un bras, mais le sens de l'accueil inculqué par une mère qui avait toujours un pot de café sur le coin du feu et un gâteau d'avance "ocazou" le contraignait à proposer aux amateurs l'ensemble des parfums disponibles, en évitant autant que possible les ruptures de stock. En résumé, la gentillesse de ses collaborateurs a transformé une vieille habitude confortable comme une paire de charentaises usées en corvée high-tech dispendieuse, en conséquence de quoi le commissaire est bougon, tout en trouvant injuste son attitude, ce qui ne le déride pour autant pas.

Assis à son bureau, il classe de la paperasse dans le brouhaha ordinaire du commissariat. Jules Racine supporte assez mal l'idée d'être enfermé seul dans un bureau. Le brigadier-chef Francillette arrive et, malgré la porte grande ouverte, frappe à l'huis pour demander la permission d'entrer. Jules lève les yeux et sourit. Il l'aime bien, la fleur des îles, malgré son franc-parler et sa manière de se mêler en priorité des affaires qui ne la regardent pas.

- Un café, Marie-Amélie ?

- Oh, ça, c'est gentil, mais non alors, parce qu'il pense bien, monsieur le commissaire, que si je prends un café à cette heure, je ne peux plus dormir, et si je ne dors pas, monsieur Francillette ne peut pas dormir non plus, parce que je ne supporterai pas, bien entendu, qu'il dorme alors que je suis là, tout énervée, couchée à côté de lui dans ma nuisette, et le temps qu'il réussisse à me calmer, après c'est très très tard, et lui, il se lève à cinq heures pour aller récupérer son bus au dépôt, et il ne manquerait plus qu'il s'endorme à son volant, mais d'une autre côté, un petit espresso c'est si bon… Ce qui serait bien, c'est qu'il prenne des capsules de chocolat, pour l'après-midi, comme ça, on pourrait dire oui chaque fois, en choisissant café les jours où… Et chocolat pour les nuits calmes. Voilà ce qui serait bien, en fait, monsieur le commissaire, sans vouloir le commander, bien entendu…"

Sans reprendre son souffle, sans s'arrêter non plus, la jeune femme a virevolté dans la pièce pour poser un mail sur le bureau de son patron, et s'est déjà envolée vers l'accueil où elle est de faction aujourd'hui. Racine libère le soupir qu'il a retenu jusque-là, en imaginant que la liste des spécialités au chocolat est aussi longue que celle des cafés. Puis il regarde le papier que lui a remis la jeune femme, tout en songeant qu'il serait quand même temps que la police française remise ce genre d'antiquité au musée. Ce serait tellement plus simple de recevoir les rapports de l'identité judiciaire ou du médecin légiste directement par mail, sur son portable. Parce qu'il est équipé d'un portable, et connecté à Internet qui plus est ! Mais les procédures de sécurité n'ont pas encore validé cette méthode moderne de transmission des données sensibles. Craignant, sans doute, de retrouver dans la presse encore plus de documents confidentiels qu'avec la méthode traditionnelle, la hiérarchie freine des quatre fers, et exige que tous les documents officiels passent par un ordinateur unique, spécialement dédié à la chose. Jules Racine ne se démonte pas pour autant. Il glisse la feuille dans le scanner de son imprimante tout-en-un, et enregistre le document directement sur son ordinateur. Puis il récupère le papier, le colle dans le panier "à classer", sur une pile conséquente de documents divers qu'il n'a jamais lus directement non plus, et s'apprête à prendre connaissance de son contenu sur son écran d'ordinateur. S'il agit ainsi, ce n'est pas tant par rejet des méthodes surannées d'une administration vieillotte que par coquetterie. Jules est myope, mais ne tient pas à le faire savoir, et cache soigneusement ses lunettes dans le fond de la poche de son pardessus. L'ordinateur lui permet d'agrandir l'affichage du texte et de lire confortablement les informations écrites. Il est devenu expert dans l'utilisation des raccourcis clavier liés au zoom…

Le document vient de Matthias, et résume les éléments scientifiques du dossier Dulard. Des conclusions du légiste, il appert que la victime, de sexe féminin, et âgée d'une cinquantaine d'années, n'est pas madame Dulard, pour la bonne et saine raison qu'elle est dotée de l'ADN d'une certaine Rachel Gudermann, citoyenne américaine domiciliée à Paris, recherchée par Interpol pour son implication dans une affaire de meurtre. L'ADN en question était répertorié dans une base de données fédérale, au motif amusant que ladite dame avait eu, bien des années auparavant, la sotte idée de suggérer à un préposé de la police routière, qui lui demandait de se soumettre à un éthylotest, de tenter de gonfler lui-même le ballonnet après se l'être introduit dans un orifice non prévu à cet effet. Jules, sans états d'âme quant au flicage de ses contemporains, profite de l'aubaine pour accéder à la fiche de la dame, en utilisant son accréditation "Interpol". Il y apprend que Rachel Gudermann était l'épouse d'un gros commerçant américain spécialisé dans la vente de véhicules d'occasion. À la mort de son mari, elle avait bien revendu son affaire, et, à l'abri du besoin pour le reste de ses jours, à défaut d'être véritablement riche, avait décidé de venir s'installer à Paris, une douzaine d'années plus tôt. Elle ne s'y était jamais fait remarquer autrement que par sa capacité à tenir le champagne dans les pince-fesses de la capitale, jusqu'à son implication dans le meurtre d'une femme, dont l'identité n'est pas précisée dans la fiche. Le crime en question ayant eu lieu en France, c'est la préfecture de police de Paris qui a lancé l'avis de recherche international et actionné Interpol. D'une rapide manipulation sur son clavier, Jules accède au dossier du meurtre en question. Il s'agit d'une affaire non élucidée, en ce sens qu'on ignore encore qui est la victime, personne n'ayant jamais réclamé le corps, et qu'on n'a jamais retrouvé la suspecte. Une petite sonnerie résonne dans le crâne du commissaire. C'est la méthode choisie par son subconscient puis lui signifier qu'il vient de laisser passer un truc important. Il lui faut donc reprendre les détails de cette histoire pour trouver où le bât blesse. Et pour ce faire, il a besoin de sa pipe. Il extrait l'objet de la poche de son pardessus, sort une boîte de tabac du tiroir de son bureau, et bourre avec méthode le fourneau de petits brins bruns et odoriférants. Puis, sans enflammer le tabac, puisque la loi l'interdit, il se cale le tuyau d'ébonite dans la bouche et reprend en tétant les éléments de ce dossier qui ne l'est pas moins, entêtant.

Jules s'applique à inscrire chaque détail sur son petit carnet, en organisant ses notes d'une manière intelligible par lui seul. Il détaille les éléments du dossier d'assassinat. La victime est une femme blanche d'une quarantaine d'années, de forte corpulence, à la chevelure décolorée, découverte complètement nue. Elle a été retrouvée par hasard, sur un chantier de travaux publics, alors que le préposé à la fabrication d'une pile de pont autoroutier s'apprêtait à lui verser sur le dos quelques dizaines de tonnes de béton liquide. L'ingénieur en charge du chantier s'étant soudain rendu compte d'une erreur dans le positionnement des banches, il avait ordonné de démonter l'ensemble du coffrage, au sein duquel gisait le corps. L'autopsie a révélé que la femme est morte égorgée, mais, aucune trace de sang n'ayant été retrouvée sur place, il est admis qu'elle a été tuée ailleurs que sur le chantier, puis transportée là ensuite. L'analyse médico-légale a indiqué par ailleurs qu'elle n'était pas droguée, ni saoule. Dans une main, elle tenait une petite mèche de cheveux sans doute arrachée à son assassin lors de l'agression. Il se trouve que l'analyse de ladite mèche avait désigné Rachel Gudermann comme propriétaire des phanères en question… Ayant extrait la substantifique moelle de ce sibyllin rapport, Jules replonge dans la prose de Matthias concernant sa scène de crime, sans relever de détails nouveaux, à l'exception du fait que les vêtements trouvés auprès du corps de madame Gudermann, de taille 36, sont issus de la collection printemps-été 2005 d'une enseigne parisienne très courue par la grande bourgeoisie…

Le commissaire Racine éloigne son fauteuil de son bureau, pose les pieds sur le plan de travail, et laisse ses neurones faire leur job en continuant à suçoter sa pipe froide. Le signal d'alarme tintinnabule toujours dans sa tête. Pris d'une soudaine inspiration, il remonte les pages du carnet jusqu'à trouver les coordonnées de monsieur Sotrapa, le transporteur. Il saisit le combiné à fil torsadé de son téléphone règlementaire. L'embase suit, comme il se doit avec ce genre d'engin, et il la récupère sur les genoux en jurant du coin des lèvres pour ne pas risquer de lâcher sa pipe. Il reprend une position plus classique et compose le numéro du Chéri-Bibi du transport routier. Une voix féminine lui répond que, oui, monsieur Sotrapa est présent, qui dois-je annoncer, très bien, il vous prend tout de suite. Suit un court extrait du "Printemps" du brave Antonio V. puis l'organe du boss fait vibrer la membrane du vieil écouteur :

- Vous appelez pour me dire que c'est à moi de me déplacer pour récupérer mes factures de courant ?

- Bonjour, monsieur Sotrapa. Moi aussi je vous aime. Rassurez-vous, vos papiers vous seront renvoyés par la poste pas plus tard que demain."

Tout en coinçant le combiné entre son épaule et son oreille, au grand dam de ses cervicales, Jules note sur son fameux carnet de demander à Marie-Amélie de s'occuper de la chose, puis il poursuit :

" J'ai cru comprendre que vous connaissiez bien madame Dulard…

- Qu'est-ce que vous sous-entendez par-là ?

- Je ne sous-entends rien du tout ! Cessez de tout prendre mal, mon vieux, détendez-vous un peu. Je désire tout simplement que vous me décriviez la dame en question.

- Que je… Ben, quoi vous dire ? À l'époque où elle a quitté le quartier, elle devait avoir dans les quarante, quarante-cinq ans. Pas mal foutue de mon point de vue, mais je précise qu'en matière de gonzesses, c'est comme pour les voitures, je les aime charpentées, si vous voyez ce que je veux dire…

- Grande ?

- Ch'ais pas trop… Je dirais… Attendez. Véronique ! Véronique, c'est ma secrétaire… Vous mesurez combien, sans indiscrétion ? Ouais. Bon, je dirais qu'elle devait faire dans les un mètre soixante-dix, plus ou moins des broutilles, et autant de kilos que de centimètres au-dessus du mètre, à vue de nez.

- Les cheveux ?

- Mi- longs. Si je me souviens bien, elle était blonde à cette époque. Je crois que je l'ai connue avec toutes les couleurs de cheveux possibles, mais ouais, elle devait être blonde à ce moment-là.

- Pas de signe particulier ? Piercing ? Tatouage ? Cicatrice ?

- Hé, j'couchais pas avec ! C'était juste la femme du boucher du quartier !

- Mais je n'ai jamais supposé que vous puissiez avoir une quelconque relation avec mada…

- Dites tout de suite que je suis trop moche !

- Mais, mais, mais je n'ai rien dit de tel…

- Vous l'avez pensé !

- Mais pas du tout !

- Mouais, bon, ça va comme ça. Pour répondre à votre question, j'ai rien noté de particulier sur cette bonne femme, à part le fait qu'il fallait qu'elle brillait.

- Qu'elle brillait ?

- Ouais ! Bagouses à tous les doigts, colliers en rangs serrés, boucles d'oreilles de trois kilos, jupes trop courtes, corsages échancrés, une allumeuse, quoi !

- Je vois. Eh bien, je vous remercie, monsieur Sotrapa.

- Pas d'quoi, m'sieur l'commissaire."

En affichant de nouveau le dossier de l'assassinat sur l'écran de son ordinateur, le commissaire Jules Racine se dit qu'il a peut-être résolu la question de l'identité de la victime. C'est alors qu'un autre détail lui saute aux yeux. Le meurtre de la grosse blonde date de début novembre 2005, c'est-à-dire cinq mois après le branchement de la chambre froide des Dulard chez le transporteur. Ce qui réduit à néant son hypothèse sur la date de la mort de Rachel Gudermann. Si elle avait effectivement été tuée en juillet 2005, comme il l'avait supposé, elle n'avait pas pu assassiner la grosse Dulard en novembre. Donc, soit elle était encore vivante en novembre 2005, soit elle n'était pas l'assassin. Jules trouve que l'impasse est croquignolesque, et décide de la soumettre à la sagacité de ses amis d'Enigma…

Chapitre 7

Mes fringues sont enfin sèches, mais, en les regardant, j'éprouve soudain un doute quant à l'opportunité de les enfiler pour aller me promener sans passer pour une totale has been. Et s'il y a un truc que j'abhorre, c'est bien celui-là. Je me targue d'être toujours à la mode, maintenant que j'en ai les moyens. La fréquence à laquelle je sème mes fringues au rythme de mes disparitions y est pour beaucoup, je vous l'accorde, mais j'ai horreur de tous les gens qui mégotent au moment de s'offrir un petit plaisir. Je parle bien évidemment de ceux qui ont les moyens de s'offrir un petit plaisir, pas de ceux qui ne savent pas s'ils mangeront demain... Je parle de ceux qui placent pour leurs vieux jours des sommes astronomiques, pour pallier les "au cas où", en se privant de tout tant qu'ils sont encore en vie et capables de jouir... Tous ceux que bénissent les héritiers et l'État, qui se sert à chaque passage, tandis qu'il est si simple de céder à la tentation. Comme l'écrivait si bien ce vieux Matthieu (non, celui-là je ne l'ai pas connu, j'étais pas née, vous suivez ou bien ?) "Vous ne savez ni le jour, ni l'heure..." Profitez donc tant qu'il est encore temps, c'est un conseil de spécialiste. Enfin, je dis ça, je ne dis rien. Après tout, faites ce que vous voulez de votre pognon. Moi, je m'habille. Et là, ça ne va pas le faire du tout. Je ne peux décemment pas sortir avec des fringues d'il y a huit ans. Même pour aller m'acheter d'autres fringues ! Que penseraient de moi les vendeuses de mes enseignes habituelles ? Il n'y a pas plus commères que ces filles-là ! J'entends déjà leurs commentaires : "elle a dû trouver un nouveau gigolo, elle en profite pour refaire sa garde-robe… Gné gné gné…"

Je me souviens tout à coup qu'à l'époque où je me suis bêtement laissé enfermer dans mon frigo, on commençait à parler de commerce électronique. J'ai bien un ordinateur dans mon bureau, mais il a près de dix ans, et à l'époque, je n'avais pas encore décidé de m'équiper pour me connecter sur le réseau Internet depuis chez moi… Je décide de rappeler mon vendeur de machine à laver… Qui me passe son collègue de l'informatique… Qui flaire rapidement le gros poisson… Pourquoi pas, après tout ? Poisson oui, mais pigeon, non ! Je lui laisse bien le temps de tout m'expliquer, pose les questions nécessaires pour qu'il comprenne que, si je n'y connais rien et que je suis blonde, je ne suis pas tombée de la dernière pluie, lui explique que non, il ne m'est absolument pas possible de passer au magasin, mais que si lui, en revanche, se bouge le train pour venir m'apporter le tout à la maison, je signerai alors tous les papiers qu'il voudra, en plus d'un chèque substantiel. J'ajoute qu'il peut se rencarder auprès de son pote des lave-linges quant à ma fiabilité de cliente, ce qu'il ose faire en me mettant en attente, le goujat ! Du coup, comme il m'a un peu chauffé les sangs, je l'achève en lui précisant que l'affaire est faite s'il se débrouille pour qu'on me livre en même temps ma machine à laver et mon sèche-linge. Il me met de nouveau en tête à tête avec la lettre à Élise massacrée au synthétiseur, avant de reprendre la ligne pour m'annoncer, triomphant, que j'aurais l'ensemble de ma commande en fin d'après-midi. Comme quoi, quand on veut… Je dis banco, et je raccroche. Je viens d'en prendre pour cinq mille euros, mais qui s'en soucie ? Pas moi.

J'allume la télé. Non que je sois grande consommatrice de cet engin, mais j'aime me tenir au courant des actualités. J'ai, en ce domaine, une capacité d'analyse fondée sur treize siècles de recul, excusez du peu… Seulement, en lieu d'images, je n'ai droit qu'à un fond de neige, sur les six chaînes ! Le téléviseur aussi a dû rendre l'âme. Je rappelle mon installateur d'électroménager, en me disant que là, il va falloir lui pondre une histoire qui se tienne, pour expliquer cette fièvre acheteuse… Je sens tout de suite à sa voix qu'il pense que j'appelle pour annuler. Il est tout content quand je le détrompe, le petit biquet… Je lui raconte que je viens de passer huit ans en Patagonie, et que mon téléviseur en a profité pour rendre l'âme en même temps que mon lave-linge. Il m'explique que non, sans doute pas, c'est juste que la télévision hertzienne c'est fini, mais que, grâce à la box que je viens de commander, j'aurai accès à des centaines de chaînes du monde entier, sous réserve, bien évidemment, de m'équiper du téléviseur idoine. Soit une rallonge de mille cinq cents balles. Bah ! Mes petites économies ont dû grossir pendant ces huit années, je peux me permettre ça, lui dis-je, qu'il apporte l'engin en question avec le reste !

Du coup, me revoilà à glandouiller dans mon appartement. J'ai passé quelques heures à tout remettre en ordre, à virer la poussière, à aérer, à remplir trois sacs poubelle de publicités… On jurerait que je n'ai pas déserté mon nid plus d'un week-end… Je retourne me lover sur mon radiateur, histoire de reprendre tranquillement le fil de mon récit. J'ai l'impression, en effet, que mon passé lointain vous intéresse plus que mes déboires domestiques…

Donc, j'en étais au moment où je viens de mourir, suspendue nue et égorgée comme un cochon, dans ma chambre, tandis que Vlad s'empresse de finir de mettre mon sang en conserve et se prépare à filer à l'anglaise… La vision que j'avais de mon petit corps et de l'autre salopard s'est estompée lentement, comme dans un sfumato de Léonard… Ben oui, de Vinci qui d'autre ? Qu'est-ce que vous croyez ? Mona Lisa, c'est moi… Non, j'déconne. Elle est brune. Et lui, je ne l'ai connu que dans les derniers mois de sa vie, quand il était installé au Clos Lucé. Il n'y voyait plus guère, le pauvre, mais il aimait ma voix, alors je lui faisais la lecture, vu que j'avais appris… Mais bref… Je suppose que cette impression de brume de plus en plus épaisse était la manifestation de l'arrêt progressif de mes fonctions cérébrales… Je ne souffrais pas, physiquement, mais j'étais surprise de cette fin brutale, imprévisible. Un peu triste, aussi, de partir sans dire au revoir… La brume est devenue plus lumineuse, jusqu'à atteindre une intensité parfaite dans le blanc. Je me trouvais environnée de ce blanc plus blanc qu'Omo, et que la neige la plus pure, mais qui ne m'aveuglait pas. Au contraire, il m'accueillait. Il transmettait des impressions de tiédeur, de langueur, de confort absolu. Imaginez que vous vous loviez dans une couverture de mohair posée sur un nuage dans une pub pour un assouplisseur. Vous élevez la sensation à la puissance dix, et vous y êtes… Presque. Puis j'ai commencé à entendre des voix, des murmures, plutôt, des chuchotis indistincts, incompréhensibles mais amicaux. C'est à ce moment-là que je me suis mise en colère. Ne me demandez pas pourquoi, juste à ce moment-là, je n'en sais rien. J'ai simplement ressenti un énorme sentiment d'injustice, et je me suis dit que ça ne pouvait pas se passer comme ça. Il n'était pas question que ce salopard s'en tire ainsi, et continue à trucider de la donzelle en toute impunité ! Il fallait que je fasse quelque chose, que je me bouge, que j'agisse... Je me suis mise à brailler et à gigoter de toute mon âme, vu qu'il ne me restait que ça. La nuée blanche, sourde à mes protestations, a laissé place à un grand couloir lumineux, et j'ai pensé que si je me laissais entraîner par-là, c'était fini. Il était pourtant fichtrement attirant, ce couloir de lumière chaude et douce, bien qu'absolument blanche. Il chantait dans ma tête comme une sirène sait le faire pour attirer les marins. Mais j'étais trop en rogne pour que ça marche. Là, je me dois de préciser un détail que je vous ai tu, jusqu'à présent... Je suis physiquement menue, plutôt bien faite et avenante. J'ai de beaux cheveux blonds ondulés, de grands yeux innocents et un sourire de madone. Je sais éviter les ennuis en me tenant strictement à ma place, le nez fixé sur l'extrémité de mes poulaines, quand une force supérieure se balade dans les parages. Mais du coup, j'accumule. Longtemps. Et beaucoup. Et tout ça, il faut bien que ça finisse par sortir, à un moment ou à un autre.

Je suis, de ce fait, sujette à des colères rares, mais homériques. Et quand ça me prend, il vaut mieux ne pas se trouver sur mon chemin, parce que ça déménage vilain, vous pouvez me croire. Je suis, dans ces cas-là, la digne héritière de papa Louis le Hachoir... Et là, justement, ça me prend... Sauf que je n'ai plus guère moyen d'exprimer quoi que ce soit. Je fulmine, mais sans savoir comment le faire, et, surtout, le faire savoir, vu que là, je manque de savoir-faire. J'aperçois tout à coup une légère rainure verticale sur la paroi de lumière du couloir, à ma droite. Je me rends compte alors qu'il y a là une sorte de porte, qui s'entrouvre parce que je le désire. Je me glisse dans l'entrebâillement. La porte se referme. Je suis dans le noir. Une sensation de froid humide me pénètre lentement. J'espère que je n'ai pas fait une bêtise… De toute façon, au point où j'en suis… Je me rends compte que, petit à petit, je retrouve une forme de matérialité. Je suis allongée, dans le noir et dans le froid. Je n'entends rien. Ça sent la terre, l'humus, l'automne, les champignons… Je projette mes mains en avant, pour me heurter à un plafond de pierre. La vérité m'apparaît soudain, terrible ! Je viens de me réveiller dans ma tombe. Je hurle de terreur comme une louve prise au piège pendant de longues minutes, avant de réussir à me reprendre et à réfléchir un tout petit peu. J'envoie mes mains en exploration autour de moi. J'ai de la chance d'être une fille noble. Les gens du peuple sont balancés directement dans un trou et recouverts de terre, sans que leur corps soit protégé d'aucune façon. J'ai le privilège d'avoir été étendue dans une fosse régulière recouverte d'une dalle, ce qui me laisse un tout petit peu d'espace et m'évite de me retrouver la bouche, les narines et les oreilles pleines de terre. Je découvre peu à peu les caractéristiques de ma nouvelle condition. Je me croyais ressuscitée, mais je prends conscience que je ne respire pas, et que mon cœur ne bat pas… Il me faut un moment pour digérer l'information. Mon cerveau fonctionne, lui, puisqu'il a reçu ces informations, les a analysées, en a croisé les effets avec mes premières constatations sur le lieu qui m'accueille, et en a déduit que je suis coincée là pour l'éternité, car je n'aurai jamais la force nécessaire pour soulever seule la plaque de granit qui m'emprisonne. Je hurle de nouveau, mais de désespoir cette fois. Et ça dure, puisque je n'ai même pas besoin de reprendre mon souffle. Je ne sais depuis combien de temps je suis morte. J'ai l'impression de n'être partie qu'un court instant, et me voici déjà en terre. L'endroit où nous ensevelissons nos morts est loin de la maison, sur une colline où personne ne passe jamais, sauf pour les enterrements familiaux. Je risque d'attendre un long moment avant que quelqu'un ne m'entende et vienne me secourir… Me secourir… Je me tais brutalement, saisie par une autre forme de terreur. Je suis morte ! Je ne peux être secourue. Si jamais on découvre que je suis encore capable de bouger et de crier, on risque de me considérer comme un œuvre du diable et chercher à me détruire…

J'en suis là de mes réflexions quand je me rends brutalement compte que je ne suis pas seule dans mon caveau rudimentaire. Effectivement, une voix douceâtre, écœurante, me susurre à l'oreille :

" Elle est calmée, la damoiselle ? Elle a réveillé tout le cimetière avec ses cris d'orfraie… Ce ne sont pas des manières, pour une gente dame."

J'ai la sensation qu'une langue froide me chatouille l'oreille. Il s'en faut de très peu que je me remette à hurler. La curiosité seule m'arrête :

" Qui êtes-vous ?

- Votre oncle Eudes, pour vous servir."

Je réfléchis un instant, retricotant rapidement la généalogie familiale telle que je la connais, jusqu'au troisième degré, au moins. Et, sûre de moi, j'annonce, mais en chuchotant, allez savoir pourquoi :

" Je n'ai pas d'oncle Eudes.

- Et si ! Je suis le frère de Louis dit le Hachoir, votre géniteur…

- Mon père n'a pas de frère !

- Il en avait un.

- Il en avait… Donc vous êtes mort !

- Fine déduction… Évidemment que je suis mort ! Croyez-vous sincèrement qu'un vivant puisse se glisser dans un caveau scellé ?

- Mais… Pourquoi n'êtes-vous pas au paradis ? Il n'existe pas ?

- Pour tout dire, je n'en sais rien… Je crois que si, néanmoins.

- Alors, c'est parce que vous étiez un homme mauvais, de votre vivant ?

- Voyez-vous, ma chère enfant, je ne sais pas si j'aurais été un malfaisant homme, car il se trouve que je n'ai pas même eu le temps de tenter de le devenir. Ce cher Louis m'a occis lors d'une partie de chasse. J'avais tout juste seize ans ! Il a camouflé l'affaire en accident, attribuant son forfait à un vieux sanglier.

- C'est mon père qui… Mais pourquoi ?

- J'étais l'aîné, je le gênais sans doute…

- Mais… si vous étiez son aîné et que vous aviez seize ans, quel âge avait-il quand il…

- Quinze ans. Votre père, ma jeune amie, a fait très tôt étalage de ses talents de tueur…

- Mais si vous n'étiez pas mauvais, pourquoi n'êtes-vous pas assis à la droite de Dieu le Père tout-puissant ?

- Eh bien je suppose que c'est parce qu'au moment de passer, j'étais trop en colère. Je me suis glissé par une porte dérobée pour revenir me venger.

- La porte sur la droite, dans le couloir lumineux ? Je suis passée par là également. Mais alors, vous êtes un esprit ?

- Un esprit, un fantôme, un spectre… Quelque chose comme ça, oui. Je suis une âme qui erre, en attendant que son assassin la rejoigne…

- Et… Que faites-vous pour tuer le temps ? Vous le hantez pour vous venger ?

- Je ne fais pas grand-chose, hélas, pour dire la vérité. Je manque un peu d'imagination… Et votre père aussi. Il ne croit pas aux fantômes. De ce fait, il ne me voit pas, ce qui ne facilite évidemment pas ma tâche. J'arrive seulement à pénétrer son esprit quand il dort. Je lui fais faire de mauvais rêves, je l'empêche de se reposer, surtout les veilles de bataille, en espérant qu'ainsi, il sera moins performant, et qu'il finira par se faire tuer…

- Charmant…

- Notez, je vous en prie, que c'est lui qui a commencé.

- Et si jamais ça arrive, si vous parvenez à provoquer sa mort, que ferez-vous ? Vous l'attendrez à l'entrée du couloir lumineux ? Et pour quoi faire ? Le tuer une nouvelle fois ? S'il vous a réglé votre compte alors qu'il n'avait que quinze ans, c'est qu'il est plus fort que vous, non ?

- Ne soyez pas sarcastique, je vous prie. Il a réussi son forfait parce qu'il m'a pris en traître, et je compte bien en faire de même. J'ai étudié la chose de près. Avant qu'il ne comprenne ce qui lui arrive, j'aurai tôt fait de l'expédier rôtir chez Belzébuth… Quitte à l'y accompagner.

- Si vous le dites…

- Je le dis, effectivement. Je ne puis, en revanche, que m'étonner que cette annonce ne paraisse pas vous émouvoir.

- Si je dois exprimer le fond de ma pensée, en premier lieu, je le croirai quand je le verrai, parce que mon père, il est quand même de première force. Aujourd'hui, la liste est longue de ceux qui ont voulu le défaire et se sont retrouvés défaits. Ensuite, si par extraordinaire vous parveniez à être le premier à l'entourlouper, je considérerai qu'il n'a eu que ce qu'il méritait, voilà tout. Vous savez, pour ce que je lui dois, à mon père…

- Donc, vous ne tenterez pas de m'en empêcher… Sage position, je dois le dire. Du coup… Nous pourrions devenir… amis. Après tout, nous avons presque le même âge…

- Euh… Ne le prenez pas en mauvaise part, mais je ne crois pas que cela soit possible. Je ne vous vois évidemment pas, mais j'ai du mal à vous imaginer autrement que comme un homme d'âge… mûr, c'est ça, dans la force de l'âge ! "

J'ai dû vexer Tonton Eudes… J'ai le sentiment qu'il est parti. Je me trouve de nouveau seule sous ma dalle, sans aucune idée de la manière dont je vais sortir de ce trou, moi. Je tente un rapprochement :

" Il ne faut pas prendre la mouche à la moindre de mes paroles, très cher oncle. Nous ne nous connaissons pas bien, enfin, en ce qui me concerne, au moins, puisque j'ignorais votre existence jusqu'à ces dernières minutes… Peut-être me suis-je montrée maladroite… C'est que je suis encore très énervée par cette funeste aventure, et me laisse emporter sans réfléchir, comme une oiselle… Je vous présente mes plus humbles excuses, pour peu que vous preniez la peine de les venir chercher ici… Oncle Eudes, je vous en prie… Ne me laissez pas… Dites-moi au moins comment faire pour m'extraire de ce cul de basse-fosse ! "

J'ai crié les derniers mots, sujette à un nouvel accès de panique. Une panique étrange, d'ailleurs, puisque toute intérieure. J'ai l'impression de suffoquer, mais mon corps est paisiblement étendu, inerte. Ma poitrine ne se soulève pas. Et soudain :

" Mais je n'en sais rien, ma damoiselle ! Je n'en ai pas la moindre idée. Si vous étiez un pur esprit, comme je le suis, la chose vous paraîtrait évidente ! Ni les murs ni la terre ne m'arrêtent, moi ! "

Je ne peux retenir un sursaut à l'entendre me parler de l'intérieur de ma tête. Oui, vous avez bien lu. Il me parle de mon dedans… C'est une sensation… Beurk. Je ne trouve pas d'autre terme, dans l'instant, veuillez m'en faire pardon. Je réussis néanmoins à faire abstraction de mon dégoût, et, puisqu'il est dans ma tête, je lui demande par la pensée :

" Que suis-je, si je ne suis pas un fantôme comme vous l'êtes ?

- Voici encore une énigme soumise à ma sagacité… Pour l'instant, je n'ai aucune réponse à vous proposer. Rapportez-moi les circonstances de votre décès, et j'essayerai de trouver une explication à votre condition. "

Je lui fais le récit de la soirée qui me vit perdre la vie et toutes mes illusions. Il m'apprend en retour que je suis enterrée depuis une dizaine de jours, ce qui confirme que le temps est élastique, suivant l'endroit où l'on se trouve. Puis il m'explique qu'il doit me quitter pour aller quérir quelque information concernant mon cas particulier. Je lui donne ma bénédiction, et il disparaît de mon crâne.

Combien de temps ai-je passé à l'attendre ? Allez savoir… Suffisamment longtemps, en tout état de cause, pour sentir la panique m'envahir par vagues successives à l'idée de finir coincée dans ma fosse pour l'éternité. Je n'étais pas claustrophobe, avant. Je le suis restée longtemps après. Jusqu'au moment où j'ai été capable de contrôler mon changement d'état. J'ai l'impression de l'attendre des jours entiers, sans qu'il daigne me donner un signe de… d'existence. Et puis, tout à coup, il est de nouveau dans ma tête, et m'annonce, d'un ton triomphal, que je suis une goule.

Chapitre 8

Goran rentre de ce qu'il a pris l'habitude d'appeler sa promenade de santé... Il compose le code du portier électronique du petit immeuble, traverse le hall pavé et se rend dans le jardin afin de ranger son matériel de laveur de pare-brise dans la remise. C'est un petit jardin, bien évidemment, mais ces trois cents mètres carrés de pelouse et d'arbustes, au cœur de Paris, constituent un bonheur d'autant plus appréciable que, par un miracle de géométrie, aucune fenêtre étrangère n'ouvre sur ce coin de paradis. L'immeuble lui-même ne paie pas de mine. Il se contente d'être propre. Il ressemble aux centaines de ses congénères de centre-ville, doit dater des années cinquante mais a été entretenu, et porte donc sans rides son aspect démodé. On pourrait croire qu'habitent là six familles de petits bourgeois se partageant les trois niveaux principaux, tandis que les chambres de bonnes des combles à la Mansart abriteraient les amours affamées de quelques étudiants désargentés ou d'artistes. Et l'on aurait tort. Bien à l'abri de sa façade quelconque se dissimule le cœur du système Goran. Une société civile immobilière à capitaux serbes est propriétaire de l'ensemble de l'immeuble. Le garçon a installé dans les combles le bureau à partir duquel il donne par Internet ses consultations d'expert international en droit des affaires. Elles ne sont pas signées Goran Krasniqi, bien évidemment.

Le danger d'Internet tient à la possibilité qu'a un prédateur adulte de se faire passer pour un copain de leur âge auprès des proies faciles que constituent pour lui les préados mâles et femelles en recherche d'identité. Chaque médaille ayant son revers, le Web offre aussi les moyens à un génie préadolescent au physique chétif de se créer plusieurs personnalités, plus adultes les unes que les autres. Il propose également bien d'autres potentialités, qui n'exigent qu'un peu d'imagination et beaucoup de savoir-faire pour se révéler. À son arrivée en France, Goran étant doté de l'une et de l'autre, il n'avait pas tardé à lancer la construction de son projet. Il avait naturellement attaqué par les fondations. Il lui fallait avant tout disposer d'un logement et d'une existence légale, pour sa sœur et pour lui, et, pour ce faire, rien de plus pratique que de disposer d'une famille. Une famille officielle, s'entend, ayant pignon sur rue, reconnue et acceptée par l'autorité publique… Car leur hébergement de fortune était fragile. Son père lui avait laissé largement de quoi payer plusieurs semaines de pension, mais l'existence de cette somme d'argent représentait un danger intrinsèque, il en avait conscience. Rien ne lui garantissait que des "voisins" peu scrupuleux n'allaient pas rapidement tenter de faire main basse sur son petit pactole avant de les livrer, sa petite sœur et lui, aux services de l'immigration, voire à une forme plus définitive d'élimination. Il ne faisait absolument pas confiance aux "amis" de son père, ce qui paraît frappé au coin du bon sens quand on sait comment celui-ci avait fini, à peine arrivé à Paris.

Son sens particulier de l'écoute lui permit de dénicher rapidement une "tante" plausible, en laissant trainer une oreille attentive dans un couloir. Une femme entre deux âges, croate d'origine, mais veuve d'un Français, était passée dans le quartier à la recherche d'heures de ménage ou de repassage à faire. Elle était repartie bredouille, la demande étant ici plus réduite que l'offre, sans se rendre compte qu'elle était suivie. Goran l'avait pistée dans ses démarches infructueuses de l'après-midi sans être détecté. Puis, toujours invisible, il l'avait raccompagnée jusqu'à chez elle, le soir, afin de connaître son adresse. Elle occupait la loge de concierge, au rez-de-chaussée du fameux immeuble. Goran était à ce point transparent pour ses contemporains qu'il avait même réussi à l'approcher d'assez près pour visualiser et mémoriser le code d'entrée au moment où elle le composait sur le clavier du portier électronique, sans attirer son attention. Le garçon avait encore tourné dans le quartier un bon moment, obtenant sans presque poser de questions les réponses qui l'intéressaient. Vers neuf heures du soir, il sonnait à la porte de madame veuve Brisson, née Mila Kovacic. Elle ouvrit avec méfiance. Dame ! Une personne qui sonnait directement à la porte de la loge sans avoir actionné l'appel depuis l'extérieur ne pouvait être que locataire... Et comme il n'y en avait plus, des locataires... La société civile qui possédait l'immeuble ayant l'intention de vendre, elle n'avait pas renouvelé les baux, au fur et à mesure des départs. Et madame veuve Brisson s'était trouvée de plus en plus seule, concierge d'un immeuble qui se vidait, sa maigre rémunération amputée chaque fois des millièmes correspondants... Elle attendait sans illusions la signification de son congé, qui ne viendrait qu'avec la vente de l'immeuble puisque aussi bien, jusque-là, elle en assurait l'entretien pour le seul prix de son loyer.

La maigre frimousse qui la guettait derrière la porte juste entrebâillée et protégée par sa chaîne de sécurité lui fit penser à un chaton abandonné. Sans être une mauvaise femme, madame Brisson passait quotidiennement devant son lot de miséreux sans jamais leur glisser une pièce, où même un sourire. À chacun ses problèmes, pensait-elle chaque fois, pour gommer un reste de mauvaise conscience. Mais elle était incapable de résister au regard plein d'attente d'un chaton abandonné. Surtout quand celui-ci s'adressait à elle très poliment, et dans sa langue maternelle, qui plus est... Après avoir vérifié que le gamin n'était pas l'appât jeté à son intention par une bande de malfaisants, elle ouvrit sa porte en grand et le fit entrer dans sa petite cuisine, afin qu'il ait au moins un bol de chocolat au lait dans le ventre avant de repartir. Seulement, repartir n'entrait pas dans les projets de Goran. Dans sa tête si particulièrement agencée, il avait décidé que sa sœur et lui seraient parfaitement installés dans cet immeuble désert. Il commença donc par raconter à madame Brisson la vérité sur sa situation et celle d'Andjà, ce qui lui ouvrit plus largement encore la porte du cœur de la sexagénaire solitaire. Puis il traça pour elle les grandes lignes de son plan. Il lui expliqua comment les deux enfants allaient devenir ses neveux, de manière très officielle, sans qu'elle ait besoin de se déplacer ou de signer quoi que ce soit. Comme elle s'en étonnait, il lui confia qu'en fait, il n'avait même pas besoin de son consentement, mais qu'il préférait être honnête avec elle, pour une raison pragmatique, d'abord, afin qu'en cas de contrôle elle ne soit pas surprise et confirme l'histoire, et puis, poursuivit-il, parce que sa maman aurait voulu qu'il fasse ainsi, ce qui entretint l'émotion de son interlocutrice. Il indiqua également à madame Brisson qu'en échange de cette tâche, elle toucherait une rémunération mensuelle en liquide, en plus d'un complément familial qu'il se faisait fort de lui obtenir auprès de la Caisse d'Allocations Familiales. Mila Kovacic, veuve Brisson écoutait sans rien dire ce gamin de treize ans, qui en paraissait dix, lui détailler les étapes de l'opération. La CAF constituait pour elle le summum de la complexité administrative à la française, et lui semblait nager là-dedans avec une déconcertante facilité. Le plus étrange, c'est qu'elle le croyait. Elle avalait l'ensemble du projet sans douter le monde du monde qu'il était capable de faire tout ce qu'il annonçait de sa petite voix fluette, en passant, sans paraître s'en rendre compte, du croate au français et du français au croate, en fonction des besoins d'éclaircissement qu'il sentait chez son interlocutrice rien qu'en la regardant. Même quand il lui expliqua qu'il allait acheter l'immeuble, elle ne douta pas, puisque l'immeuble était à vendre. Que le gamin soit au courant alors que la chose n'était encore annoncée officiellement nulle part ne la dérangea même pas. Madame Brisson se contenta d'appeler un taxi pour aller, avec Goran, récupérer Andjà.

Monsieur Brisson n'avait pas réussi à faire d'enfant à Mila Kovacic, à moins que le problème n'ait dépendu de sa physiologie à elle. D'un commun accord, ils avaient préféré ne pas savoir, et, devant la paperasse exigée, avaient également renoncé à adopter. Quand monsieur Brisson était parti, entraîné par un cancer foudroyant du foie, à quarante ans à peine, Mila Brisson s'était dit que le Bon Dieu, connaissant par avance cette fin anticipée, avait bien fait de ne pas la laisser seule avec des enfants. Puis Andjà pénétra dans le taxi avec sa petite valise, et

Mila se dit que, finalement, le Bon Dieu avait décidé qu'il s'était trompé, puisqu'à l'âge où elle aurait pu être grand-mère, il la faisait maman d'une paire d'étonnants enfants : l'Intelligence et la Beauté. Elle décida qu'il lui fallait retourner à la messe le dimanche pour le remercier.

Si Mila Kovacic n'avait jamais eu les deux pieds dans le même sabot, la disparition de son époux, et l'abandon progressif de l'immeuble par ses locataires avaient peu à peu étouffé son allant naturel. Goran l'avait cueillie juste au moment où elle se résignait, non pas à vieillir, mouvement naturel, inéluctable, qui apporte autant qu'il coûte, mais à devenir vieille, ce qui constitue un abandon de poste. Le petit soldat, heureusement, n'était pas loin, qui ralluma les fourneaux le soir même, pour faire dîner sa marmaille nouvelle. Son frigo et ses placards contenaient de quoi bricoler une vraie gula de Croatie qu'ils partagèrent avec appétit, en se souriant, sans trouver de mots pour meubler un silence plein d'interrogations croisées, mais sans réelle inquiétude, ni de part ni d'autre. Son appartement de concierge n'était pas bien vaste, mais, sur la fin de la maladie de monsieur Brisson, quand l'appareillage et la tuyauterie qui le maintenaient en vie lui interdirent l'accès au lit conjugal, elle avait fait poser une cloison qui isolait la pièce à vivre de la cuisine afin de conserver un coin pour dormir. Elle n'avait plus quitté cette chambre improvisée alors, et put offrir aux deux enfants l'emploi de ce que le décès de son époux avait transformé en pièce à recevoir. Et, pour une fois, elle n'éprouva aucune tristesse à en ouvrir la porte.

Son activité de hacker avait offert à Goran un panorama de mondes financiers souterrains riches à millions d'argent amassé frauduleusement. Le problème qui se pose aux propriétaires de ces fortunes sales tient au fait que les blanchisseurs fiables sont rares et le volume de leur lessiveuse limité. La demande est forte, la rentabilité est donc assurée. L'idée qu'il allait faire payer des gens malhonnêtes avait suffi à gommer les rares scrupules du gamin, qui, dès le lendemain matin, faisait livrer un matériel informatique professionnel commandé sur Internet à l'adresse de madame Brisson, et installait son cabinet de consultant dans les chambres de bonnes de l'immeuble. Dans les semaines qui suivirent, il créa une société serbe d'intermédiaires de commerce, qui se mit à traiter avec des cabinets d'avocats honorablement connus chargés de blanchir l'argent douteusement gagné par certains de leurs riches clients. Il inventa les profils de plusieurs conseillers en gestion de patrimoine de différentes nationalités, inventant pour chacun un état civil complet : nom, prénom, âge, vie de famille, goûts… Chaque personnage était soigneusement stocké dans son incroyable mémoire, et il passait, sur son clavier, de l'un à l'autre sans même y penser. Ces honorables correspondants achetaient et vendaient à qui mieux mieux des cargaisons réelles de matières premières en provenance de pays peu regardants sur l'origine des fonds, qui finissaient par trouver une forme de virginité après trois ou quatre échanges. Profitant par ailleurs de son talent pour les langues, et considérant le droit comme un idiome particulier, il fonda également un cabinet de traduction juridique international, dont le siège social était établi dans l'immeuble, et dont l'activité, complètement honnête celle-là, générait en deux à trois heures de travail quotidien, un chiffre d'affaires suffisant pour financer les échéances de l'emprunt que ladite société avait contracté pour acquérir l'immeuble de la manière la plus légale du monde. La question qui lui avait posé le plus de problèmes tenait à la nécessité d'une présence physique pour la signature des actes authentiques. Il utilisa, pour ce faire, les services d'un avocat et d'un notaire français, qui reçurent mandat d'un avocat et d'un notaire croates, eux-mêmes actionnés par des "personnages" nés de son imagination, mais dotés d'une existence juridique numériquement vérifiable. En quelques mois, le système Goran fonctionnait à plein, et générait de quoi les faire vivre tous les trois très confortablement, longtemps, et de manière juridiquement solide. Andjà fut inscrite dans une prestigieuse école privée voisine, tandis que Goran réussissait à s'exonérer de cette corvée en bidouillant son dossier directement au niveau du ministère de l'Éducation nationale. Il tenait à ce que sa petite sœur dispose de la meilleure instruction possible, mais n'avait, lui, pas de temps à perdre avec toutes ces bêtises. Du coup, il lui restait du temps libre. C'est alors qu'il compléta son panel d'activités en lançant un site ludique à la dimension de son étonnante intelligence. Sur Enigma, chacun pouvait soumettre des énigmes à résoudre, ou proposer des solutions. Au début, il s'agissait d'un jeu, mais d'un jeu malin, dont le niveau de difficulté attira vite les surfeurs les plus perspicaces… Ils faisaient assaut de finesse en imaginant la meilleure manière de ramener sur terre un vaisseau interstellaire à court de carburant, de concevoir un langage compréhensible par des extraterrestres, ou de battre le dernier champion du monde d'échecs en moins de coups que les autres. Assez rapidement cependant, quelqu'un – pseudonyme "Bonsangmaiscestbiensûr" - proposa à la sagacité des membres du site une première énigme policière, concernant une affaire de disparition vieille de plus d'un siècle, et qui n'avait pas connu de solution. Il fallut moins de quinze jours à la communauté pour passer en revue toutes les hypothèses et décider de l'identité de l'assassin, du mobile et de l'endroit où devait se trouver le corps. Il faut croire que le site comptait des admirateurs parmi les forces de l'ordre, puisque trois jours plus tard, des fouilles menées par la police permirent de découvrir le corps du disparu, et de comprendre le déroulement complet de l'affaire. Ce résultat renforça l'aura de Jules Racine auprès de ses collègues, qui ne purent néanmoins s'empêcher de penser que le gars Jules devait passablement s'ennuyer dans la vie pour consacrer ses loisirs à résoudre d'aussi vieilles affaires… Il consolida aussi l'intérêt dudit Jules pour les nouvelles technologies, et spécialement pour cette communauté étrange dont les limiers de la police numérique, qu'il avait sollicités, n'avaient pas réussi à localiser le serveur.

Après avoir rangé son matériel, Goran s'est changé, a fait le brin de toilette nécessaire pour transformer le mendiant croate en adolescent français BCBG. Il a goûté en écoutant Mamilla, puisque c'est ainsi que sa sœur a baptisé leur mère adoptive, rapporter les mille anecdotes du quartier et de la communauté, puis s'est consciencieusement lavé les mains avant de monter dans son antre s'installer face à l'écran de l'ordinateur dédié à Enigma… Justement, on y propose un nouveau mystère…

Chapitre 9

- Quoi, ma goule ? Qu'est-ce qu'elle a ma goule ? hurle systématiquement Johnny dans mon crâne quand je repense à cet épisode. Et qu'est-ce que c'est qu'une goule, d'ailleurs, vous le savez, vous ? Oh, bien sûr, aujourd'hui, il suffit de taper le mot sur le clavier d'un ordinateur pour que Kikipédia vous explique n'importe quoi à son sujet. Tiens, j'essaie ! Attention, je cite " *La goule est une créature monstrueuse du folklore arabe et perse qui affectionne les cimetières où elle déterre les cadavres pour s'en nourrir. La goule hante aussi le désert sous les traits d'une jeune femme et elle dévore les voyageurs qui succombent à ses appels, non sans rappeler les sirènes du récit de l'Odyssée. De nombreux récits terrifiants destinés aux enfants ont pour acteur principal une goule dans les pays du Maghreb. La goule y joue souvent le rôle du Grand Méchant Loup.*" Bon, évidemment, ceci n'est qu'un extrait, mais il est déjà plein de conneries, sauf vot'respect m'sieurs dames ! Détaillons un peu. Est-ce que j'ai l'air arabe ou perse ? Notez que je n'ai rien contre les peuples en question, mais, à ma naissance, on n'avait pas encore inventé les croisades, donc pas de doute possible, la réponse est non. Je n'irais pas prétendre pour autant que je suis française… Issue du peuple franc, oui, et basta. Je passe également sur le terme de folklore. Est-ce que j'ai une gueule de folklore, franchement ? Poursuivons. La goule affectionne les cimetières ! Elle déterre les cadavres pour les dévorer ! Et puis quoi, encore ? Si nous apparaissons dans les cimetières, c'est seulement parce que nous sortons de la tombe où l'on a classiquement placé notre dépouille. Comme la plupart de celles à qui ça arrive sont déboussolées par la situation, elles restent traîner leurs guêtres là, en attendant, dans la presque totalité des cas, d'être dispersées par le vent quand elles finissent par perdre de leur substance pour devenir vapeur, puis pur esprit. Alors déterrer les cadavres, c'est n'importe quoi ! La vérité est très différente. Je résume. La règle générale, d'abord. Quand un être humain meurt, son esprit se trouve embringué dans le truc que je vous ai décrit plus tôt : la blancheur sympa, le couloir de lumière, les murmures et tout et tout. Si le mort est dans un état normal, c'est-à-dire serein, surpris, curieux, triste, abattu, beurré comme un Petit Lu, shooté, usé, et j'en passe, il enfile le couloir, et change ensuite de dimension. Je fais ici une incise. Ne me demandez pas ce qu'ils deviennent et comment c'est dans le monde en question, je n'en sais rien. Et pour cause, je n'y ai jamais glissé ne serait-ce que le bout d'un ongle d'orteil. Ce n'est pas que je n'aie pas été tentée, notez-le bien, mais l'éventuelle inéluctabilité du passage m'a toujours calmée à temps. Je reviens à mon explication. Si, en revanche, au moment de prendre le couloir, il est en colère - attention, pas la petite colère du mec qui prend une prune pour un kilomètre/heure de trop, non. Je parle de la vraie grosse colère, genre l'amoureux fou qui trouve la femme - ou l'homme - de sa vie, en train de se faire troncher par son boss en se foutant de sa gueule - celui-là découvre, à l'entrée du couloir, un rai de lumière qui trahit l'existence d'une porte cachée dans la paroi. S'il décide alors de franchir cette porte, il devient fantôme, au moins jusqu'à ce que ça colère soit calmée, et qu'il retrouve le chemin du couloir. Bon, les caractéristiques du fantôme sont globalement connues. Il est invisible, sauf à quelques êtres doués d'un sens particulier et qu'on nomme habituellement des médiums - ce qui est une incorrection grammaticale, le terme media convenant mieux au pluriel - et ne peut, sauf quelques emmerdeurs très doués, intervenir sur la matière. C'est typiquement le cas du tonton Eudes. Fort en colère des conditions de sa mort, il est devenu fantôme, mais pas doué, et n'ayant croisé aucun médium, il n'a jamais dérangé personne. C'est bon, vous avez tout capté ? Eh bien, une goule, c'est le même principe pour les victimes de vampyres dont le sang a été transmuté.

Parcours identique, mais caractéristiques différentes. La goule a une véritable matérialité, pour peu qu'elle dispose d'énergie, chaleur ou électricité. Elle peut exister tant que vit le responsable de sa situation. À la disparition de son vampyre, elle se trouve incapable de se recharger en énergie, et finit par rejoindre l'éther. Quant au devenir de son esprit, je n'en sais rien, et je ne suis pas pressée de l'expérimenter. Du coup, si vous avez bien tout suivi, et si vous ajoutez à cela que j'aime beaucoup mon existence actuelle, vous aurez forcément compris que si, depuis mille trois cent quarante-sept ans, je poursuis mon goulogéniteur, ce n'est pas pour le détruire, ce qui relèverait du suicide, mais pour le capturer, afin de l'empêcher de nuire et de trucider d'autres jouvencelles, ou de se reproduire, tout en le maintenant soigneusement en vie, afin de continuer à en profiter de mon côté. Fûté, non ? Ouais, sauf que l'affaire n'est pas évidente. Ce bon vieux Vlad est un sacré malin, et sait que je le poursuis, parce que je me suis conduite comme une cruche, dans les premiers temps de ma quête. Du coup, il est sur ses gardes, et s'il n'a aucun moyen de me détruire, sauf à se faire hara-kiri, il possède une science consommée des pièges et autres chausse-trappes à goules, comme le coup du frigo étanche, par exemple… Coup qui lui a redonné huit années d'avance. Il peut aujourd'hui être partout dans le monde, et je ne sais pas trop par où commencer pour tenter de retrouver sa trace. J'en suis là dans mes réflexions quand on sonne à mon huis… C'est mon livreur d'électroménager. Ou plutôt devrais-je dire mes livreurs, vu qu'ils s'y sont mis à deux pour tout m'apporter. Ils me surprennent en tenue d'intérieur, culotte et tee-shirt, ce qui ne paraît pas leur déplaire mais me laisse penser que l'installation de tout ce bazar va prendre beaucoup de temps si je n'y mets pas rapidement bon ordre. Je fonce donc dans ma chambre pendant qu'ils finissent de décharger leur fourgon, et m'affuble d'un vieux jogging informe que je complète d'un bonnet afin de faire disparaître aussi ces merveilleuses boucles blondes qui… Mais je m'égare. Les deux livreurs-monteurs oublient du coup qu'ils sont mâles et font ce que j'attends d'eux : ils livrent-montent le matériel en prenant le temps tout juste nécessaire pour m'en expliquer le fonctionnement. Quand je suis certaine d'avoir bien tout compris, et après avoir vérifié que je dispose de l'intégralité des modes d'emploi, juste au cas où, je me débarrasse des deux garçons en leur glissant un pourliche à la dimension de mon investissement. Enfin seule et équipée, je vais pouvoir passer aux choses sérieuses et reprendre ma traque. Point numéro un, mes fringues… Vous dites ? Comment je suis sortie du caveau ? Ah oui, c'est vrai, je n'ai pas terminé cette partie du récit. Bon, d'accord, je vous explique. Je ne vous cache pas que ça ne m'amuse pas d'y consacrer du temps justement maintenant, mais je ne peux pas légitimement prétendre que je suis à cinq minutes près après avoir bêtement gaspillé mes huit dernières années... Retournons donc dans mon caveau... C'est vrai qu'à l'époque, je n'en menais pas large, dans mon trou. Tonton Eudes s'amusait comme un petit fou à aller et venir dans mon esprit, sans s'annoncer, tout content de provoquer chaque fois un bond qui m'envoyait cogner contre la dalle funéraire qui me tenait prisonnière. Je notais, néanmoins, que chaque choc était moins fort, plus élastique que le précédent. Je rangeai cette constatation dans un coin de ma mémoire, et me concentrai, dans le même temps, pour essayer de prévoir ses incursions salaces, pour en sentir les signes avant-coureurs, afin de mettre au point les mesures de rétorsion adéquates...

J'ai fini par prendre conscience que tout était question d'énergie. Entendons-nous bien. Je vous donne les explications en langage d'aujourd'hui. À l'époque, j'aurais eu bien du mal à trouver les mots... Même "vibration" porte plus de puissance et de mouvement que ce que je me mis à ressentir, à force de concentration. La sensation était ténue, mais néanmoins bien présente. Je le sentais arriver. En revanche, rien à faire pour l'empêcher de prendre mon esprit d'assaut. J'avais beau me concentrer, il y pénétrait aussi aisément qu'une dague dans une motte de beurre tendre. Épuisée par ses allers-retours ridicules et ses plaisanteries stupides, je décidai, en désespoir de cause, de tenter de rendre son prochain passage désagréable. Je me préparai psychologiquement en imaginant mon éternité coincée dans ce caveau, et, quand je sentis qu'il arrivait, je me mis à hurler en pensée toute la terreur et la colère que je ressentais alors. Tonton Eudes fut tellement déstabilisé par ce cri sauvage bien qu'intérieur qui le cueillit par surprise, qu'il fila sans demander son reste. Je me trouvai seule de nouveau, mais ce n'était finalement pas plus mal, vu la qualité du seul personnage qui daignait me visiter. Je pris conscience, soudain, que j'avais froid. C'était une sensation nouvelle depuis que je m'étais réveillée sous ma dalle de granit. Je constatai également, à peu près au même moment, que je ne sentais plus le contact de la terre sous mon dos. J'essayai de pousser sur la dalle, en m'arc-boutant contre le fond du caveau, et je me rendis compte que je n'avais plus aucune puissance pour ce faire. Au lieu de pousser, je m'élargissais. Ma consistance devenait étrange. Je remplissais tout l'espace de ma tombe d'une substance éthérée, ou aérienne, ou barbapapesque, ou… Oui, bon, je sais que ce n'est pas très précis, comme description, mais que voulez-vous que je vous dise d'autre ? J'étais en train de me transformer en fumée… Ou quelque chose qui ressemble à de la fumée, parce que je me permets de vous rappeler qu'en plus j'étais dans le noir. Ce n'est que beaucoup plus tard que je développerais mes talents de nyctalope, quand j'aurais compris le fonctionnement "énergétique" de mon nouvel état. Pour l'heure, j'avais conscience de remplir littéralement tout l'espace de mon caveau, mais avec légèreté. Puis je perçus les courants d'air. Ma dalle était loin d'être étanche, bien évidemment, mais je découvrais la chose avec une acuité nouvelle. Les souffles ténus en provenance de la surface me paraissaient maintenant issus d'ouvertures grandes comme des portes. Je tentais d'y glisser ce que je pensais alors être encore une main, puis le bras, l'épaule, puis moi toute entière, et je me retrouvai soudain à l'air libre, comme un petit banc de brume errant dans la nuit étoilée. J'ai découvert à cette occasion que le vent n'était pas mon ami. Enfin, à cette époque-là ! Mon copain Éric, le Breton taciturne, treize siècles plus tard, durant nos traversées en "solitaire" m'a enseigné que le vent est une donnée prévisible, un outil que l'on peut utiliser pour avancer vers son but même si celui-ci est placé pile-poil dans le lit du vent. Ces leçons me seront utiles plus tard, mais à l'époque, je le confirme, le vent n'était vraiment pas mon pote. Au fur et à mesure que la fumée dont je semblais faite s'extrayait du caveau par des fentes épaisses comme du papier à cigarette, le vent la dispersait au gré de son humeur bohème. Bonjour pour rassembler mes morceaux. Encore que non, cette image n'est pas pertinente. Je n'étais pas répartie en de multiples morceaux, mais plutôt dilatée dans un très grand volume, sans presque de consistance, plus légère qu'une expiration de Marguerite Gauthier vers la fin du bouquin, et complètement soumise à la brise, qui m'entraîna vers le village le plus proche du château. Nous devions être au cœur de la nuit. Toutes les lumières étaient éteintes… Toutes sauf une. Le boulanger était déjà au travail, et justement, c'est vers chez lui que me portait le vent. Quand je fus assez près de la maison, je fus aspirée par les bouches d'alimentation en air du four, pour me retrouver en compagnie des pâtons. Là, dans l'espace restreint du four à pain, je commençai par apprécier la chaleur, qui était une amie, malgré la très forte température qui régnait. Puis je me rendis compte que je retrouvais une consistance. Je me rassemblais, et reprenais figure humaine. C'est à ce moment-là que je me rendis compte que j'étais nue. Mon suaire n'avait pas suivi. Je campai un moment dans le four, très partagée sur la suite des opérations. J'étais bien, là. Une fois complètement reconstituée, je pouvais rester au sein du foyer sans souffrir de la chaleur pourtant infernale qui y régnait. Mes jolies petites fesses reposaient sur la sole sans rougir. C'était plutôt cool, comme sensation. J'étais passée d'un trou noir froid et humide à un trou rouge sec et chaud, muni d'une porte qui allait forcément s'ouvrir à un moment donné, avec pour seule perte une camisole de lin. Ce n'était pas si cher payé, mais il fallait quand même que je me prépare à filer rapidement, en profitant à fond de l'effet de surprise, si je ne voulais pas que le boulanger m'attrape. Je regardai les grosses miches de campagne qui commençaient à dorer à mes côtés. Il ne leur manquait que peu de temps pour être cuites à cœur, je me préparai donc. J'attrapai le pain le plus proche, y creusai une cavité depuis le haut jusque presque la croûte du dessous, que je perçai de deux trous plus petits. J'enfilai la culotte ainsi constituée pour protéger mon intimité, mais malgré le sacrifice de deux autres boules, je ne réussis pas à me confectionner un haut qui tienne. J'abandonnai l'idée de consommer un pain supplémentaire quand j'entendis grincer la porte de fonte. Je me précipitai à quatre pattes pour surgir au nez et à l'absence de barbe d'un apprenti abasourdi, sautai à terre, et filai aussitôt par la porte, sans lui laisser le temps de réagir. Un des gros avantages de ma nouvelle condition, c'est que je pouvais cavaler pieds nus sur les cailloux du chemin sans ressentir aucune douleur. Je ne m'essoufflais pas, non plus, ce qui me permit de m'éloigner rapidement du village, en direction de la forêt. Il ne me restait plus qu'à retrouver des fringues. Et, tiens, justement, puisqu'on en parle, je me permets de revenir au temps présent, parce que j'aime bien papoter avec vous, mais j'ai quand même une chasse à mener, moi. Il est temps que j'apprenne à me servir de cet Internet dont l'informaticien m'a rebattu les oreilles…

Chapitre 10

"Il n'est pas difficile de laisser de fausses traces ADN sur une scène de crime. Fred Vargas a usé de cet artifice dans l'un de ses romans. Je ne vous donnerai pas le titre, et n'en dirai pas plus pour ne pas gâcher le plaisir de ceux qui ne l'ont pas encore lu. Il n'en reste pas moins que la chose demande des efforts et de l'anticipation. Il faut que la scène de crime soit vierge d'autres traces, il est nécessaire d'avoir organisé sa récolte au préalable… De mon point de vue, cela relève d'un esprit retors, ce qui exclut le crime occasionnel, le coup de sang ou de folie passagère, et dénonce la préméditation. Il me semble même que l'artifice pourrait révéler le modus operandi d'un tueur en série persuadé qu'il a trouvé le moyen de berner la police. Reste le décalage entre les deux meurtres… Pourquoi faire porter le chapeau à une femme antérieurement décédée, quand on a si soigneusement caché sa dépouille ? La question reste posée. Les éléments sont trop peu nombreux pour permettre d'élaborer une théorie raisonnablement étayée. Peut-être pouvez-vous nous communiquer d'autres détails… Pouvez-vous nous indiquer, par exemple, si la victime du coffrage à béton n'est pas elle-même recherchée pour un crime de sang ?"

La réponse est signée d'un simple X^2. L'inconnu x du second degré, pense Jules en souriant. Sans doute un gamin – ou une gamine, Internet n'est guère précis sur le genre – qui se balade entre la seconde et la terminale. L'idée du trucage sur les traces ADN, Jules l'a eue très rapidement. Lui aussi lit Fred Vargas. Mais, comme son mystérieux correspondant, il bloque sur le décalage des dates. Pourquoi prendre la peine de monter une sorte de crime parfait, en y glissant une erreur aussi grossière ? L'assassin pouvait-il imaginer qu'on ne trouverait jamais le corps de Rachel Gudermann ? Hypothèse peu vraisemblable. Ou bien, au contraire, tout ceci relèverait-il d'un plan tordu, d'un coup de billard à trois bandes dont il ne perçoit pas encore le but ? Jules aspire plus qu'il ne boit la mousse de café qui emplit la petite tasse. La question posée par son inconnu du site Enigma tourne et retourne dans sa tête comme un manège de fête foraine. Celle qu'il nomme " la victime du coffrage à béton " et dont Jules sait maintenant qu'il s'agit de la mère Dulard, détail qu'il n'a pas communiqué aux adhérents d'Enigma – il ne leur donne aucun élément susceptible de leur permettre d'identifier l'affaire - n'a aucune raison d'être mêlée à un crime de sang, en dehors du dépeçage, au demeurant parfaitement honnête, des carcasses des animaux vendus par son échoppe. Cette question, pourtant, a déclenché de nouveau la petite sonnette d'alarme dans la tête de Jules... Après tout, ça ne coûte rien de demander... Reposant la tasse, il ouvre, sur son ordinateur portable, la connexion avec le site d'Interpol, et lance la recherche à partir de l'ADN de la mère Dulard qui a été stocké lors de la découverte du corps, en vue de son identification. Il ne lui reste plus qu'à attendre. En dehors des séries américaines, il faut de nombreuses heures pour obtenir la réponse à une question de ce genre. Du coup, il laisse l'ordinateur de côté, et s'occupe de faire avancer d'autres affaires en instance. Puis il part déjeuner dans une petite brasserie dont il affectionne particulièrement les œufs-mayo, et le sourire espiègle de la serveuse. À son retour au bureau, la recherche est terminée. L'ADN de la mère Dulard correspond à diverses traces retrouvées sur le cadavre d'une femme d'une quarantaine d'années, découverte dans la carcasse rouillée de sa voiture au fond d'un ravin. Le tueur – ou la tueuse – devait espérer que le véhicule prendrait feu et ferait disparaitre en fumée la gorge tranchée et l'absence de sang. Le corps a été retrouvé plusieurs semaines après la date estimée de sa disparition. La femme vivait seule, en effet. Il s'est écoulé un laps de temps indéterminé, sans doute plusieurs semaines, avant que sa disparition ne soit portée à la connaissance des forces de l'ordre. D'après les indications portées au dossier, les derniers témoignages la concernant datent de mars 2006. Le corps n'a été retrouvé qu'au cours de l'été 2008, grâce à un concours de circonstances. Un parapentiste s'est cassé la figure juste sur la voiture, complètement invisible dans les buissons où elle s'était écrasée deux ans plus tôt. Grâce à son téléphone portable, il a pu guider les secours jusqu'à lui, et jusqu'à Juliette Lebonchois, troisième victime putative du voleur d'ADN, puisque, cette fois encore, l'assassinat a eu lieu plusieurs mois après la mort de la propriétaire de l'ADN retrouvé sur le corps de la victime : des cheveux, et une trace de sang sous un ongle. Jules sort sa pipe, car il est temps de réfléchir sérieusement… Il pense que le jeune X^2 a raison. Il a bien affaire à un tueur en série, qui fait une victime par trimestre, semble-t-il. L'ADN de madame Lebonchois ayant été relevé lors de son autopsie, il relance son moteur de recherche, par acquit de conscience, pour avoir confirmation de son hypothèse, mais sans éprouver le moindre doute sur sa validité. Quant à la signature du tueur, le pourquoi de ces traces laissées sciemment derrière lui, alors que le simple nettoyage de la scène de crime aurait suffi à le rendre introuvable par les méthodes scientifiques, il ne la comprend pas. Peut-être s'agit-il simplement de créer des fausses pistes, en pariant sur la paresse des services de police judiciaire ? Peut-être est-ce une forme de jeu macabre, qui trouve son origine dans un comportement psychologique déviant ? Jules décide d'alimenter ses camarades de jeu d'Enigma en leur fournissant ce nouvel indice, et de consulter, parallèlement, une amie profileuse pour dresser un portrait psychologique de son tueur. Il compose le numéro de ligne directe de la dame, et tombe sur une voix électronique qui lui explique sans le moindre état d'âme qu'il peut aller se faire voir, vu que la spécialiste en question prend du bon temps aux zuhessa aux frais de la princesse Marianne, sous prétexte d'un colloque professionnel dans lequel elle représente, à elle seule, toute l'efficacité française en matière d'analyse comportementale des activités criminelles. Dépité, Jules repose le combiné et laisse son esprit vagabonder, qui a choisi de faire un peu de calcul mental. Quatre victimes par an, depuis l'été 2005, ça peut faire une trentaine de cadavres à retrouver, si le tueur n'a pas cessé son petit jeu. Sans compter que madame Gudermann n'était peut-être pas la première. Il faudra qu'il appelle Matthias pour savoir si on n'a pas trouvé les traces d'un ADN étranger sur la momie de cette brave Rachel, ce qui permettrait de remonter la chaîne morbide dans l'autre sens… Puis, toujours calculant, son très autonome esprit estime qu'il faut entre quatre heures, au mieux, et plusieurs jours au pire, pour obtenir les informations concernant les traces ADN trouvées sur les victimes, et avancer d'un cran dans la découverte des meurtres. Sans compter que leur auteur a, peut-être, décidé, un moment donné, de changer de crèmerie, et d'aller trucider sous d'autres cieux. Il se dit également, cet esprit décidément prolixe, qu'il suffirait qu'un seul cadavre n'ait pas été retrouvé pour interrompre la chaîne, et foutre l'enquête par terre. Ayant soigneusement enregistré ces différents arguments, Jules décide de reprendre la main, et de lancer un recensement des victimes potentielles de son tueur à l'ADN. Il lui faut retrouver tous les cadavres découverts depuis le début des années 2000, que l'affaire ait été ou non résolue, qui présentent la double caractéristique d'avoir été égorgés et vidés de leur sang. Ce recensement permettra peut-être de libérer quelques innocents des geôles de la République, songe in petto le commissaire avec un petit sourire. Pendant un moment, il pense à ajouter "de sexe féminin" au terme "cadavres", mais il se retient. Il ne voudrait pas être taxé de sexisme, ni passer à côté d'une piste à cause d'un a priori machiste. Reste à justifier cette recherche de grande ampleur auprès des autorités de tutelle…

Chapitre 11

C'est fou ce que ça a fait comme progrès en huit ans, l'informatique personnelle. Je me suis offert le nec plus ultra, une tablette tactile qui se connecte sans fil à un grand écran, tout plat, et à une boîte qui permet de surfer dans le monde entier. C'est peut-être banal, pour vous, mais moi je sors à peine du Minitel…. L'informaticien qui a installé tout ce bazar a pris le temps de m'expliquer la recherche avec Gougueule, en me précisant que je n'avais pas grand-chose d'autre à savoir vu qu'aujourd'hui, tout existe sur Internet, et que les différents sites fonctionnent sur des principes très proches. Il se trouve que ce n'était pas un si mauvais conseil. Je commence par faire un tour auprès de ma banque, et découvre rapidement que je pourrai bientôt gérer mes comptes depuis chez moi, après être néanmoins passée à l'agence pour signer une tonne de papiers. C'est vrai qu'on est en France ! J'apprends aussi que ma carte de paiement est caduque, ainsi que les quatre qui ont suivi, et qu'il me faut passer à l'agence pour récupérer un bout de plastique valide… Mais je peux faire des virements par Internet, en rentrant les relevés d'identité bancaire des bénéficiaires… Sauf que les sites marchands ne donnent pas leur RIB comme ça. En plus, pour valider chaque bénéficiaire, la banque m'adresse un sms sur mon portable. Mais si, j'ai un téléphone portable, enfin ! Seulement, il est à plat, et j'ai l'impression que la batterie refuse de se remplir, je n'arrive pas à l'allumer, même en le branchant sur secteur… Mon histoire commence sérieusement à sentir l'impasse. J'ai idée que je vais bel et bien être obligée de sortir habillée comme une pauvresse, moi… Je me reconnecte pour essayer de saisir les tendances de l'époque. Je m'intéresse surtout aux actualités, vu que je vais surtout chercher à ne pas me faire remarquer. J'évite donc soigneusement les sites des boutiques de mode… Et je découvre que le look grunge est toujours d'actualité. En massacrant un vieux jean, un tee-shirt et un pull, je peux passer inaperçue jusqu'à ma banque. J'ai noté, sur le site, que le responsable de mon compte a changé. Pas de risque donc qu'il se pose des questions sur l'évolution de mes goûts vestimentaires. Et vu qu'ensuite, je gérerai tout depuis la maison, il n'aura pas non plus l'occasion de s'en poser sur le changement suivant, qui me verra redevenir une gravure de mode.

Je sélectionne dans mon armoire les éléments nécessaires, les passe à la machine, puis au sèche-linge, fais un brin de toilette… Mon parfum est évidemment éventé. Je vais vraiment passer pour une souillon ! Courage ma fille, il n'y en a plus pour bien longtemps… Je jette un œil par la fenêtre. Il fait beau et chaud, tant mieux, ça augmente mon autonomie. Je suis chargée à bloc… En avant Paris, me voici…

Bon, je vous passe les détails. J'ai récupéré, non sans mal, une carte bancaire fonctionnelle, un chéquier neuf, et signé tous les papiers nécessaires pour pouvoir gérer mon pognon depuis la maison. Mon problème, au guichet, c'est mon âge apparent. Sur le fichier de cette banque-là, j'avais officiellement vingt-deux ans quand j'ai ouvert mon compte, ce qui m'en fait plus de trente aujourd'hui… Déjà que je ne faisais pas mon âge il y a huit ans… Je ne vous raconte pas la mine qu'a tirée la guichetière quand je me suis présentée à mon tour. Même avec ma carte d'identité en main, elle était pour le moins sceptique… Internet devrait m'aider à gérer ce genre de problèmes, je pense. Sinon, il me faudra encore changer de banque en usant de stratagèmes tordus et de faux papiers… Je dois vieillir néanmoins, je ne trouve plus ce genre de contraintes amusantes… Je passe les heures suivantes à me commander une nouvelle garde-robe. Encore un peu de patience et je vais enfin pouvoir reprendre ma chasse…

En attendant d'être livrée, je décide d'améliorer ma pratique du surf. Internet devient vite mon ami, et va m'aider, je sens, à meubler mes interminables nuits sans sommeil. En quelques dizaines de minutes, je maîtrise le fonctionnement du système. Je découvre Kikipédia, Gougueule et ses maps, Fessebouc… J'en profite pour me commander un smartphone, afin de rester connectée. Déjà accro ! Je visionne des centaines de vidéos, joue à des jeux plus stupides les uns que les autres, avant d'en trouver de moins bêtes. Je fais connaissance avec le principe de communauté et la notion de réalité virtuelle. Je découvre également que plus les moyens de communication se développent, et plus la vraie solitude s'impose… Les annonces et les échanges sur les sites de rencontre sont pour la plupart pathétiques… Je croise VDM, concept amusant, mais bourré de fakes. Ils ne sont pas vraiment difficiles à repérer, ils sont plus respectueux de l'orthographe que les histoires vraies, et souvent beaucoup plus drôles. Je prends ensuite beaucoup de plaisir à me promener sur les sites d'énigmes à résoudre. C'est amusant comme tout, ces machins-là. Dans le lot, il y en a même un qui raconte que cette chère Rachel Gudermann est recherchée pour le meurtre d'une personne tuée trois mois après son propre assassinat…

Bien évidemment, son identité n'est pas révélée. Mais la mention de la "découverte d'un cadavre égorgé, exsangue, dans la chambre froide d'une boucherie" est pour moi assez explicite. Du coup, je dévore les différents posts qui traitent de cette affaire. L'item a été créé par un correspondant qui intervient sous le pseudo de "Bonsangmaiscestbiensûr". C'est donc sans doute un vieux, ou une vieille, les amateurs de Raymond Souplex dans le rôle du commissaire Bourrel étant rarement de première fraîcheur. Et oui, j'ai regardé ça, autrefois, à la grande époque de l'ORTF… Ce qui ne rajeunit pas machin truc, qui doit bien avoir au moins cinquante ans. Comme je sais, moi, qu'il s'agit d'une véritable affaire criminelle, et pas d'une énigme fabriquée pour jouer, j'en déduis que le quidam est au courant du dossier. Il doit donc bosser pour la poulaille. Je parcours rapidement les différentes hypothèses émises par les membres du site. Il y en a pour tous les goûts. Certains évoquent l'intervention de petits hommes verts, un autre défend l'idée de l'intervention d'un vampire pour expliquer l'absence de sang, ce à quoi un troisième lui répond doctement qu'il n'y a pas de traces de canines, et que, par conséquent, il ne peut absolument pas être question d'un vampire, ce serait faire fi de toutes les connaissances accumulées sur ces êtres maléfiques. Il est assez difficile, derrière ces textes courts, de déterminer le niveau réel d'implication des intervenants. Pour certains, il s'agit évidemment d'un jeu, qui accepte tous les délires. C'est le cas d'un certain McGee, qui poursuit la conversation en imaginant qu'un vieux vampire peut perdre ses dents, mais avoir néanmoins besoin de se nourrir. D'autres sont très " premier degré " et paraissent chercher des solutions plausibles comme si leur vie en dépendait… Je n'apprends pas grand-chose d'autre sur ce site, qui me confirme quand même que ce vieux Vlad n'a pas changé de mode opératoire. Il égorge, récupère le sang, et tente de faire disparaître le corps. Gudermann, il savait bien qu'on la retrouverait, mais ça n'était pas grave tant qu'elle restait un cas isolé. Elle avait surtout servi d'appât pour lui permettre de me coincer, avec succès, je l'avoue. La suivante, dont j'imagine qu'il s'agit de la bouchère qu'il courtisait justement au moment où j'ai vraiment pensé que je le tenais, aurait dû se fondre à jamais dans un pilier de pont. La suivante de rang 2, puisque, suite à une question posée par un certain X^2 - à moins qu'il ne s'agisse d'une inconnue - "Bonsangmaiscestbiensûr" avait annoncé qu'il y avait une autre victime, aurait dû, elle, cramer dans la carcasse de sa voiture au fond d'un ravin perdu. Il perd la main, le pépère, et accumule les bourdes

De mon point de vue, l'initiateur de l'item est bel et bien un flic, en relation avec l'affaire, et il traque aujourd'hui un tueur en série… Voilà qui peut m'être utile. Je me trouve moins seule, tout à coup, et l'idée de profiter, via ce site, de tuyaux de la police me fait frétiller d'aise. Il me faut juste entrer à mon tour dans le jeu. Je me décide à frapper un grand coup. Je commence par me créer un compte sur le site pour avoir la possibilité de poster à mon tour… Premier écueil, trouver un pseudo. J'ai tenté Mélusine, Morgane, Vivianne, et même Carabosse, mais, a priori, les noms de fées sont déjà tous utilisés. De guerre lasse, sans en informer la partie consciente de mon encéphale, mes doigts branchés sur mon cerveau reptilien tapent " Fée Chier " sur le clavier et valident aussitôt. Me voici baptisée. La force de l'inconscient, quand même ! Non, je n'ai pas choisi " merde " comme mot de passe, mais c'est bien parce qu'il n'y avait pas assez de lettres. Puis je bricole une présentation rapide, qui raconte que je suis une fan des énigmes policières, ce qui n'est pas faux, vu que j'ai lu tout Agatha Christie, Conan Doyle et Georges Chaulet.

Je me branche ensuite sur l'item correspondant à mon affaire. Reste à savoir quoi écrire… L'idée est de balancer un coup de pied dans la fourmilière, mais sans prendre le risque de me faire piquer par ses locataires… Je réfléchis un moment, puis me mets à taper :

Le tueur a manifestement cherché à faire disparaître le corps des victimes 2 et 3 de la série, seul le hasard a permis qu'elles soient retrouvées. En revanche, quelle étrange idée d'enfermer la première dans une chambre froide, et, surtout, de remettre le compresseur en route ! La pièce étant étanche, le cadavre n'aurait dérangé personne même à température ambiante. De mon point de vue, il avait besoin que le froid règne dans cet endroit… Je pense même qu'il avait branché l'électricité au moins 48 heures avant d'y enfermer le corps de cette brave Rachel.

Et poum, je poste. Bon, vous allez me dire que ma petite contribution ne va pas faire avancer beaucoup le schmilblick… Le fait de relever l'incongruité du branchement de la chambre froide, ce que personne sur le site n'a semblé remarquer, n'aide évidemment pas à la manifestation de la vérité. Et ça tombe bien parce que je n'en ai absolument rien à faire, moi, de la manifestation de la vérité… Ce que je veux, c'est entrer en contact avec le e-flic… Seulement, pas de chance, ce n'est pas lui qui réagit le premier…

" Comment sais-tu qu'elle s'appelle Rachel ?" me demande presque aussitôt un certain Altaïr93.

Voilà qui ne m'arrange guère, ce n'est pas lui que je voulais pécho. Du coup, j'en rajoute une couche :

" Je le sais parce que j'ai passé un moment avec elle dans la chambre en question. J'y ai même oublié mes fringues…

- Casse-toi, bouffonne !" me répond immédiatement le gentleman du 9.3 qui se prend pour une étoile de première grandeur. "On joue sérieusement, ici !"

Qu'il est drôle ! Mais ça me convient parfaitement. Seul le vieux flic peut comprendre l'allusion au tas de vêtements trouvé près du cadavre, dont il n'a jamais fait mention sur le site. Il ne me reste plus qu'à attendre qu'il m'adresse un Message Personnel, via l'application prévue à cet effet…

Chapitre 12

L'après-midi s'endort doucement. Petit à petit, la lumière se fait plus rare dans la loge de concierge où ils sont rassemblés tous les trois, comme d'habitude, à cette heure-là, les jours d'école. Ils se sentent mieux dans cet étroit cocon que dans les appartements impersonnels du reste de l'immeuble. Le rite est immuable, quatre fois par semaine, et commence à l'instant où Andjà rentre de l'école. Elle dépose son cartable, embrasse Mamilla qui lui tend la joue sans rien dire. Andjà a besoin d'un petit moment de silence pour passer tranquillement de l'atmosphère agitée du collège à l'univers feutré de leur antre. La jeune fille s'assied à table, sans un mot, et sans un mot sa tante d'adoption lui présente un bol de chocolat chaud et des tartines de beurre et de confiture. Puis elle fait un café léger. C'est la dernière lubie de Goran, qui a décidé qu'il était trop âgé, maintenant, pour en rester au chocolat. Mamilla sort deux tasses pendant que sa vieille cafetière crachote. Elle a au moins obtenu ça de son patron-neveu. Pas de machine à espresso ! Qu'il en équipe ses bureaux sous les toits, s'il le désire, mais pas chez elle. Goran a cédé avec un sourire. Le voici qui paraît justement, sans un bruit, c'est à peine si l'on se rend compte que la pièce compte une personne de plus. Sans parler non plus, il s'assied à son tour et attend que Mamilla lui serve son arabica léger. Quand elle a terminé le service, la femme prend place avec eux autour de la petite table, ferme les yeux, et, sans bouger les lèvres, remercie son Seigneur de ce bonheur paisible et quotidien. Puis elle rouvre les paupières. C'est le signal. Le temps de l'accoutumance est terminé. Elle a maintenant le droit de demander à Andjà comment s'est déroulée sa journée. Et la jeune fille répond en règle générale avec plaisir, revenant sur les instants qui lui paraissent les plus marquants, évoquant une nouvelle connaissance avec ce charme serein qui n'appartient qu'à elle. La petite elfe qui a débarqué dans sa vie trois ans plus tôt a bien changé. C'est aujourd'hui une grande adolescente à qui l'on donnerait sans efforts trois ou quatre ans de plus que son âge. Au collège, on la confond avec les grandes de troisième, alors qu'elle vient tout juste de quitter le primaire. Elle a poussé à une vitesse qui a laissé et Goran et Mamilla pantois, car elle est aujourd'hui la plus grande des trois. Son physique de mannequin n'abrite pourtant que l'esprit simple et limpide d'une préadolescente timide, qui parle peu, d'une voix flûtée qui dénonce la modestie de sa propriétaire.

Aujourd'hui, cette voix paraît lointaine, comme si Andjà était distraite. Il lui arrive parfois de subir une petite crise de mélancolie, et Mamilla, du coup, papote pour remplir le vide. Il ne faut pas compter sur Goran pour cela. Goran ne parle jamais pour ne rien dire. Il est économe de ses mots, même s'il n'en pense pas moins. Et là, justement, le regard préoccupé qu'il pose sur sa petite sœur indique clairement qu'il réfléchit, et qu'il est inquiet. Mais déjà Andjà se lève, récupère sa besace, et annonce qu'elle a plein de devoirs à rendre pour le lendemain. Mamilla lui souhaite bon courage, et remercie le ciel, à voix haute cette fois, de lui avoir donné une protégée si sérieuse dans son travail. Elle propose ensuite ses services en cas de besoin, mais la gamine est déjà dans son appartement, un étage plus haut. La porte claque. Mamilla a un petit mouvement de tête de côté, un mince sourire sur les lèvres, et laisse échapper un léger soupir.

- Pourquoi soupires-tu ? demande Goran.

- Pour rien, mon garçon, pour rien…

Goran se tait. Il n'est pas satisfait de cette réponse mais connaît la puissance du silence. Il reste planté sur sa chaise, sans bouger, les yeux fixés sur le dos de la vieille femme qui nettoie distraitement la vaisselle du goûter. Une minute passe, puis deux. Les gestes de Mamilla se font plus brusques. Elle lâche un nouveau soupir, qui exprime un début d'exaspération, chez elle.

- Goran, veux-tu cesser, s'il te plaît !

Mais cesser quoi ? Il ne bouge pas, il ne dit rien. Mais il pèse avec son silence. Lui qui sait si bien se rendre invisible aux yeux du monde prend, en cet instant, une place considérable dans la petite cuisine de la loge. Il sait qu'il dérange Mamilla, et il n'aime pas ça, parce qu'il respecte infiniment ce petit morceau de pomme ridée qui a su glisser tant d'amour et de tendresse dans leur vie. Mais son instinct lui dit qu'Andjà ne va pas bien. Il devient alors sans pitié. Rien ne compte d'autre que la vie de sa petite fée. Il faut qu'il sache, au moins, ce que Mamilla sait et qu'il ignore. Il ne cesse donc de faire gonfler le silence autour d'elle. Elle a fini sa vaisselle et se tient au bord de l'évier, immobile. On n'entend plus que le souffle un peu rapide de sa respiration. Elle finit par hocher la tête, se retourne, et vient rejoindre Goran à table.

-" Tu me gênes beaucoup, jeune homme. Tu me forces à te parler de choses… qui ne te regardent pas. Des choses… qui appartiennent à ta sœur, et à moi, et à toutes les femmes… Et je ne sais pas comment aborder ce sujet avec toi. Je n'ai jamais parlé de ça à un enfant. Si, Goran, tu es, en cette matière-là au moins, encore un enfant. Mais si je ne t'en parle pas, qui le fera ? Et en quels termes ?

Mamilla a commencé sa tirade en fixant Goran dans les yeux, mais, sans même s'en rendre compte, elle a rompu ce contact presque immédiatement, pour finir par fixer sans les voir les motifs de la toile cirée… Le garçon attend toujours, sans un geste, sans un mot. Il est entièrement concentré pour entendre les mots de la femme, leur sens, l'intonation avec laquelle elle les prononcera. C'est tellement important l'intonation. C'est elle qui révèle à ceux qui savent écouter la signification vraie des paroles prononcées, et leur valeur. Personne ne peut mentir à Goran sans qu'il le sache immédiatement. Cette science n'est pas le fruit d'une analyse consciente. Il écoute et il sait. Là, ce soir, il sait que Mamilla est ennuyée, et que, dans un premier temps, elle aurait vraiment préféré ne rien dire. Mais il a entendu, aussi, qu'elle est maintenant persuadée qu'il faut l'instruire, et qu'elle va donc choisir ses mots pour qu'il comprenne. Et il sait aussi qu'il pourra poser toutes les questions qu'il voudra sans la lasser. Il laisse alors un très léger sourire se dessiner sur ses lèvres.

- Vois-tu, les filles et les garçons sont différents… Mon Dieu, que c'est stupide comme introduction, ça, tu le sais déjà. Enfin… Il arrive un âge où les petites filles se transforment pour devenir des femmes. Leur corps change visiblement, ça, tout le monde peut le voir. Mais il change aussi en dedans. Des organes… féminins se mettent à produire des hormones qui agissent sur le moral des filles selon un rythme biologique particulier… Cette transformation s'étend sur une période assez longue, et, durant cette période, la jeune fille peut être troublée sans comprendre pourquoi. Elle peut se sentir triste alors qu'elle vient de passer une très bonne journée, ou, au contraire, être tout énervée sans aucune raison apparente… Il faut du temps pour que la petite fille d'hier devienne la femme de demain, qu'elle apprivoise ce nouveau corps qu'elle découvre un peu chaque jour, et qui lui réserve bien des surprises, je te le garantis. Il faut du temps pour que les équilibres chimiques se stabilisent au-dedans d'elle et qu'elle redevienne elle-même… C'est tout ça que vit ta sœur en ce moment. Tu vois, il n'y a rien là de bien extraordinaire. Il va simplement falloir que tu cesses de la considérer comme une petite fille, que tu lui montres un peu de considération, et que tu la respectes non plus en tant que petite sœur, mais en tant que jeune fille…

- Elle n'a que douze ans…

- Oui, mais elle pourrait devenir mère, maintenant

- Ah. Déjà. Ce n'est pas un peu tôt ?

- Andjà est en effet assez précoce en ce domaine. Mais je te rassure, je l'ai accompagnée chez un gynécologue, et elle est parfaitement normale. Juste précoce.

-Andjà pourrait devenir mère…"

Goran paraît secoué par ce qu'il vient d'apprendre. Bien sûr, il a bien vu que le corps de sa sœur avait changé, mais il n'avait jusqu'alors pas mesuré les causes ni les conséquences de ce changement. Andjà pourrait devenir mère… Il remercie Mamilla et quitte la pièce, pensif. Il faut qu'il réfléchisse aux implications de cette découverte. Il faut qu'il anticipe les nouveaux problèmes que cette situation pourrait bien provoquer. Il faut qu'il continue à protéger sa petite sœur, mais il commence à se dire que, peut-être, elle ne sera plus d'accord avec sa façon de voir les choses. Et il faut, enfin, qu'il comprenne ce qui le gêne vraiment, dans cette situation nouvelle. Il sent, instinctivement, que quelque chose échappe à la normalité. Il replonge dans ses souvenir du monde d'avant l'exode en France, quand il avait l'âge qu'a justement sa sœur aujourd'hui. Il se souvient de la bande de galapiats dont il était plus ou moins le souffre-douleur attitré. Il se rappelle des filles de cette bande, des gamines de douze, treize, quatorze ans qui commençaient effectivement à se transformer physiquement, et à prendre de drôles de manières… Mais tout ça prenait du temps. La transformation d'Andjà a été si rapide… Ou bien, alors, il se leurre, parce que, justement, elle est sa petite sœur, et qu'en conséquence elle ne peut pas devenir une femme, pour lui… Dans ses explorations des univers sur lesquels Internet ouvre d'indiscrètes fenêtres, il a consommé plus que sa dose de théories psychanalytiques, et ce langage-là lui a paru particulièrement abscons et hermétique. Il se dit qu'il va lui falloir aller creuser un peu plus en ce domaine, pour être certain de bien accomplir sa mission, sans laisser, par ignorance, un quelconque danger menacer le bonheur d'Andjà.

Tout à ses réflexions, il est monté jusqu'à son antre sans même s'en rendre compte. Il regarde ses écrans d'un œil distrait, la partie idoine de son génial cerveau analysant les données sans déclencher d'alerte particulière. Elle lui signale quand même que le modérateur du site Enigma a été contacté par message personnel. Cela arrive, de temps en temps. Il trouve là des offres de collaboration, des énigmes tordues non assumées par leurs auteurs, des menaces aussi, émanant d'abonnés mécontents de la façon dont les traitent d'autres participants. Il répond à presque tout, tranquillement, et modère quand il faut modérer... Puisqu'il n'a rien à faire de plus urgent, il ouvre son message personnel, et, avant d'en prendre connaissance, descend directement en bas de la page pour vérifier qu'il ne s'agit pas d'un message anonyme, ce qui le condamnerait à la corbeille. Ce n'est pas le cas. Le billet est signé du commissaire Jules Racine, et enjoint le responsable du site de communiquer à la police criminelle, dans les délais les plus brefs, les coordonnées de l'abonnée qui a pour pseudo " Fée Chier ". Ce nom n'évoque rien pour Goran, qui, du coup, va consulter l'ensemble des réponses postées sur le site depuis son dernier passage. Il trouve assez vite l'intervention de la fée en question, dans la rubrique des énigmes policières... Il ne sait que penser de sa contribution... Sa présentation sonne faux. Il mettrait sa main à couper qu'elle n'est pas amateur de jeux d'esprit. Il est persuadé qu'elle a un autre dessein, mais il ne perçoit pas lequel. Pourquoi avoir inventé cette histoire abracadabrante de tas de fringues oubliées ? Le posteur de l'énigme n'a pas évoqué ce détail. Dans le cerveau de Goran, les éléments s'ordonnent... Le post en question a fait réagir la police, qui surveille donc l'item en question. L'énigme proposée prend une tout autre couleur... son créateur pourrait bien être le commissaire Jules Racine... Et l'énigme elle-même pourrait bien être une affaire réelle. Goran n'aime pas l'idée que la police vienne mettre son nez dans ses affaires, même s'il ne s'agit que de son site ludique. Il se sait à l'abri de toute intervention basique, mais si l'État français décide de mobiliser les moyens nécessaires, son système de protection pourrait bien ne pas résister très longtemps. Le garçon ne supporte pas non plus l'hypothèse de donner à la police les coordonnées d'un abonné. Son histoire personnelle le conduit à n'accorder qu'une confiance très limitée aux représentants des forces de l'ordre... Il décide, en premier lieu, de prévenir la fée que la police la cherche. Il espère une réponse qui lui permettra de réagir ensuite. Au besoin, il l'aidera à effacer ses traces et expliquera au commissaire qu'il a été victime d'une hackeuse douée, partie sans laisser d'adresse... Ses doigts tapent presque aussi vite que son cerveau réfléchit. Il envoie à la fée le message suivant :

- Je ne sais pas qui tu es, ni pourquoi tu interviens de cette façon, mais je t'informe que le commissaire Jules Racine, de la police criminelle, me demande de lui communiquer tes coordonnées de connexion. Je n'ai pas l'intention de le faire, mais je n'aimerais pas non plus mettre le site en danger. Je te propose de t'effacer, et de lui répondre que tu as disparu aussi vite que tu étais arrivée. Qu'en penses-tu ?

Moins de cinq minutes après, il a sa réponse :

- J'en pense que ton commissaire Racine est un drôle de pistolet. Pourquoi ne s'adresse-t-il pas directement à moi par

MP ? Si j'ai fait tout ce cirque, c'est justement pour entrer en contact avec lui. En revanche, je ne connais pas grand-chose à l'informatique, et ça m'ennuierait qu'il puisse trouver qui je suis vraiment, et où j'habite… J'aurais bien besoin d'un petit coup de main, là… Tu ne connaîtrais pas quelqu'un ?

Goran n'hésite pas bien longtemps. En moins de cinq autres minutes, il a trouvé l'adresse postale de la fée en question, qui est, effectivement, d'une naïveté numérique confondante. Il décide de jouer les provocateurs, lui aussi…

- Je suis chez toi dans trois quarts d'heure…

Il redescend en passant par la loge pour annoncer à Mamilla qu'il dîne dehors pour affaire. La vieille femme n'aime pas trop le voir disparaître ainsi, mais n'a guère de moyen de l'en empêcher. Elle hausse les épaules et le regarde s'esquiver sans bruit.

Chapitre 13

"- tu ne connais même pas mon adresse..."

La phrase brille, inutile, sur le fond noir du chat instantané du site Enigma. L'administrateur s'est déconnecté avant même que je finisse de la taper. Encore un étourdi qui va me repasser un message dans une heure pour me demander mes coordonnées. Que je n'ai pas encore décidé de lui donner, d'ailleurs. Pourquoi lui faire confiance ? Parce qu'il m'a prévenue que la police me cherchait ? Rien ne m'indique qu'il n'a pas, dans le même mouvement, filé mon adresse numérique à ce mystérieux commissaire Racine. Tiens, d'ailleurs, maintenant que je connais son nom, je dois pouvoir aisément en apprendre plus sur lui. Je tape "Jules Racine" dans Gougueule, et je suis servie... J'élimine d'entrée le chercheur en sociologie du Québec, et le cavalier de CSO classé en benjamin première année, pour sélectionner le commissaire de police qui m'intéresse. En fouillant un peu dans les archives de différents journaux, je tombe même sur quelques photos... Il a une bonne bouille, ce flic. Il n'est pas vraiment ce que l'on peut appeler un canon de beauté, mais le canon ne pense qu'à tirer, ce pour quoi il a été conçu, il faut le reconnaître. Il a donc, en règle générale, une communication à visée unique, ce qui a le don de me fatiguer. Jules me paraît fait d'un autre fût. Il doit même être un peu timide, ce qui n'est pas pour me déplaire. Et il est plus jeune que je le pensais. En revanche, il doit être droit, terriblement droit. Et là, mon physique peut devenir un problème. L'idée de se taper une gamine doit le bloquer plus que l'émoustiller. Ce qui me le rend encore plus sympathique, mais ne va pas me faciliter la tâche si je veux le glisser dans mon plumard. Or, c'est justement ce que je veux. Ne prenez pas cela pour du vice. L'expérience m'a appris que c'est la meilleure manière d'obtenir d'un homme tout ce que l'on désire, c'est tout. Bon, si en plus on peut se faire du bien… Je fouille encore. C'est fou ce que c'est riche, ce truc, d'autant que nous nous intéressons à un adepte des technologies nouvelles. Monsieur à son profil sur Fessebouc, Yavidéo, Aloilpénadin, et j'en passe. Il est également inscrit à Anciensdelacommunale, et à Trombinoscopworld. M'est avis qu'il doit passablement s'ennuyer entre deux enquêtes, et qu'il passe pas mal de temps à surfer. Il doit se sentir seul, également, pour se chercher des amis virtuels sur autant de réseaux. Et encore, je n'ai accès qu'aux réseaux publics. Ce cher commissaire drague peut-être sur Meesticizm, Tobe2tobe3, HiSherry… Et que sais-je encore ? Finalement, il ne sera peut-être pas si difficile à pécho, mon petit poulet…

J'en suis là de mes réflexions quand le buzzer du portier électronique buzze, ce qui indique, à tout le moins, qu'il fonctionne. Comme je n'attends personne, au lieu de déclencher directement la gâche électronique, je profite du gadget que l'on venait d'installer dans l'immeuble juste avant mon petit tour en chambre froide : la vidéo. C'est un système à double voie. Je peux voir, et je peux être vue. Je peux également choisir de rester masquée, sauf qu'en huit ans, j'ai complètement oublié la manip. Le petit garçon brun qui squatte devant la porte cochère a donc tout le loisir de contempler mon joli minois, ce dont il ne se prive pas. Je trouve même que je lui fais un peu trop d'effet

112

quand je me rends compte que je suis en très légère tenue d'intérieur. Je me drape aussitôt dans ma dignité, en croisant les bras, et lui demande, un peu abruptement, je l'avoue :

- c'est pour quoi ?

- Euh… je voudrais parler à ta maman…

Allez savoir pourquoi, mais cette demande, formulée si gentiment par un museau de rat d'égout de quatorze ans maigrichon, me fait hurler de rire, ce qui semble le décontenancer un peu.

- Excuse-moi, gamin, mais ma mère est morte il y a des années…

- Ah… Eh bien à l'autre femme adulte qui partage cet appartement avec toi, alors. Enfin, je dis femme. Je ne suis pas absolument certain qu'il s'agisse d'une femme, mais son pseudonyme tend à confirmer cette hypothèse.

- Nom de… Tu es le modo d'Enigma ?

- Tu es la Fée Ch…

- Monte ! Deuxième droite.

Je raccroche et j'appuie sur le bouton de la clenche électrique. Il m'a trouvée. J'en reste baba. C'est donc si facile, aujourd'hui, de loger les gens, simplement parce qu'ils surfent sur le Web… Mais déjà, il frappe à la porte. J'ouvre aussitôt, la tête pleine de toutes ces questions sur ce monde que je ne reconnais pas. Avant que j'aie pu ouvrir la bouche, son regard m'informe que je suis toujours presque à poil. Et merde ! Il en reste paralysé sur le paillasson. Je l'attrape à l'épaule et le tire à l'intérieur de l'appart. Manquerait plus qu'un voisin de passage surprenne la scène ! C'est que j'habite un immeuble bourgeois, et que la copropriété est très stricte sur ce genre de sujet… J'imagine déjà l'émoi dans la boutique : la traînée du deuxième accueille des Roms, nue sur son pallier. Ah ben oui, c'est ça une rumeur… La jeune fille devient une trainée, la nuisette disparait par enchantement et le gamin brun basané devient un rom et se multiplie… Je pousse le garçon dans un fauteuil du salon sans qu'il oppose une grande résistance, puis fonce dans ma chambre enfiler un jean, un sous-tif et un tee-shirt. Ce n'est pas que je sois gênée à l'idée de me balader à poil, ça, je pense que vous l'avez enregistré, depuis le temps. En revanche, si je veux tirer quelques informations utiles de ce morveux, il est nécessaire que je planque la marchandise. Je noue mes cheveux en queue-de-cheval, et le rejoins. Il s'est levé du fauteuil, et fait le tour des bibelots que j'ai accumulés au cours de mes siècles de pérégrination, les yeux comme des soucoupes. Je serais presque jalouse à l'idée que mes babioles lui font autant d'effet que ma plastique…

- Ce sont des vrais, n'est-ce pas ? me demande-t-il, sa main décrivant un arc de cercle au-dessus de mes collections.

- Ben oui, quel intérêt d'accumuler des copies ?

- Vous êtes une bien étrange personne, mademoiselle.

- Je te retourne le compliment, gamin.

- Je ne suis PAS un gamin ! Si ça se trouve, je suis même plus âgé que vous !

- Cool, mec, cool, ne prends pas de pari là-dessus. Écoute, j'ai le sentiment qu'on est en train de partir d'un mauvais pied, tous les deux, et ça me chiffonne. Je te propose un truc. Je commande des pizzas, et on discute en cassant la graine. J'ai plein de choses à te demander, et, si jamais tu as des questions, je tâcherai d'y répondre. Mais, pour commencer, j'aimerais vraiment que tu me tutoies, comme on le faisait sur le site, avant de se connaître. Ça te va, comme programme ?

- C'est difficile, de vous tutoyer.

- Tu le faisais il n'y a pas cinq minutes !

- C'est que je ne vous imaginais pas ainsi…

- Tu viens pourtant de m'expliquer que nous avons sans doute le même âge !

- Je ne parlais pas de l'âge… Mais cet appartement, ces meubles, ces objets… Ils représentent une grande culture…

- Que tu possèdes également puisque tu as su les reconnaître pour ce qu'ils sont…

- Et vous êtes si jolie…

Il a enfin lâché le morceau. C'est un puceau intimidé. Vous me direz que ça n'a rien d'étrange, vu qu'il paraît avoir à peine quatorze balais, et qu'à cet âge-là, peu de mâles ont jeté leur gourme.

- Quel âge as-tu ?

- Seize ans.

- Seize ans, ah oui, quand même… D'accord… Écoute, d'une certaine manière, j'ai seize ans moi aussi. Donc, si nous allions au lycée, nous pourrions être dans la même classe, et on se donnerait du " tu " à longueur de journée…

- Vous non plus, vous n'allez pas au lycée ?

- Non.

- Donc votre hypothèse ne tient pas. Je ne peux pas vous tutoyer, je suis désolé.

- Tu ne me facilites pas la tâche, euh… C'est quoi, ton nom ?

- Je me prénomme Goran.

- Enchantée, Goran, je m'appelle Frénégonde.

- Ça n'existe pas.

- Qu'est-ce qui n'existe pas ?

- Frénégonde, ce n'est pas un prénom.

- Et si, je te l'assure, même s'il vient de la nuit des temps. Bon, tu fais comme tu veux, tu me tutoies dès que tu peux, installe-toi, fais comme chez toi, je vais commander les pizzas. Tu as une préférence ?

- Sans anchois, c'est tout.

- Ça roule."

Évidemment, le numéro du vendeur-livreur de pizzas dont j'étais une cliente fidèle n'est plus attribué. Gougueule, appelé en renfort, m'indique que sa boutique est aujourd'hui une échoppe qui vend des jeux vidéo neufs et d'occasion pour tout type de consoles et pour ordinateurs. C'est dommage, j'avais juste les vingt points de fidélité nécessaires pour avoir ma Régina gratos. Je trouve rapidement les coordonnées d'un autre pizzaïolo qui, moderne, prend les commandes par Internet. Je clique, je règle en ligne par avance, et je retourne auprès de Goran, qui a recommencé son inventaire de mes trésors. Je ne suis pas meilleure qu'une autre. Enfin, si, dans plein de domaines, mais il m'arrive néanmoins d'avoir de mauvaises pensées. Une fraction de seconde, j'ai le sentiment qu'il additionne des valeurs vénales putatives… Mais il se retourne alors et je m'en veux de l'avoir soupçonné. Dans ses grands yeux bruns, je lis juste l'amour du beau. Je ressens un violent désir de me purifier de l'injustice que j'aurais pu commettre. Je me saisis d'une jambiya, un poignard d'Arabie ornée de pierres précieuses qui me fut donné par Al-Malik an-Nâsir Salâh ad-Dîn Yûsuf, fin 1169, avant qu'il ne se mette à trucider les chrétiens, et le lui tends :

-" Tiens, je te l'offre en gage d'amitié. Je ne sais pas encore pourquoi, mais j'ai décidé de te faire confiance, et je tiens à te le prouver.

- Cette jambiya est une arme magnifique, mademoiselle, je ne puis accepter."

Outre le fait que je suis tombée sur le seul ado non arabe de Paris qui sache ce qu'est une jambiya, il faut, en plus, que monsieur joue les vierges effarouchées… Ce qu'il est effectivement, c'est vrai, j'avais oublié. Il faut vraiment que je revoie ma technique d'approche, moi. Il appartient à une tranche d'âge que je n'ai jamais pratiquée… Machine arrière toute.

- Tu as raison, c'est un mauvais choix de ma part. En plus, on n'offre pas un couteau, ça pourrait couper l'amitié.

Goran tourne et retourne le poignard dans ses mains. Délicatement, il sort la lame de son fourreau.

- Il est orné des armes de Saladin.

- C'est normal, c'était le sien.

-Ah.

Personne, excepté quelques rares historiens férus de cette époque, ne connaît les armes de Saladin ! Goran, si. Bon. J'ai le sentiment que je ne suis pas au bout de mes surprises… Il repose le couteau, et poursuit son exploration. Ma collection est très éclectique. J'ai fait le tour du monde à la poursuite de Vlad, et j'ai rapporté des souvenirs de toutes mes expéditions… Le garçon est arrivé à la bibliothèque. C'est une petite bibliothèque, car si je lis beaucoup, je ne sens pas le besoin d'accumuler les pages dans des casiers d'acajou. Ma lecture ordinaire, je l'emprunte à la bibliothèque municipale. Les seuls ouvrages que recèlent mes étagères sont soit des manuscrits, soit des éditions originales ou des tirés à part, systématiquement dédicacés. Ils sont des jalons pour ma mémoire, des supports de souvenirs, comme mes autres bibelots. Ils viennent du monde entier, se lisent de gauche à droite, de droite à gauche, de haut en bas… Je suis bien incapable d'en déchiffrer le dixième… Mais déjà Goran a ouvert un traité de médecine chinoise du seizième siècle et semble fasciné par sa calligraphie. Ses doigts courent sur le papier dans le bon sens. Ses lèvres bougent doucement. Ce gamin lit le mandarin ! Waouh ! Je suis tombée sur un vrai génie. Je prends un autre ouvrage. Il s'agit d'une rarissime reproduction de l'Antiphonaire d'Inchcolm par un moine irlandais du quatorzième siècle que la notion de péché de chair laissait de bois, si je puis me permettre. Je la lui tends, curieuse. Ses sourcils remontent sur son front de façon comique. Mon petit génie ne connaît pas le gaélique ancien. Je crois que je viens de trouver l'appât pour apprivoiser mon renard. Mais je ne vais pas refaire mon erreur de tout à l'heure.

- Tu ne connais pas cette langue, n'est-ce pas ?

Il me lance un regard un peu ironique, et susurre, avec un sourire plein de suffisance :

- Pas encore.

Puis il se replonge dans la contemplation des lignes calligraphiées. Ce gamin est un génie, je ne reviens pas là-dessus, mais il le sait. Il est pleinement conscient de ses talents, ce qui ne va pas me faciliter la tâche. Il ne se laissera pas manœuvrer facilement, et ne manquera, en revanche, aucune occasion de pousser son avantage pour obtenir de moi ce que je ne serai peut-être pas désireuse de lui donner… J'ai connu un banquier florentin, comme ça. Sauf qu'il s'appuyait sur cinquante années d'expérience…

- C'est écrit en gaélique ancien, une des cinq langues celtes connues. Je te le prête, si tu veux, ça te permettra de l'étudier tranquillement. J'aimerais juste savoir… Tu parles combien de langues ?

119

- Je ne sais pas exactement, je n'ai jamais compté. Une quarantaine, je crois... Toutes les langues européennes, déjà, et les principales langues d'Asie, pour le travail. Je connais aussi les langues africaines qui s'écrivent.

- Qui s'écrivent ?

- J'apprends sur texte, donc je ne possède aucune langue de tradition orale...

- Ben oui, évidemment, où avais-je la tête ?

- Vous vous moquez.

Mon petit copain a l'air contrarié. Le moins qu'on puisse dire, c'est que cet expert linguiste ne pratique guère le second degré...

- Mais non, je ne me moque pas, banane ! Je cache mon étonnement. Que dis-je, mon étonnement ! Ma stupeur ! Je n'ai jamais rencontré personne qui soit capable de parler plus de langues que moi, mais j'en maîtrise une douzaine, tout au plus, et encore, je ne les lis pas toutes.

- C'est que je ne suis pas comme tout le monde...

- C'est le moins qu'on puisse dire... Et tu es, en plus, un génie de l'informatique.

- L'informatique n'est qu'une famille de langues comme les autres. Elle est même plutôt élémentaire, en termes de grammaire et de vocabulaire.

- Si tu le dis.

J'en suis encore à me demander quel sera mon prochain mouvement sur l'échiquier de notre relation quand le portier électronique m'annonce l'arrivée des pizzas... Heureux intermède. Je fais monter le livreur, récupère les deux cartons et les deux bouteilles de rosé, laisse un pourboire suffisant pour lui graver dans la mémoire que je mérite d'être servie rapidement, et file nous monter une dînette dans la cuisine. Pourquoi la cuisine, alors que j'ai à dîner un amateur capable d'apprécier mon service de porcelaine de Bow et mes verres en cristal à jambe creuse ? Parce que ça m'ennuierait qu'il me les casse ! Pourquoi les casserait-il ? Parce que si j'ai commandé deux bouteilles de rosé, c'est que j'ai une idée derrière la tête. Je vous rappelle que je peux boire tant que je veux sans jamais être saoule, moi. Mon petit génie, malgré toutes ses qualités, ne doit pas être capable de tenir longtemps la distance... Et s'il faut passer à plus fort, j'ai en réserve une collection de single malts qui mérite le détour... Quoique... Sacrifier un Bunnauhabhain 1988 pour finir de saouler un gamin... Ce serait dommage... Bon, on avisera en fonction des besoins...

Chapitre 14

Jules Racine ne sait plus quoi penser de son affaire. Il n'a pu obtenir de sa hiérarchie la recherche exhaustive qu'il souhaitait, par manque d'arguments étayés. On lui a fortement conseillé de consolider son dossier avant d'oser demander à l'État de consentir à de telles dépenses somptuaires en ces temps de crise. Plus rien n'est gratuit, aujourd'hui. Le monde appartient aux gestionnaires. Du coup, il s'est contenté de faire jouer son réseau, en comptant sur l'effet boule de neige. Jules est un garçon apprécié, dans son milieu. Il a écrit une dizaine de mails à ses copains commissaires un peu partout en France : copains de promo, copains d'enquêtes… Il a expliqué le topo à chacun d'eux, et leur a demandé de reproduire la démarche auprès de leurs propres amis. Et pour l'instant, il n'a qu'un retour positif. Et encore… Un positif possible. Il attend le dossier complet de l'affaire en relisant le courriel de réponse que lui a adressé le commissaire Merle, un vieux de la vieille, un peu poivrot, et qui du coup termine sa carrière dans un commissariat de banlieue. Un corps égorgé a bien été retrouvé, à peu près un an plus tôt, dans le canal. Le corps était exsangue, mais rien n'indique qu'il ne s'est pas vidé de son sang dans l'eau… Il a été retrouvé après avoir passé un long moment immergé, coincé entre une péniche abandonnée et un quai inutilisé… L'identification a demandé du temps, mais l'identité judiciaire a fini par mettre un nom sur le cadavre de l'homme. Car c'est bien le hic principal de cette victime-là : c'est un SDF mâle d'une trentaine d'années, connu pour être héroïnomane, fiché pour de multiples larcins et autres agressions destinés à lui payer sa dose quotidienne de dope. Pas du tout le profil de ses trois autres victimes. Jules doute que le type fasse partie de sa liste, mais se dit quand même que, s'il a raison sur l'estimation du nombre total de victimes, son premier échantillon de trois corps n'est pas statistiquement significatif…

Son ordinateur lui signale par un jingle rigolo qu'il vient de recevoir un courriel. Il ouvre le nouveau message. C'est une réponse du docteur Élisabeth Dreux, dite Bab's, ci-devant analyste comportementale spécialisée dans les crimes de sang, experte près les tribunaux, et consultante pour tous les services du ministère de l'Intérieur qui en font la demande. Bab's est également une ancienne copine de fac de droit, avec laquelle il a partagé quelques nuits câlines depuis l'époque où le risque de grossesse inquiétait davantage que le SIDA. Ils n'étaient pas faits pour rester ensemble longtemps, l'eau et le feu ne font pas bon ménage. La brûlante Bab's avait continué d'enflammer les amphis, tandis qu'il retournait sans véritable regret à sa vie bien organisée et sans surprise de célibataire professionnel. S'ils ne sont pas véritablement restés en contact, ils se retrouvent toujours avec plaisir quand les circonstances se chargent d'organiser le croisement de leur vie professionnelle, et il arrive même que la journée dure jusqu'au petit déjeuner suivant, Bab's ne pouvant supporter l'idée de passer une nuit seule dans quelque lit que ce soit. Quand il a essayé de la joindre pour l'entretenir de son énigme, la dame paradait aux States. Il lui a donc adressé un mémo de l'affaire, avec un lien ouvrant directement les dossiers d'identité judiciaire des trois premiers cadavres. Il ne lui posait que deux questions : était-on, dans cette affaire, en face d'un tueur en série ? Et si oui, que pouvait-elle lui apprendre sur le criminel en question ? La réponse a de quoi l'étonner :

> *Salut vieux machin,*
> *Non et rien,*
> *Bises néanmoins,*
> *Bab's.*

Jules reste interloqué devant son écran, quand le jingle retentit de nouveau. Le mail suivant est encore de la dame qui occupe alors ses pensées :

> *Poisson d'Avril !*
> *Avoue que je t'ai bien eu !*

Jules jette un regard rapide sur l'almanach de bureau que le brigadier-chef Marie-Amélie Francillette tient rigoureusement à jour en arrachant avec une joie enfantine le feuillet caduc chaque matin. Le bloc de papier affirme sans ambages que nous sommes le 8 septembre. Jules reprend sa lecture avec un soupir. Décidément, Bab's ne change pas.

> *Donc, en ce qui concerne la première question, il ressort des rapports d'autopsie et des dossiers de relevés sur les scènes de crime (qui sont en l'occurrence ici des scènes de découvertes de crimes, et non de crimes proprement dits, vu que les victimes n'ont pas été trucidées sur place) que rien ne prouve de manière formelle que nous ayons affaire à un tueur en série. Les éléments qui tendraient à l'indiquer sont 1/ le profil des victimes : des femmes d'âge moyen, de CSP comparables, quasiment sans famille ni attaches amicales fortes, sans signes particuliers ; 2/ le mode opératoire : égorgement et*

exsanguination ; et 3/ le rythme à raison d'une victime par trimestre MAIS (car il y a un mais) ces éléments ne sont pas probants. En effet : 1/ dans le cas d'un tueur en série, les victimes présentent en règle générale des ressemblances physiologiques ou sociologiques beaucoup plus marquées. Le tueur va s'intéresser aux blondes à forte poitrine, ou bien aux artisans boulangers... Là, le seul trait commun entre ces victimes, c'est que ce sont des femmes d'âge moyen sans attaches. Si tu trouves d'autres cadavres (à supposer que ta théorie de la série tienne la route), il y aura peut-être dedans des hommes, des vieux, des jeunes, qui seront vraisemblablement sans attaches. Des victimes pratiques, en quelque sorte... 2/ Le mode opératoire est le même, mais pas l'arme du crime. Tes trois victimes ont été égorgées avec trois outils différents : un cutter, un couteau très affûté (de boucher ?) et un couteau à dents type couteau à pain. Un tueur en série manifeste, en règle générale, une forme de fétichisme pour l'objet avec lequel il tue. 3/ une victime par trimestre, je veux bien, mais où sont les autres ?

A la lecture de ce qui précède, tu comprendras qu'il m'est impossible de déclarer sans risque de me tromper qu'il s'agit ou pas d'un tueur en série. Mais à force d'étudier des crimes depuis toutes ces années, j'ai développé comme une sensibilité particulière, une forme d'intuition spécialisée, je ne vois pas comment qualifier ça autrement. Je te le dis pour ce que ça vaut, c'est-à-dire pas grand-chose, mais j'ai tendance à penser que tes macchabées sont bien les victimes d'un assassin unique, mais que celui-ci ne présente pas un profil classique de tueur obsessionnel. Il n'y a pas de mise en scène, juste une tentative de se débarrasser des corps de manière efficace, à l'exception du coup du frigo. De mon point de vue, les meurtres sont ici la conséquence de quelque chose qui est utile au tueur (car c'est très vraisemblablement un homme), mais d'une utilité pratique, et non psychique. La piste de l'exsanguination me paraît, du coup, mériter qu'on s'y arrête. Ce mec ferait du trafic de sang que ça ne m'étonnerait pas. Dans quel but ? C'est à toi de trouver. Enfin, pour ce qui concerne le cadavre du frigo, il ne présente aucun intérêt supplémentaire par rapport aux autres victimes. La justification de la chambre hermétique et glaciale se trouve ailleurs que dans la victime. Le tas de fringues abandonnées prend ici toute son importance. Bon courage vieux machin, si tu résous ce truc, t'es vraiment un champion !

Bises,

Bab's

PS : en ce moment mon lit est froid, quand est-ce qu'on se mélange ? ;-)

Une furtive érection lui indique sans ambages que le charme particulier de la volcanique Bab's continue à perturber son système hormonal, mais son cerveau tellement cartésien remet les priorités dans l'ordre. Il rumine un moment les conclusions de la profileuse, sans réussir à s'étonner. Il a la vague impression que ces quelques lignes expriment avec clarté un sentiment jusque-là confus chez lui. Son sixième sens policier lui indique que la spécialiste est dans le vrai. Le sang est le thème central des meurtres, et les vêtements abandonnés constituent la seule distorsion dans un système établi. Il ouvre la page d'Enigma, pour constater avec dépit qu'il n'a pas de réponse de l'administrateur du site. Il ne se faisait guère d'illusions quant aux possibilités de succès de son initiative, mais se trouve néanmoins déçu que ça n'ait rien donné. Il va lui falloir changer de braquet, et prévenir le service de la Préfecture de police spécialisé dans la délinquance numérique. Quel que soit le niveau d'expertise du créateur d'Enigma, dans 48 heures, trois jours tout au plus, il devrait avoir les coordonnées de la mystérieuse "Fée" qui joue avec ses nerfs. Avant de les contacter, il prend le temps de remercier le docteur Dreux :

Merci pour ces précieuses informations, Bab's. Pour le reste, tu connais mon adresse ;-)

Jules réprime un sourire furtif, mais se reprend d'un bref mouvement de tête, comme s'il chassait un insecte importun. Puis, de quelques rapides mouvements de trois doigts, l'index et le majeur de la main gauche et l'index de la main droite, il se connecte au site de la police spécialisé dans la traque des cybercriminels. C'est fou ce que les nouvelles technologies se sont rapidement imposées, dans ce département particulier. A croire qu'il est géré par des geeks ! Il y a même un tchat instantané, sur lequel se branche le commissaire Racine pour expliquer son affaire. À peine a-t-il eu le temps de taper sur la barre "entrée" que l'icône de son Skippy, le site de vidéophonie gratuite, lui signale un appel entrant. Il accepte. Son écran lui livre alors la physionomie rubiconde d'un quinquagénaire hilare :

- Salut, Racine ! Alors, toujours dans la police à Papa, avec ta pipe, ta loupe, et tes godillots ferrés ?

- Corneille ! Ben ça alors ! Qu'est-ce que tu fais là ? Je croyais que tu avais quitté la Poule !

Jean-Pierre Corneille est un ancien collègue de Jules. Ils ont suivi ensemble les cours de l'École Nationale Supérieure de la Police, où, leurs patronymes aidant, ils sont rapidement devenus inséparables. Puis leurs carrières respectives les ont conduits sur des chemins divergents. Corneille s'est envolé pour la province, tandis que Jules prenait racine à Paris. Comme il l'explique à son ancien camarade, après vingt années de service, Corneille, fan de numérique, a bouclé son balluchon, lassé du retard technologique qu'accumulaient tous les services de l'État. Il a monté une officine de détectives privés, en utilisant les moyens les plus modernes d'investigation. Puis il s'est spécialisé dans la cybercrimonologie, jusqu'à en devenir un expert tel que la Préfecture de police s'est tout naturellement tournée vers lui pour concevoir son outil d'intervention Internet. Il a donc réintégré la Maison Poupoule, en tant que commissaire divisionnaire dernier échelon plus primes… D'où la rencontre du jour.

- Quand j'ai vu ton nom s'afficher, j'ai pas pu résister à l'idée de te surprendre, et je t'ai pris en direct, au lieu de te confier à l'un de mes souriceaux… Alors, explique-moi mieux ton affaire.

En quelques minutes, Jules résume sa problématique en termes simples, que Corneille traduit immédiatement en sabir geek à l'intention d'une sorte d'étudiante boutonneuse assise à côté de lui, qui mitraille son clavier comme si elle disposait de vingt doigts. Puis le spécialiste du numérique annonce à son collègue que la souricette en question va lui pondre la réponse en temps réel. Quelques minutes passent, que les deux hommes meublent tant bien que mal en évoquant quelques souvenirs communs qui ne les intéressent en fait ni l'un, préoccupé par son enquête, ni l'autre, contrarié que sa championne piétine. Il finit par s'excuser auprès de Jules, et se tourne un moment pour conciliabuler avec la jeune policière en dehors de la zone de captation du micro de son PC. Puis il revient vers son copain, les sourcils froncés.

- Sans être indiscret, tu enquêtes sur quoi ?

- Il n'y a pas d'indiscrétion Jean-Pierre. Je suis sur une affaire de meurtres, peut-être un tueur en série, et je pense que la personne dont je désire l'adresse sait quelque chose que je ne me vois pas lui demander sur un forum public.

- Et le site Enigma ? Rien à faire dans cette histoire ?

- A priori rien, non. Pourquoi ?

- Parce que le niveau de cryptage et de protection des données de ce site, c'est du jamais vu ici. On ne sait même pas en quel langage les protocoles sont rédigés. Je m'attendais à tout sauf à ça. On a affaire à du lourd, mon vieux. Il n'y a que deux types d'organisations qui soient capables de se protéger comme ça : les États majeurs, et les mafias… Je vais affecter mes meilleurs éléments à ton problème, mais je ne te cache pas que les coordonnées de ta fée Trucmuche ne constitueront pas le but ultime de leurs recherches, si tu vois ce que je veux dire. On est peut-être tombé par hasard sur un truc énorme. Je te laisse, faut que j'attaque ce bazar sans tarder. Je te recontacte dès que je sais quelque chose. A plus.

Jules n'a pas la possibilité de dire ni bonsoir ni merci. L'écran est déjà noir, il est prié d'aller se faire voir. Il jette un coup d'œil à la pendule numérique affichée en bas de son écran. C'est l'heure d'éteindre son ordinateur, il ne se passera plus rien aujourd'hui. Il ne se sent pas d'humeur à rentrer seul dans son petit chez-soi et à se réchauffer une boite. Il décide d'aller se taper la cloche dans le centre. Il a envie de tester un petit bistro dont on lui a dit le plus grand bien…

Chapitre 15

Andjà et Mamilla se font face, assises sur le même diamètre de la petite table ronde de la cuisine. C'est un rite qu'elles ont instauré, quand Goran n'est pas là. Au début, elles conservaient leurs places habituelles, en triangle, laissant vide le siège du garçon. Puis elles ont fini par ne plus mettre la table que pour elles deux quand il s'absente, se créant ainsi un univers "sans Goran", un univers de filles, où elles abordent ces sujets exclusivement féminins, ces questions qui ne regardent pas les hommes : la mode, rayon sous-vêtements, les acteurs trop mignons, l'amour dans les livres et les films romantiques, le maquillage, les produits de beauté, la coiffure. Et elles rient, aussi, très fort et beaucoup, ce qui n'arrive jamais quand Goran est présent, tant le jeune homme prend systématiquement tout au sérieux. S'il est un langage que Goran ne maîtrise pas, c'est le second degré. Alors elles en profitent, et elles se lâchent. Mais pas ce soir… Ce soir, c'est à peine si Andjà est présente. Mamilla a le sentiment qu'elle est presque transparente. Elle répond distraitement aux questions de sa tante de circonstance par de courtes onomatopées. Mamilla ne sait pas comment réagir. Elle est bien âgée pour se trouver à jouer les mamans d'une adolescente en pleine transformation. Elle détaille sa pupille. Elle ne peut se lasser de contempler la beauté naturelle de la jeune fille. Grande, mince et tonique, elle présente pourtant les formes épanouies d'une vraie femme, loin des physiques de planches à pain des mannequins de mode. Et elle est si gracieuse, dans ses mouvements, dans ses façons d'être... Même dans sa rêverie du moment elle est belle… D'un coup, ses yeux jusque-là mi-clos s'ouvrent en grand. Leur bleu profond, presque marine, se fixe sur la vieille femme. Andjà vient de prendre une décision. Sans introduction inutile, elle demande :

" Comment ça fait, d'être amoureuse ?

- Ah… Tu es bien jeune pour...

- Je ne te demande pas de me faire la morale, je veux que tu m'expliques ce que ça fait. Qu'est-ce qu'on ressent ? Comment sait-on qu'on est amoureux ?

- Oui, eh bien, que dire, et surtout comment ? La première fois, ça vous tombe dessus par hasard. Hier on était une petite fille, pour qui les garçons sont tous de gros lourdauds un peu niais qui ne pensent qu'à chahuter et à se chamailler, et aujourd'hui, par la grâce d'un regard différent, on est changée. Alors on ne pense plus qu'à lui, pendant un certain temps… Et puis…

- Et puis ?

- C'est selon, ma petite fille, c'est selon…

- tu sais que tu peux être très chiante, quand tu t'y mets ! J'aimerais un peu plus de précisons, merde !

- Andjà ! Tu ne t'exprimerais pas ainsi si ton frère était là !

-Qu'en sais-tu ? Goran ne me fait pas peur, il n'en a pas les moyens ! Il est aussi balèze qu'un moineau, alors…

- Il n'y a pas que la force physique, mademoiselle ! Ton frère a beau être petit et menu, il est très fort ! Tout ce dont tu bénéficies sur cette terre aujourd'hui, c'est à lui que tu le dois ! Ça mérite le respect ! Il avait ton âge, ma petite fille, quand il a créé tout ce système qui nous permet de vivre à l'abri du besoin, penses-y, avant de te moquer de lui ainsi ! "

Mamilla a crié ! Andjà en reste coite. En trois ans de vie commune, ça n'est jamais arrivé. La jeune fille se dit qu'elle est allée trop loin, et bat sa coulpe aussitôt.

" Pardon, Mamilla, mes paroles sont sorties trop vite de ma bouche. Je sais tout ce que je dois à Goran, je ne l'oublierai jamais. Mais j'aimerais quand même qu'il comprenne que je ne suis plus une petite fille, c'est tout.

- Il sait cela. Il est d'autant plus inquiet pour toi, car il mesure mieux que bien d'autres combien tu es une proie facile pour certaines personnes sans scrupules… La vie n'est pas toujours rose, Andjà, et tous les gens ne sont pas gentils.

- Qu'est-ce que tu entends au juste par proie facile ? "

Mamilla soupire. Elle réfléchit un instant, cherchant les mots pour expliquer sans blesser, mais ne les trouve pas. Alors, elle interroge :

" Pourquoi me demandes-tu ce que ça fait d'être amoureuse ? Tu as un doute ?

- Mais non ! Je me pose des questions, c'est tout. Certains garçons du lycée voudraient que je rejoigne leur bande. C'est plutôt flatteur, mais je ne suis pas certaine d'en avoir envie…

- Et tu as raison. C'est ce que je voulais dire en parlant de proie facile, tout à l'heure. Ton physique peut attirer des garçons plus âgés que toi, mais ce n'est pas toi en tant que personne qui les intéresses, c'est seulement ton corps. Vois-tu, au moment de passer à l'âge adulte, les garçons ont tendance à oublier qu'ils sont humains, et ne se comportent plus que comme des mammifères mâles. La personnalité des jeunes filles les obsède alors beaucoup moins que le contenu de leur lingerie."

Mamilla a rougi en évoquant la chose. Elle n'avait pas anticipé ce genre de conversation. Mais les yeux d'Andjà brillent d'espièglerie, et un sourire gentiment ironique relève les commissures de ses si jolies lèvres.

" Dieu ! Qu'elle est belle", pense aussitôt la vieille femme, tandis que, déjà, la demoiselle reprend :

" Mais ça, Mamilla, je le sais. Pour tout ce qui concerne l'aspect purement sexuel de la question, j'en connais au moins autant que toi ! Euh… Je n'ai jamais pratiqué la chose, je te rassure, car je vois que tu as besoin d'être rassurée. Mais tu sais, entre le collège et Internet, maintenant…

- Quoi "Internet" ? Ton frère m'a assuré qu'il avait bloqué tes accès aux sites litigieux…

- Oui, il l'a fait, ici, à la maison, et sur ma tablette. Les meilleurs geeks de terminale se sont cassé les dents sur le système de flicage qu'il a inventé."

On sent autant de fierté que d'exaspération dans la voix de la jeune fille, qui n'a pas encore clairement déterminé si elle préférait être la petite sœur du génie protecteur ou une adolescente autonome…

" Mais il n'a pas bloqué les ordis de mes copines, qui sont dotés d'un contrôle parental de base qu'un enfant de huit ans sait contourner… Sans compter celles qui apportent les DVD piqués à leurs parents. Que veux-tu, Mamilla, Rocky Siffredo est plus connu des jeunes filles d'aujourd'hui que Fantômette, c'est comme ça, il faut faire avec. En revanche, pour ce qui concerne les sentiments, je dispose de beaucoup moins d'informations. Mes copines sont complètement niaises en ce domaine, elles se croient amoureuses des chanteurs aseptisés qui passent à la télé ! Il me reste la littérature, mais il est difficile de faire la part des choses entre "Roméo et Juliette" et la collection Harlequin ! Et ton "c'est selon" de tout à l'heure n'éclaire pas beaucoup le sujet, si tu vois ce que je veux dire.

- Je vois… Un peu… Enfin, je crois… Et donc, l'un de ces jeunes gens des classes supérieures te laisse moins indifférente que les autres ?

- Mais non ! Je te dis qu'eux, il n'y a que le sexe qui les intéresse. Ils me draguent un peu, comme ça, en passant, mais savent bien qu'il n'y a rien à espérer. Ils sont plus intéressés par les vieilles.

- Les vieilles !

- Ben oui, les cougars qui paradent à la sortie des cours devant le lycée.

- Mon Dieu ! Mais ton frère m'a dit que cette institution privée était de très bonne tenue !

- Je te le confirme, Mamilla, je te le confirme. Il ne se passe rien à l'intérieur, et les femmes qui récupèrent les grands à la sortie viennent toutes des beaux quartiers."

La vision de l'air épouvanté de sa pseudo-tante provoque un accès d'irrépressible hilarité chez Andjà, qui met plusieurs minutes à retrouver son souffle ensuite.

" Quand même, quelle époque !" se plaint l'aînée.

" Faut pas exagérer, ils sont trois ou quatre, tout au plus, je te taquinais…

- Ça ne m'explique toujours pas pourquoi tu m'as posé cette première question. Si ce ne sont pas les grands de ton lycée, qui alors ? Une autre fille ?"

La mine bouleversée de Mamilla replonge Andjà dans un fou rire inextinguible. Chaque fois qu'elle se calme un peu, un regard à la vieille femme immobile lui suffit pour redémarrer, tant et si bien que Mamilla finit par se vexer et se lève pour commencer à débarrasser la table. L'adolescente se calme enfin, et se justifie :

" Mais non, Mamilla, je n'aime pas les filles. Et quand bien même ce serait le cas, ce n'est pas un péché, que je sache. Si j'étais lesbienne, et que tu voulais vraiment mon bonheur, tu espérerais simplement que je rencontre une fille bien, non ?"

La vieille ne répond pas, les mains plongées dans l'évier. Andjà s'approche d'elle par-derrière et l'enlace. Elle pose le menton sur la tête de la femme, et lui murmure :

" Je suis sûre que c'est ce que tu souhaiterais, tout au fond de toi, même si tu ne peux pas le dire. J'en suis certaine, parce que je sais que tu veux que je sois heureuse. Je te connais comme si tu étais vraiment ma maman, Mamilla. Je t'aime. Et tu as raison. Il y a quelqu'un qui me fait me poser plein de questions. Ce n'est ni un des grands du lycée, ni une autre fille. C'est un homme. Un vrai."

Mamilla panique. Elle se sèche rapidement les mains au torchon de l'évier, se dégage de l'étreinte d'Andjà, se retourne, et prend la jeune fille par les épaules, en levant la tête pour la fixer droit dans les yeux :

" Que dis-tu ?

- Et voilà. Tu réagis comme je l'avais prévu. Je ne peux vraiment rien te raconter !"

La gamine s'échappe et va se lover en boule dans le canapé, boudeuse tout à coup, refermée de nouveau, comme au début du repas, absente de la pièce, réfugiée en son for intérieur tel un petit baron assiégé par un trop puissant voisin. Mais Mamilla n'abandonne pas :

" Je suis sérieuse, Andjà ! Qui est ce monsieur ? Que t'a-t-il dit ? Que t'a-t-il fait ?

- Mais rien ! Tu ne comprends rien…"

La gamine paraît maintenant désespérée.

" Il me regarde à peine, ne voit en moi qu'une gamine comme les autres…

- Ce que tu es, ma petite fille, ce que tu es…

- Oh, ça va, hein ! Tu ne peux à la fois prétendre que je suis "une proie facile" et que je suis "une gamine comme les autres" ! Non, je ne suis pas comme les autres, justement ! Je le lis parfaitement dans le regard de tous les hommes, quel que soit leur âge ! Même mon propre frère me trouve désirable !

- Non ! Je t'interdis de salir Goran comme ça. Ton frère te trouve belle, et oui, belle tu es. Personne n'ira prétendre le contraire. Le désir, ma fille, c'est bien autre chose !

- Ouais, bon, c'était façon de parler. N'empêche que tous les mâles me regardent avec envie, et que j'aime ça. Tous, sauf Goran, donc, et lui !

- En fait, tu n'es pas amoureuse de cet homme. Tu es vexée parce qu'il te semble que tu lui es indifférente.

- Mais non !

- Oh, si !

- Alors pourquoi est-ce que je me sens bizarre quand il est là ? Pourquoi est-ce que j'ai chaud ? Pourquoi est-ce que je tremble ? Pourquoi est-ce que je rêve qu'il me parle et pourquoi est-ce que j'ai peur qu'il le fasse ? Hein ? Pourquoi ?

- Peut-être, justement, parce que tu t'es rendu compte que tu n'as aucun pouvoir sur lui. Tu sais, ma petite fille, les voies de la psyché sont bien souvent tortueuses… Il est pour toi un mystère, et le mystère attire, surtout quand on a ton âge…

- Tu as sûrement raison !"

L'huître se referme avec un claquement rageur. La conversation est terminée. La gamine se lève du canapé, récupère ses affaires de classe, et quitte la pièce avec un simple "bonsoir", sans baiser.

" Tu ne m'as même pas dit qui était cet homme, Andjà," tente Mamilla pour essayer de la retenir.

" Merde ! Il s'appelle merde !"

La porte de l'appartement du premier claque avec brutalité. Mamilla soupire, et retourne à sa vaisselle en se disant que, vraiment, l'éducation des jeunes filles n'est plus un sport de son âge.

Chapitre 16

" C'est servi !"

Tout aussi silencieux que mon chat, Goran débarque dans la cuisine. Il s'assied sans faire de manière sur l'un des tabourets de bar qui jouxtent le plan de travail sur lequel j'ai dressé notre dînette. Je lui tends une serviette, qu'il s'empresse de glisser dans son col. Gamin, va ! Je me prépare à déboucher la première bouteille. Il me regarde faire avec un sourire en coin. Prise d'une intuition, je lui tends le tire-bouchon. Il a un moment d'hésitation, puis prend l'objet et le flacon, et s'exonère de la tâche sans difficulté. Il fait couler les premières gouttes du breuvage dans son verre, puis me sert, comme il sied. Ensuite, il repose la bouteille, se lève, et va rincer son verre à l'évier, avant de le remplir d'eau fraîche du robinet.

" Je suis désolé de n'avoir pas pensé à le préciser plus tôt, mais je ne bois pas d'alcool.

- Oh… Musulman pratiquant ?

- Non. Mineur émancipé, mais prudent."

Tiens ma fille, prends ça dans ta jolie figure de garce machiavélique, tu es tombée sur plus fort que toi ! Une chose est sûre, des comme lui, ça ne court pas les rues… Bon, il faut quand même qu'on réussisse à avancer, et comme il prend un malin plaisir à rester passif, je vais devoir me débrouiller seule. J'ai bien noté que ma plastique ne le laisse pas indifférent, mais outre le fait qu'elle constitue mon arme ultime, vu le développement physique du bonhomme, on ne risque pas d'aller bien loin de ce côté-là… J'attaque ma pizza, à défaut d'autre chose, et il en fait autant. Nous restons un moment exclusivement mastiqueurs, chacun jaugeant l'autre. Puis je me lance :

" Écoute Goran, il faut que ça bouge. J'ai besoin que tu m'aides. Tu es un petit génie de l'informatique, entre autres, et je n'y connais rien. Je peux payer pour les services que tu me rendras.

- Je n'ai pas besoin d'argent.

- Le contraire m'aurait étonnée… T'es vraiment un garçon pas ordinaire. Et si tu me parlais un peu de toi ?

- Honneur aux dames…

- Évidemment. Après tout, pourquoi pas ? Eh bien, pour tout dire, dans un genre bien différent du tien, je ne suis pas ordinaire non plus. Je n'ai, à proprement parler, pas de réticence à te raconter ma vie. Le problème, c'est que tu ne vas pas vouloir me croire.

- Essayez quand même.

- D'accord."

Bon, mon histoire, vous la connaissez, je ne remets donc pas le couvert. Je lui raconte tout, comme je l'ai fait pour vous, mais de manière plus succincte. Il écoute sans dire un mot, sans me lâcher du regard, mais sans oublier de manger non plus. Je lui résume ma vie de mortelle, mon assassinat, mon retour sur terre et ma quête de Vlad. J'embraye sur l'affaire de la chambre froide, jusqu'à mon inscription au site Enigma. Puis je me tais. Goran a terminé sa pizza tandis que je n'ai fait qu'égratigner la mienne, qui est maintenant froide. Je vais brancher le turbo-grill du four, puis descends un grand verre de rosé, sans qu'il dise mot. J'enfourne ma tarte italienne quelques minutes, durant lesquelles il se tait toujours. Puis, quand elle est suffisamment chaude, je reviens m'asseoir à table et commence à manger. Durant tout ce temps, il ne m'a pas quittée des yeux. Il se décide enfin à parler :

" Effectivement, vous avez raison, je ne vous crois pas. Et pourtant…

- Pourtant ?

- Étonnamment, votre récit se tient. Quand quelqu'un invente une fiction, si simple soit-elle, il lui est pratiquement impossible de ne pas laisser traîner une ou deux erreurs qui révèlent le mensonge. Même pour les meilleurs romans, les films les mieux tournés, il reste des éléments discordants, des détails qui trahissent la fiction. Je suis assez doué pour mettre le doigt sur ces petits défauts, même les plus ténus, et dans votre récit, je n'en trouve pas.

- C'est donc bien la preuve qu'il s'agit de la vérité…

- Non, c'est la preuve que vous êtes une menteuse excessivement douée, c'est tout.

- Et ma collection de bibelots, c'est un ramassis de mensonges, peut-être ?

-Vous êtes une menteuse douée, cultivée et riche.

145

- Et tout ça en seize ans !

- Si vous avez seize ans. Il existe des jeunes femmes qui font beaucoup moins que leur âge, surtout sans toilette et sans maquillage…

- Je te demande de me faire confiance.

- Je ne vous connais pas assez pour cela. Si j'avais fait confiance sans discernement, je ne serais pas en France aujourd'hui. Je ne serais même peut-être plus de ce monde. Sans doute me trouvez-vous excessivement prudent, mais c'est une règle de survie essentielle de mon point de vue, et je n'en dérogerai pas.

- Je t'ai bien fait confiance, moi, sans rien savoir de toi, à l'intuition !

- Grand bien vous fasse. J'apprécie l'idée d'avoir pu provoquer ce sentiment chez vous, mais je réprouve votre naïveté. Vous êtes foncièrement imprudente, vous laissez des traces qu'un enfant pourrait suivre… Il pourrait être dangereux de faire partie de votre cercle, cela créerait une brèche dans mon système de protection, et mettrait en danger des êtres qui me sont chers. Je suis vraiment désolé. Je tenais à vous rencontrer pour savoir jusqu'à quel point je pouvais vous aider. Je vais limiter cette aide à l'effacement de vos traces Internet sur le site Enigma. La police devra trouver un autre moyen pour remonter jusqu'à vous.

- OK, mon p'tit bonhomme, tu ne me laisses pas le choix. Garde les yeux grands ouverts, parce que je n'aimerais vraiment pas que tu prennes ce qui va suivre pour une illusion !"

Et "pof", vous l'avez bien évidemment deviné, je me volatilise, ne laissant, en vrac sur mon tabouret, qu'un jean, un tee-shirt, et mes petites affaires… Je reste un moment face à lui, vapeur ténue, imperceptible, mais curieuse de découvrir quelle va être sa réaction. Goran ne bouge pas de son tabouret. Le choc a manifestement été violent, car il reste totalement et absolument immobile. A croire qu'il ne respire même plus… Il ne respire même plus ! Ses lèvres deviennent bleues et il tombe lourdement sur le carrelage, sans connaissance. Et merde ! Je suis tombée sur un émotif ! Je me dépêche de passer par la première prise de courant disponible, histoire de me recharger rapidement et suffisamment pour reprendre une forme humaine assez dense pour réagir, et je me précipite sur lui. La chute ne paraît pas l'avoir amoché, mais il est quand même sérieusement dans les pommes. Je lui pratique un énergique massage cardiaque, puis, ayant constaté que son cœur avait redémarré, je lui colle une paire de taloches pour le ramener à lui. Il ouvre les yeux et constate qu'une blonde à poil est assise à califourchon sur son ventre. Je vois ses yeux repartir vers le haut. Du coup, je lui en colle une autre, qui achève de le réveiller, puis je récupère mes fringues et gagne ma chambre pour me rhabiller sans le perturber davantage. Quand je réintègre la cuisine, il est de nouveau perché sur le tabouret, et s'est servi un verre de rosé.

" T'as raison, mon garçon, il te faut quelque chose de fort pour te remettre de ces émotions. Tiens, je m'offrirais bien un petit single malt, moi !"

Je vais me servir. Quand je le rejoins, il a commencé à reprendre des couleurs, mais la main qui tient son verre tremble encore un peu.

" Goran, je suis vraiment désolée, mais ton scepticisme m'a un peu énervée, je l'avoue.

- Vous avez vraiment plus de mille trois cents ans ?

- Mille trois cent soixante-deux cette année…

- Et les vampyres existent réellement …

- Eh oui, mon p'tit gars, il faudra t'y faire. Je te rassure quand même, ce sont des êtres d'une extrême rareté, ils ne mordent pas, et leurs victimes ne deviennent pas suceurs de sang à leur tour. L'invasion n'est pas pour demain. Bon, maintenant que je t'ai prouvé que j'étais bien ce que je prétendais être, et malgré cette numérique naïveté que je compte sur toi pour réduire à néant, je serais bien aise d'entendre ton récit. Chacun son tour, pas vrai ?"

Le génie du langage sous toutes ses formes reste muet. Il doit y avoir un bug dans son programme. Après un silence qui me semble interminable, mais que je me garde d'interrompre pour ne pas détruire le fil ténu qui nous relie, il paraît se réveiller enfin.

" Je suis très ennuyé, mademoiselle Frénégonde. Vous me posez un énorme problème de sécurité. J'ai néanmoins décidé de vous expliquer ce que je fais, et comment je le fais. Mais je ne vous dirai pas qui je suis, ni où je loge.

- Dommage, j'avais espéré qu'on deviendrait copains...

- Cela n'empêche pas...

- Si. La confiance, c'est tout ou rien, noir ou blanc, oui ou non, comme l'informatique. Elle ne se divise pas. Moi, je te fais confiance, toi pas, c'est tout.

- Peut-être qu'un jour je pourrai vous faire confiance sans mettre ma survie en danger. Mais aujourd'hui, vous êtes trop maladroite pour que je prenne ce risque, j'en suis désolé. Je suis responsable d'une famille, si étrange que cela puisse vous paraître, et je ne peux compromettre sa sécurité pour votre bon plaisir. Peut-être que vous comprendrez quand vous connaîtrez un peu mon histoire.

- OK d'acc, vas-y, je t'écoute."

Je me sers un autre whisky et j'ouvre toutes grandes mes cages à miel. Une demi-heure plus tard, à l'exception de son nom, de son adresse, et des raisons sociales de ses différentes boutiques, je connais tout de mon farfadet numérique, et j'avoue que je suis estomaquée. Pas une seconde je ne doute de la véracité de son récit. L'invention fait pourtant partie de ses dons, tout son système est là pour le démontrer, mais uniquement quand elle a une utilité objective. L'affabulation pour le plaisir, Goran ne connaît pas. D'ailleurs, même le plaisir, il ne connaît pas. Je peux comprendre. Comme j'admets qu'il n'a pas tort en refusant de se livrer complètement à moi, pour l'instant. Il me faudra du temps pour l'apprivoiser, ce gamin, mais ça tombe bien, je suis riche de temps encore plus que de pognon. Et lui va bien finir par mûrir, et avoir un jour envie de rigoler. Enfin, j'espère. Je finis de laper la dernière goutte du nectar que je sirotais pendant son récit, et reprends la main :

" Chapeau bas, Goran ! Je n'ai rien à ajouter. Ce que tu as bâti pour protéger ta sœur est fabuleux. J'aimerais beaucoup faire sa connaissance, ainsi que celle de ta tante par adoption mutuelle, quand tu estimeras que la chose est possible, bien évidemment. Maintenant que les présentations sont faites, si on parlait un peu business ?

- Je vous écoute.

- Tu ne passes toujours pas au "tu" ? Non ? Tant pis… Bon, je t'explique le topo. Je cours derrière Vlad depuis que je suis sortie de mon caveau, avec plus ou moins de réussite, tu l'auras compris. Plusieurs fois, j'ai failli l'attraper, mais il s'en est toujours sorti de justesse, en utilisant des tours de vampyre que je ne connaissais pas encore. La dernière fois, il avait bien préparé son piège. Alors que je pensais le capturer enfin, c'est lui qui m'a enfermée dans cette foutue chambre froide, en utilisant sa dernière victime comme appât. Du coup, j'ai pris huit ans de retard dans ma chasse.

- Après toutes ces années, vous voulez encore vous venger, et le détruire ?

- Moi ? Mais pas du tout ! T'as rien capté, mon p'tit gars. J'aime beaucoup la vie que je vis. Je n'en suis pas lassée, et j'aimerais qu'elle dure encore longtemps. Or, mon existence est liée à celle du vampyre qui m'a créée. Tant qu'il vit, je vis. Mais je ne peux me résigner à le laisser continuer à tuer des innocents.

150

Mon projet, c'est donc de le capturer pour l'empêcher de nuire, et de le maintenir en vie en lui fournissant les doses de sang nécessaires à sa survie.

- Comme des poches de sang de transfusion ?

- Euh, oui, en quelque sorte…

- Qu'il faudra voler, car en France, elles ne sont pas accessibles au public.

- En France non, mais j'ai prévu d'utiliser un réseau étranger, qui fait rentrer du sang en contrebande.

- Là, vous me mentez. Vous ne devriez pas, je vous ai dit que j'étais doué pour détecter les inventions. Votre plan, tel que vous le décrivez, comporte une faille.

- Ah, et laquelle, petit génie ?

- Vous m'avez vous-même expliqué que, pour que le sang humain participe à la longévité du vampyre, il faut qu'il ait été transmuté et que, pour ce faire, le "fournisseur" de ce sang devait avoir consommé le sang dudit vampyre. Les poches de sang de contrebande que vous obtiendriez par votre réseau ne posséderaient pas cette caractéristique essentielle.

- C'est vrai que tu es futé. Sauf que tu oublies que Vlad sera mon prisonnier. Je pourrai donc lui prendre un peu de sang, et le filer à mes donneurs avant de leur ponctionner leur dose d'hémoglobine. Qu'est-ce que tu dis de ça, mon p'tit gars ?

- J'aimerais vraiment que vous cessiez de m'appeler ainsi, je trouve ce terme péjoratif. Et je pense que vous me mentez encore. Je ne vous vois pas distribuer des dosettes d'hémoglobine de vampyre à de pauvres types qui vendent leur sang pour se payer à manger. Ce serait trop dangereux, les risques de fuite sont trop importants. Et puis…

- Et puis ?

- Que devient un humain, une fois que son sang s'est transmuté ?

- Tu veux dire, si le vampyre ne le tue pas pour récupérer l'intégralité du mélange ?

- C'est exactement ce que je veux dire.

- Comment veux-tu que je le sache ? Vlad n'a, à ma connaissance, jamais raté son coup.

- Je suis certain que vous le savez. En mille trois cent soixante-deux ans, vous avez eu largement le temps de trouver la réponse à cette question !

- Peut-être…

- Vous ne jouez pas franc-jeu, avec moi !

- Tu me fais chier ! Merde !

- La grossièreté n'apporte aucun élément objectif à votre argumentaire, mademoiselle.

- Tu sais que tu me les brises menu, avec ta manière d'être parfait ! Bon d'accord, je sais ce qui leur arrive. Vu que leur sang est transmuté, leur esprit est envahi par tous les souvenirs du vampyre. Ils enchaînent les cauchemars dès qu'ils s'endorment, finissent par perdre le sommeil, et deviennent fous, avant de mourir d'épuisement.

- Comment le savez-vous ?

- Vlad punit ainsi les humains qui cherchent à lui nuire.

- Et du coup, qu'aviez-vous réellement prévu pour fournir à votre hypothétique prisonnier sa dose régulière de sang humain transmuté ?

- J'avais choisi de remplacer les victimes innocentes de Vlad par des gens moins recommandables, et de débarrasser ainsi l'humanité de ses branches pourries. Et si ça te gêne, j'en suis navrée, mais je n'ai rien trouvé de mieux ! "

J'ai craqué. Je n'avais absolument pas prévu de dévoiler cette partie sombre de mes projets à ce pauvre gosse. Pour qui va-t-il me prendre, maintenant ? J'en soupire de dépit, mais Goran intervient :

" Ça ne me gêne pas. Bien sûr, j'eusse préféré la disparition pure et simple du monstre, mais je comprends votre envie de vivre. Du coup, votre solution me paraît acceptable. Après tout, vous sauvez des innocents. Mais comment serez-vous certaine de la culpabilité de vos prochaines cibles ?

- Tu eusses préféré ! Waouh ! Ne change rien, je t'adore. Et ne t'inquiète pas pour les détails, depuis le temps que je traque Vlad, j'ai mis au point quelques techniques d'enquête, nonobstant ma capacité particulière à me glisser tout entière par un trou de serrure. Et puis je recruterai bien au-delà des frontières françaises.

- Et où retiendrez-vous votre prisonnier ?

- Chacun ses secrets, mon p't… Goran. Si on va plus loin ensemble, tu le sauras peut-être. Il faut déjà que je l'attrape. Et pour ça, il faut que je retrouve sa piste.

- D'où votre intervention sur mon site d'énigmes.

- Sur lequel je suis tombée complètement par hasard. Tu imagines ma surprise en y découvrant mon histoire de chambre froide… Du coup, je me suis dit que c'était peut-être un moyen d'obtenir des informations récentes. Vu ce que je savais de cette affaire, il a tout de suite été évident pour moi que la police était derrière le fameux "bonsangmaiscestbiensûr", que ce soit à titre officiel ou privé. Je me suis donc créé une identité pour essayer d'entrer en contact avec lui, en glissant dans mon message un détail inconnu du grand public.

- L'histoire des vêtements.

- Non, ça, c'est la deuxième couche. J'ai d'abord balancé le prénom de la victime, dont il n'avait pas été fait mention. Puis, suite à la réaction d'un autre abonné, j'ai ajouté le détail de mes fringues. Là, j'étais certaine de piquer la curiosité du flic. Et c'est bien ce qui est arrivé, sauf que je pensais qu'il s'adresserait directement à moi.

- Manque de prudence. Toutes les hypothèses ne sont pas analysées a priori.

- Oui, bon, ça va. Je ne m'en suis quand même pas trop mal tirée pendant mille trois cent soixante-deux ans, excuse-moi du peu. S'il me colle de trop près, je largue cet appartement et je disparais.

- Ce n'est plus aussi facile, mademoiselle. Aujourd'hui, les traces numériques de votre existence sont nombreuses et tellement visibles ! Vous avez une adresse d'ordinateur, une adresse de téléphone portable, vous achetez en direct sur Internet… Si vraiment vous voulez disparaître sans aide, vous allez avoir du travail… Moi, ce que je peux faire, c'est vous fabriquer une virginité numérique, et vous apprendre comment tenter de la conserver le plus longtemps possible, tout en utilisant la Toile.

- D'accord, ça me va.

- Et pour le policier, vous allez faire comment ?

- Tu me dis qu'il t'a écrit sur le site Enigma. Du coup, tu peux me donner son adresse et je lui écrirai en direct.

- Et donc il saura immédiatement que ça vient de moi et que je lui mens quand je lui dirai que vous avez hacké le site et que je ne vous connais pas.

- Mouais, ce n'est pas faux… Dis donc, ce policier amateur de numérique doit bien avoir une adresse mail officielle, un truc en @prefecture.police.paris.fr. Il suffirait de la trouver, et que tu m'expliques comment je peux lui écrire là sans qu'il puisse me retrouver, tout en ayant la possibilité de me répondre, et ça règle le problème. C'est faisable, ça ?

- C'est faisable. Oui. Mais ça ne change rien sur le fond. De nous deux, je suis le seul à savoir que le commissaire Racine est chargé de cette affaire.

- Ce n'est pas faux non plus. Rogntudju, comme dirait Prunelle, comment faire ? Ne peux-tu lui écrire que tu n'as

155

pas réussi à décrypter mon adresse, mais que tu as eu le temps de me transmettre sa demande avant que je ne disparaisse ?

- C'est peu crédible.

- Alors, je sais. Puisque je suis censée être une hackeuse géniale, j'ai réussi à pirater ton compte d'administrateur et à trouver son message. Du coup, je peux lui répondre tout en te dédouanant. Surtout si tu m'aides à camoufler l'origine numérique de mes interventions et que tu me sers de prof en hacking.

- Oui, ça, c'est acceptable. Seul mon amour-propre pourrait en être froissé, mais qui s'en soucie ? De mon point de vue, il y a quand même plus simple.

- Ah oui, et quoi ?

- Aller le voir et lui raconter tout.

- Eh bien, pour quelqu'un qui aime rester discret...

- C'est vous qui voyez... Mais pour qu'il croie à votre histoire, vous devrez lui faire le coup de la vaporisation, à lui aussi. Sinon, à ses yeux, vous serez seulement suspecte de meurtre.

- Même si je lui explique pourquoi il trouve toujours l'ADN de la précédente victime sur chaque scène de crime ?

Chapitre 17

Jules est détendu et déguste avec plaisir une blanquette de porcelet aux girolles assez étonnante, tant elle mêle avec bonheur la stabilité réconfortante de la cuisine de grand-mère et l'inventivité subtile d'un jeune chef qui promet. Il accompagne sa dernière bouchée d'une gorgée d'un vin peu connu des Côtes Catalanes, un cépage Carignan issu de vieilles vignes plantées en altitude au-dessus de Perpignan, qui donne beaucoup pour un prix contenu, ainsi que le lui a promis le sommelier. Jules baigne dans une douce félicité proche de la somnolence, car il lui a fallu faire le pied de grue plus d'une heure dans la rue pour obtenir la table convoitée, et demain déjà s'approche à grands pas. Un "dring" péremptoire le ramène brutalement à la réalité. Son nouveau téléphone portable lui annonce ainsi, sans ménagement, qu'un mail vient d'arriver dans sa boîte professionnelle. Tout en extrayant avec difficulté l'engin, dont on peut légitimement se demander s'il est encore un grand téléphone, ou déjà une petite tablette, de la poche intérieure de son pardessus, le commissaire se dit qu'il faut vraiment qu'il se penche sur son mode d'emploi afin d'en limiter les tonitruances incongrues. Plusieurs consommateurs de restaurant lui confirment d'un froncement de sourcils qu'en effet, ce serait une bonne chose.

Il n'a pas le temps d'allumer l'engin qu'une sonnerie différente dénonce l'intrusion d'un autre courriel, mais dans sa boîte privée, cette fois. Presque aussitôt, un gazouillis déclare qu'un texto vient également de lui être adressé. Sous le regard franchement réprobateur de ses voisins, le commissaire parvient enfin à éteindre son téléphone et à le glisser dans la poche de son pardessus. Curieux, néanmoins, de déterminer l'origine de cette attaque aussi massive que tardive, il fait signe au loufiat qu'il se passera de dessert et de café, et se lève pour passer régler son dû à la matrone qui trône, à l'ancienne, derrière sa caisse enregistreuse en bout de zinc. À peine sur le trottoir, il déchante. Évidemment, il pleut à verse. Jules ne se voit pas consulter son mobile sous les trombes et trottine jusqu'à la plus proche station de métro pour se mettre à l'abri. Une fois sur le bon quai, il profite de ce que la station est quasiment déserte pour s'asseoir sur une de ces coquilles en plastique jaune aux bords relevés et agressifs, spécialement conçues pour permettre le repos de l'usager, mais empêcher les SDF de s'allonger et de squatter ainsi plusieurs places. Puis il extrait son téléphone de la poche où il l'avait prudemment enfoui à l'abri de la pluie et le remet en fonction. Il tape son code PIN, 2222, puis ouvre son programme de gestion de mails. Dans les deux boîtes, la professionnelle et la privée, le courriel est signé de la même personne : la Fée Chier donne de ses nouvelles. D'un doigt agacé, il ouvre sa messagerie : même signature. Dans les trois cas, le texte est identique : « *à 00 h 00 tapantes, connexion sur Skippy* », suivi des coordonnées numériques nécessaires pour établir le contact. La rame pénètre en sifflant dans la station. Jules s'engouffre dedans en regardant l'heure sur l'écran du téléphone. En ne traînant pas, et pour peu que sa correspondance soit propice, il peut être à son bureau à l'heure dite. Il gagnerait du temps à prendre l'appel plutôt de son appartement, mais le commissaire Racine a établi quelques règles de fonctionnement simples qui guident sa vie. Il ne rechigne pas à passer au bureau le temps nécessaire à l'accomplissement de ses missions, mais jamais il ne ramène de travail chez lui. Madame Racine, à supposer qu'il y en ait une un jour, et qu'elle ressemble au portrait psychologique qu'il en a conçu, ne le supporterait pas. Dont acte. Trois stations plus loin, il saute sur le quai, embouque l'escalator en courant, enfile un couloir à gauche, puis plonge à droite dans un escalier alors qu'il entend la rame arriver. Il a juste le temps d'y pénétrer avant que les portes ne se referment. Il sera à l'heure au bureau. Oh, bien sûr, il se doute que s'il se connecte avec cinq minutes de retard, la Fée Machin Truc sera toujours là. Mais Jules estime que l'exactitude est une forme de politesse, et qu'elle confère une certaine supériorité à celui qui la pratique régulièrement, le démontrant capable d'une organisation plus efficace que le retardataire ordinaire, forcément. Il profite par ailleurs du court répit que lui impose son trajet en métro pour expédier un SMS à son copain Corneille, en lui indiquant les coordonnées de connexion que lui a transmises la mystérieuse fée…

Quelques minutes plus tard, après avoir salué sans s'arrêter les personnels de garde, Jules est dans son bureau, dont il a soigneusement fermé la porte à clé, histoire qu'une intrusion impromptue ne fasse disparaître sa fée… Il se trouve que l'oiseau des iles est de permanence cette nuit, et que ladite intrusion relève donc du domaine du probable. Il a mis son ordinateur sous tension, a ouvert l'application de tchat vidéo "Skippy", et branché ses oreillettes. Il jette un œil à la pendulette qui occupe le coin inférieur droit de son écran. Juste comme elle passe de 23.59 à 00.00 retentit le cri de grenouille propre à l'application qui annonce que quelqu'un cherche à le contacter. Tout en acceptant l'appel, Jules se dit que les programmeurs informatiques sont vraiment d'indécrottables galopins. L'écran s'éclaire sur la bouille réjouie d'une adolescente blonde, plutôt jolie, l'air d'autant plus espiègle, qu'elle s'est confectionné une coiffure en cornet à l'aide d'une feuille de papier cadeau. Décidément, non seulement cette enquête ne ressemble à aucune autre, mais elle réserve son lot de surprises. Qui peut bien être cette gamine, et que fait-elle là ? Est-il vraiment possible qu'elle possède des informations sur un meurtre commis alors qu'elle devait juste passer de la maternelle au primaire ? Perturbé par cette vision inattendue, Jules, sans vraiment s'en rendre compte, a sorti sa pipe, l'a bourrée et allumée, oubliant le sacro-saint respect des règlements qui lui sert d'ordinaire de mode de pensée. Sur l'écran, la gamine sourit toujours, attendant qu'il ouvre les hostilités.

" Bonsoir, dit Jules. Comment t'appelles-tu ?

- Je ne suis pas contre un peu de familiarité dans les rapports humains, mais je vous trouve le tutoiement un peu rapide, mon petit monsieur, même si j'avoue avoir un faible pour les hommes d'âge mûr…

- Mais… Quel âge as-t…avez-vous ?

- Et voilà, déjà la question qui fâche ! Vous n'avez rien de plus important à me demander ?

- J'aimerais quand même savoir à qui j'ai affaire, nom de Dieu !"

Jules est le premier surpris de cette réponse discourtoise. Cette fille possède un talent rare. Elle l'énerve. Au cours d'une carrière déjà bien fournie, le commissaire Racine a rencontré nombre d'individus de tous les sexes qui avaient décidé de ne pas lui mâcher le travail, en se taisant, en maniant l'ironie, en proférant des insanités, en disant n'importe quoi... Des qui la jouaient sympa, complice, d'autres au contraire qui lui faisaient ostensiblement la gueule, allant jusqu'à le couvrir d'injures... Mais il ne se souvient pas que l'un d'entre eux lui ait fait cet effet... Il ne se rappelle pas s'être départi de son flegme. Il a bien donné quelques taloches, un ou deux coups de Bottin, mais sans haine, sans perte de contrôle, juste dans le cadre du déroulement classique d'un interrogatoire bien mené... Alors que cette gamine... qui ne paraît pas le moins du monde impressionnée par l'énervement du flic, comme elle le démontre aussitôt :

" Vous savez que vous avez du charme, quand vous vous mettez en colère ? On jurerait que vous tentez d'imiter Delon dans un polar des années 60. En revanche, vous ne valez pas tripette en imitation. Mais revenons à nos moutons, mon cher Panurge. Qui suis-je... Hummm, je peux admettre que mon pseudo, dont je vous assure qu'il est le fruit d'une maladresse, est d'un emploi peu facile. Comme je suis certaine de n'apparaître, pour l'instant, dans aucun de vos fichiers, je vais vous donner une information vraie, mais seulement si vous me promettez de ne pas rire... Je me prénomme Frénégonde, mais vous pouvez préférer Fren, ou Fréné, c'est au choix... Puis-je vous appeler Jules ?

- Pour vous, mademoiselle, je suis et je reste le commissaire Racine !

- Ça, je le sais déjà. Racine, Jules, commissaire de police à la brigade criminelle, en charge de l'enquête sur les meurtres de mesdames Gudermann, Dulard et Lebonchois... Pour ceux que vous connaissez, mais je préfère vous prévenir qu'il vous en manque !

- Beaucoup ?

- Je dirais quelque chose comme cinq mille, mais c'est une approximation, bien sûr.

- C'est du grand n'importe quoi ! Vous délirez, mademoiselle, et vous me faites perdre mon temps. Bonsoir !

- Bien essayé commissaire ! "

La gamine éclate de rire, et attend, sereine, que le flic ose couper la communication. Ce que, bien évidemment, il ne fait pas. Au contraire, même, c'est lui qui reprend le dialogue :

" Pas un être humain ne saurait assassiner cinq mille personnes, en cacher les corps, et échapper à la police, mademoiselle, pas un !

- Vous avez, sur ce point, parfaitement raison, m'sieur Jules..."

Elle continue d'aborder ce sourire narquois si irritant, et en même temps... Jules respire un grand coup, et décide de tenter d'attraper le bout de fil ténu qu'elle semble lui tendre :

" Voulez-vous dire par là que les tueurs sont plusieurs ?

- Point du tout, mon bon ami, point du tout.

- Mais enfin, vous avez admis qu'un tueur seul ne pouvait…

- Que nenni. J'ai approuvé l'idée que "pas un être humain" ne saurait l'avoir fait. Vous avez choisi la mauvaise voie de l'alternative en choisissant le "un". Car le tueur est bien seul, je vous le confirme, sur la série qui nous intéresse…" Et toujours ce sourire ironique et charmant, avec la petite fossette, là, qui… Jules se ressaisit, et réfléchit à toute vitesse :

" D'après vous, donc, le tueur ne serait pas humain. C'est ça, votre idée ? "

La jeune fille incline la tête d'un côté, puis de l'autre, sans répondre. Du coup, Jules explose :

" Vous me faites perdre mon temps ! Cinq mille victimes d'un tueur extraterrestre qui, en plus vole le sang de ses victimes ! Et pourquoi pas un vampire, tant que vous y êtes ?

- Eh ben vous voyez, quand vous voulez, vous n'êtes pas si bête, m'sieur Jules.

- C'en est trop, vous vous foutez ouvertement de moi ! Vous n'êtes qu'une petite écervelée qui ne sait rien du tout !

- Sauf que madame Gudermann s'appelait Rachel, que les fringues retrouvées dans le frigo étaient les miennes, ce qui explique cette taille 36 qui ne correspond à la stature d'aucune de vos victimes, et plein d'autres petits trucs que je suis prête à échanger avec ce que vous savez, vous…

- Mais, ma pauvre enfant, si je savais quelque chose, je ne serais pas en train de m'aplatir lamentablement devant une petite mijaurée pour mendier des miettes d'informations !

- Écervelée, mijaurée… Votre vocabulaire est délicieusement suranné, mon cher vieux Jules. Il participe à votre charme. Tenez, je vous adopte comme ami et j'accepte un rendez-vous ! Mais en tout bien tout honneur, cela va sans dire. Je propose demain, dix heures, dans le hall d'accueil du Palais de la Découverte.

- Pourquoi là ?

- Mais pour plein de bonnes raisons, mon ami, dont la meilleure est que c'est un lieu ouvert, et plein de prises électriques…"

La jeune femme éclate de rire, et coupe la communication.

Alors qu'il reste interdit devant son écran noir, Jules se rend compte soudain que sa pipe est allumée. Il s'empresse d'aller ouvrir la fenêtre du bureau, et se trouve bien ennuyé avec la bouffarde chaude, la pièce ne contenant aucun cendrier. Le commissaire cale comme il peut son foyer avec une paire de stylos, histoire de ne pas répandre partout ses cendres brûlantes. Il termine à peine sa délicate manipulation - le culot de la pipe étant aussi arrondi que le corps des stylos, le calage s'avère scabreux – quand son portable sonne. Un coup d'œil à l'écran lui apprend que c'est l'ami Corneille qui monte au rapport.

" T'as de la chance, mon vieux, j'allais rentrer quand j'ai reçu ton SMS. Du coup, j'ai pu me brancher en parallèle, et assister à la conversation.

- On peut le faire, ça ?

- Toi, non. Ni techniquement, ni juridiquement. Moi, techniquement, je peux.

- Je préfère ne pas en savoir davantage. Que peux-tu m'apprendre ?

- C'est un joli petit lot, ta hackeuse, même si ça ne tourne pas rond dans sa petite tête…

- J'ai des yeux et des oreilles, merci ! Je voulais dire : que peux-tu m'apprendre que je ne sache déjà ?

- Houlà, mais t'es ronchon, ce soir, mon vieux Racine ! Je ne te connaissais pas comme ça ! La réponse à ta question est facile : rien ! C'est une championne, ta gamine, là. Même mode de cryptage que le site Enigma, sur lequel trois de mes spécialistes se cassent les dents depuis ton dernier appel. On va avoir un mal fou à les coincer, ils se sont rendu compte qu'on essayait de rentrer chez eux, et brûlent leurs vaisseaux…

- Ce qui signifie, en langage accessible au béotien ?

- Ben, si tu veux, chaque fois qu'on approche de la solution, c'est-à-dire de l'adresse du site, il disparaît, et moins de dix minutes plus tard il réapparait, identique en apparence, mais avec une autre localisation, et le travail est à reprendre à zéro.

- Quand tu parles de localisation, tu veux dire l'endroit physique où se situe le serveur ?

- C'est ça qui est drôle. C'est impossible, mais la réponse est oui. Les mecs qui sont derrière arrivent à nous faire prendre les vessies pour des lanternes, et des adresses virtuelles pour des emplacements physiques. Ils sont très forts, je te dis. C'est un très gros poisson que nous avons ferré là…

- Et qu'avons-nous à lui reprocher, à ce très gros poisson putatif ? A ma connaissance, il s'agit d'un site de jeux, c'est tout.

- Mon pauvre vieux, tu déconnes à pleins tubes ! Il est évident que le site de jeux n'est qu'une façade. Personne ne déploierait une technologie aussi considérable pour protéger un site de jeux ! Quel intérêt ?

- Je n'en sais rien, Corneille, je n'en sais rien. Mais tu as assisté à la conversation comme moi, tu peux donc admettre que ce n'est pas le truc le plus bizarre dans cette enquête…

- Ah, ça ! Tu es tombée sur une tarée de première, je confirme…

- Eh bien, vois-tu, ce n'est pas mon sentiment… Cette fille est horripilante, tout autant que farfelue, je te l'accorde, mais je crois que je vais accepter son rendez-vous…

- Le célibat te pèse ?

- Très drôle, Corneille, très drôle…

- On dit MDR, LOL, PTDR, voire XPTDR, mon vieux Racine. Tu as décidément une guerre de retard. Allez, bye, je vais mettre la viande dans le torchon !

- Parce que ça, c'est une expression d'aujourd'hui, peut-être ? Je suis certain que pas un de tes souriceaux, comme tu les appelles, ne l'a déjà entendue ! Bonne nuit néanmoins, débris numérique !

- Fais de beaux rêves, Maigret de mes deux ! "

Jules raccroche avec le sourire. Sa conversation avec son vieux pote l'a détendu, à défaut de lui fournir un quelconque indice exploitable dans l'immédiat. Il éteint son ordinateur, récupère sa pipe tiède, ferme soigneusement la porte de son bureau, traverse l'immeuble en saluant les collègues de permanence, et prend le chemin de son appartement.

Dans un autre quartier de Paris, deux personnes débriefent le même appel. Frénégonde, guillerette, a conservé son espèce de cornet sur la tête, ce qui ne provoque aucune réaction chez Goran, qui demande :

" Pourquoi avez-vous cherché à mettre le commissaire en colère ? Ce n'était pas la meilleure méthode pour obtenir des informations…

- Mon très cher Goran," répond la fée de pacotille, " je t'apprécie énormément, et je suis certaine que nous allons devenir une paire d'amis très rapidement, parce que ni toi ni moi ne sommes comme les autres. Seulement, vois-tu, il va te falloir faire un petit effort.

- Un effort de quoi ?

- D'humilité, peut-être… J'ai compris et admis ton génie du langage, et son utilité dans la gestion de la vie numérique. Je te place, en ce domaine, au sommet absolu de la pyramide, et l'idée ne m'effleurerait pas de te sous-estimer dans ta spécialité. Alors que toi, tu me considères juste comme une nana excentrique, et ceux de mes hémisphères qui t'impressionnent ne sont pas abrités par ma boîte crânienne. Et c'est là que le bât blesse, mon petit gars… Je sais que tu n'aimes pas que je t'appelle comme ça, mais il te faudra mériter un autre surnom ! C'est là que le bât blesse, disais-je, parce que je suis loin d'être stupide, et que ma spécialité à moi, si je dois en distinguer une, c'est de manœuvrer les mâles. J'ai près de quatorze siècles d'expérience en ce domaine, si tu vois ce que je veux dire. Alors tu me laisses faire, et tu apprends. Sache, pour ta gouverne, que je n'avais pas l'intention d'obtenir des informations ce soir. Je suis presque certaine que le commissaire Racine n'en a guère à me donner.

- Alors quoi ?

- Alors quoi ? Il est mignon. Je voulais le pécho, mon p'tit gars, afin qu'il travaille pour moi, éventuellement même sans qu'il s'en rende vraiment compte.

- Et pour y parvenir, vous avez choisi de l'énerver ? "

Goran ouvre des yeux comme des soucoupes.

" Ben oui. Je suis une fille.

- …

- Tu n'as qu'à venir demain, en restant discret, tu pourras observer le savoir-faire de la demoiselle…"

Chapitre 18

Vlad scelle soigneusement un nouveau bocal de sang et le range aves les autres dans sa glacière portable. Derrière lui, suspendu à un treuil de mécanicien, pend le cadavre encore chaud d'un homme décapité d'une trentaine d'années. Sa tête aux longs dreadlocks est tombée à côté du corps de ses deux chiens. "Encore un trio d'emmerdeurs qui ne manquera à personne" songe le vampyre en démarrant le brûleur de l'incinérateur. La bassine, sous le cou tranché, recueille les ultimes millilitres du précieux nectar. Depuis que la goule a failli le coincer, il a revu son modus operandi. Moins de tralala, moins de panache, tout pour la sécurité et l'efficacité. Désormais, il tue ses victimes par surprise avant de les égorger. Elles passent ainsi sans stress inutile de vie à trépas. Grâce à cette concession, il n'a, à sa connaissance, généré aucune autre incongruité depuis Frénégonde, et c'est tant mieux, car Vlad n'aime pas les affaires bâclées, ni les risques inutiles. Pourtant, depuis qu'il a piégé la jeune femme dans la chambre froide, la vie l'amuse beaucoup moins. Il traîne ses guêtres sur terre depuis plus de mille six cents ans, a l'impression d'avoir tout vu, tout entendu, d'avoir fait le tour de l'humanité. Pour un peu, il serait allé la délivrer, histoire de redonner un peu de piment à son existence. Mais le journal lui a appris que ce ne serait pas utile, puisque la police a ouvert la boîte de Pandore. Depuis, Vlad oscille entre deux sentiments : une forme d'excitation, d'abord, à l'idée que la poursuite reprend, et la crainte d'une fin prochaine. Qu'elle est étrange cette poursuite puisqu'elle est perdue d'avance. La goule ne disparaîtra qu'avec lui. Quelle étonnante malédiction ! Ce petit nuage de poupée blonde sans réelle consistance peut le détruire, et lui n'a aucun moyen de lui rendre la pareille. Il ne peut que l'éviter, la fuir, la retarder… La traque, pourtant, n'est pas sans intérêt. Elle donne une forme de sens à sa vie si interminable. Rien, dans ce monde, n'a autant de valeur que ce que l'on risque de perdre… Mais ce n'est pas le bon moment pour reprendre sa course. Il a besoin de calme pour se reproduire et donner à sa progéniture le temps nécessaire pour devenir vampyre à son tour. Vlad est un vampyre consciencieux, responsable. Il n'a pas lâché sa semence au gré des vents, au risque de rompre le fragile équilibre naturel, et d'attirer l'attention sur son espèce. Mais il lui faut quand même assurer sa descendance selon la tradition, pour la survie de sa race. Il lui faut concevoir ses 2,1 rejetons, puisque tel est le taux que les démographes ont établi comme seuil minimal de perpétuation de l'espèce. Et la chose n'est pas si aisée. Il y a loin de la reproduction quasi industrielle du bétail humain - qui arrive à se multiplier même contre son gré, à l'occasion d'une soirée un peu arrosée - à l'accomplissement ultime de sa race supérieure, qui demande des années de préparatifs, de soins minutieux, de précautions… Or sa femelle est prête. Il a commencé à la transmuter trois ans plus tôt, quand elle n'était qu'une gamine, puisque tel est le processus. Insensiblement, à coups de subterfuges subtils, il lui a fait ingérer son liquide vital, à doses homéopathiques, d'abord, puis de manière plus franche et régulière depuis qu'elle est réglée… La petite vient maintenant chercher sa dose presque quotidienne toute seule, et attend la suite avec une impatience qui l'amuse, et l'attendrit en même temps. Elle est si jeune, et si jolie… Si elle pouvait se douter de ce qui l'attend… Mais c'est impossible, car tel est le pouvoir de son espèce qui avance masquée. Tant que l'union ne sera pas consommée, la gamine vivra deux vies séparées, la partie encore humaine de son esprit n'ayant aucune conscience du monstre qui grandit en son sein. C'est à peine si elle a l'impression d'avoir des absences, de temps en temps. Une fois l'acte accompli, en revanche, elle deviendra pleinement femelle vampyre. Toute trace d'humanité aura alors disparu chez elle et elle pourra concevoir un fils. Il faudra ensuite la protéger durant la gestation. Il faut trente mois à la femelle vampyre pour enfanter. Ici encore, on est loin de la productivité indécente du bétail humain… Puis il faudra continuer à veiller sur la mère et sur l'enfant jusqu'à ce que le garçon soit prêt à se passer de sa génitrice, soit encore une douzaine d'années… Alors Vlad se débarrassera d'elle. Bien qu'il se sente très amoureux, il n'a pas l'âme d'un époux. D'ici là, il a quand même besoin d'une petite quinzaine d'années de tranquillité. Il ne faudrait donc pas que la goule retrouve sa trace maintenant. Du coup, il est encore plus prudent, quant à la gestion de son approvisionnement. Fini les parties de rigolade avec ses proies féminines, choisies tant pour leur isolement personnel que pour leur argent. Seule compte aujourd'hui la discrétion de ses prélèvements. Il privilégie les clodos, les manouches, les dealers, les putes, tous ceux dont la disparition ne fera pas l'objet d'une enquête officielle. Il les tue proprement, par surprise, dès qu'ils ont consommé le biscuit pollué par son sang nécessaire à la transmutation, afin d'éviter le coup de colère générateur de goule au passage du couloir, et il brûle les corps dans l'incinérateur de sa société de pompes funèbres. Il n'a plus à se triturer les méninges pour tenter de les faire disparaître dans du béton ou au fond d'un lac. C'est vraiment une idée de génie qu'il a eue là. PDG d'une succursale de chez Borniol ! L'ironie le fait sourire. Un vampyre croque-mort ! Bien sûr, ça lui donne du travail. Il a une double activité à assumer, et sous deux identités encore... Mais il s'en sort plutôt bien. Il est vrai qu'il n'a pas besoin de dormir, et qu'il est assez peu présent à la maison mortuaire, laquelle est gérée par un directeur salarié.

Le cadavre est vide. La température de préchauffage de la chambre de combustion est atteinte. Sans effort apparent, le colosse dépend sa victime, ouvre la porte du four, et hisse le corps sur le tapis roulant. Il y ajoute la tête et les dépouilles des deux chiens, referme la porte et lance l'incinération. Il ne lui reste qu'à attendre une grosse heure avant de lancer la phase d'aspiration et de recyclage des cendres... Il récupère la bassine au fond de laquelle stagne encore un peu de sang, qu'il verse dans un gobelet avant de le boire. Il sent l'énergie gonfler en lui, comme chaque fois. C'est encore meilleur qu'un orgasme, même si ceux-ci lui manquent. Il a de plus en plus hâte de consommer sa femelle. Le premier assaut surtout sera violent et donc incommensurablement jouissif. Quand elle comprendra, la partie encore humaine de la jeune fille lui résistera de toutes ses forces. Il en rêve déjà. Après... Elle sera, hélas, consentante, ce qui est beaucoup moins drôle. Elle exigera même qu'il accomplisse régulièrement son devoir d'époux. C'est ainsi. Une fois transmutées, les femelles humaines sont insatiables, mais tellement conventionnelles... C'est pour cette raison qu'il ne la conservera pas au-delà du temps nécessaire pour élever son fils.

L'heure passe, la sonnerie du four retentit. Il lance la phase de nettoyage. Encore quelques minutes de cliquetis et de bruits de ventilation, puis un nouveau signal se fait entendre. Vlad passe dans la pièce voisine, récupère le sac de cendres à l'arrière du four, puis va le jeter dans le conteneur-poubelle prévu à cet effet. Il gagne ensuite sa grosse berline noire et se fond dans la nuit parisienne. Pas très loin de la maison funéraire, la voiture croise le chemin d'une ombre furtive, que le faisceau pourtant directionnel de ses puissants projecteurs ne parvient à révéler qu'un trop bref instant pour que les yeux du vampyre qui la conduit puissent identifier Goran, dernier obstacle entre lui et sa prochaine épouse...

Chapitre 19

Personne ne dort, dans la nuit parisienne. Aux dires des organisateurs des soirées qui font la renommée internationale de la capitale française, il paraît qu'elle n'est pas conçue pour ça. Soit. Les touristes en goguette trouvent sans trop de peine les lieux de distraction qui les attendent, et qui sont soigneusement fléchés. Les amateurs de plaisirs nocturnes partagés ont également leurs adresses… Les restaurants de nuit, les bars branchés, les boîtes voient s'agglutiner autour de leurs issues un mélange plus ou moins alcoolisé de fumeurs, d'entrants à la recherche d'autre chose, de sortants lassés… Soit. Tous ces fêtards ne représentent malgré tout qu'une infime partie des habitants de la ville. Les autres, à cette heure-ci, dorment, en règle générale. Mais cette règle-là aussi souffre ses exceptions…

Je ne dors pas. Il est vrai que je ne dors jamais, mais il m'arrive néanmoins de laisser mon esprit vagabonder sans chercher à en diriger les errances, en caressant distraitement mon fantôme de chat, dans un ersatz de sommeil, paradoxal à plus d'un titre. La bête est là, ce soir, qui ronronne, lovée contre moi dans le grand couffin posé sur le radiateur, et pourtant je ne parviens pas à me détendre. Trop d'éléments se bousculent dans ma tête… Enfin, trop… Ils ne sont guère que trois, mais, chacun dans son style, ils déplacent de l'air. Il y a Vlad, en premier lieu, l'objet de ma traque plus que millénaire. Sous mes airs de pétasse écervelée revendiqués, tant devant Goran que vis-à-vis du commissaire, j'ai soigneusement caché une sourde inquiétude. Si l'on fait abstraction des cinq ou six premières années d'apprentissage de mon nouvel état, années durant lesquelles j'ai subi plus que je n'ai agi, et si l'on met entre parenthèses mes huit dernières années de frigo, ça fait quand même grosso-mode mille trois cent trente ans que je traque mon assassin, avec plus ou moins de bonheur. Même si le salopard m'a toujours échappé, j'ai touché au but plusieurs fois. Et, surtout, je n'ai jamais perdu sa trace, constellée qu'elle était de cadavres exsangues. Cette nuit, pourtant, je ressens comme un grand vide. Depuis que je suis sortie de la chambre froide, et que j'ai rebranché mes antennes sur le monde, je n'ai détecté aucune piste fraiche. La série sur laquelle travaille le commissaire Racine est ancienne. La victime la plus récente est morte sept ans plus tôt ! Je sais que Vlad est encore vivant, puisque j'existe, mais où se cache-t-il ? Ma grande crainte, c'est qu'il ait émigré très loin, et qu'il me faille relancer ma quête en aveugle, sur un territoire de près de cent cinquante millions de kilomètres carrés, au sein d'une population de sept milliards deux cent quinze millions de personnes, dont, vraisemblablement, un petit millier de vampyres susceptibles de brouiller les pistes. Je me sens abattue comme je l'ai rarement été, ces quatorze derniers siècles… Je me sens lasse…

Ensuite, il y a Goran… J'en ai rencontré des phénomènes de foire, dans ma longue existence, mais celui-ci tutoie les sommets. De mon point de vue, il surclasse même Pic de La Mirandole. Son cerveau turbine aussi rapidement que celui de ce vieux Léonard … Avec, quand même, une sacrée différence, qui crée chez moi un autre malaise. Goran pense, mais il ne vit pas, ou si peu. Bien sûr, il s'est évanoui quand je me suis volatilisée devant lui. Bien sûr, il rougit quand je lui colle sous le nez sans prévenir une exquise partie charnue de mon anatomie. Mais il s'agit là de réactions animales, de réflexes. Pour le reste, ce gamin me semble aussi émotif que la momie de Ramsès II. Je l'aime bien, pourtant, ce gosse, comme je pourrais aimer un petit cousin un peu niais mais attachant, à qui il me reviendrait d'apprendre comment fonctionne le monde des adultes, et même un peu plus, si affinités, parce qu'il faudra bien un jour qu'une fille sympa se dévoue, et je devine que, sur ce plan-là, le génie de Goran est inopérant… Pourtant quelque chose me gêne chez lui, comme si une ombre noire le couvait du regard… J'ai le sentiment que Goran n'appartient déjà plus au monde des vivants, parce qu'il s'interdit de vivre pour permettre à sa sœur d'exister. Je ne connais pas sa sœur. J'ignore jusqu'à son prénom, mais j'espère de tout cœur que cette gamine vaut le prix que son frère paye déjà pour qu'elle vive en sécurité. Je dois bien admettre qu'une pointe de jalousie me chatouille les entrailles. J'aurais aimé pouvoir susciter un tel amour, même si son intransigeante intensité m'effraie…

Et puis il y a Jules, le grand dadais de commissaire, le quadra fringant, sérieux comme un gardien-chef de musée… Ça fait des lustres que je ne me suis pas offert une petite aventure. Je le glisserais bien sous la couette, celui-là, histoire de le dérider un peu. Je sais que j'ai déjà marqué des points, lors de notre brève rencontre cathodique. C'est finalement en songeant à la manière de m'y prendre pour affirmer mon emprise sur le flic lors de notre rencontre de demain matin que je parviens finalement à laisser quartier libre à mon esprit.

Goran ne dort pas. Quand il a regagné son immeuble, après avoir produit le minimum du bruit nécessaire pour que Mamilla sache qu'il était rentré, et s'endorme enfin, rassérénée, il est monté se réfugier dans son antre, sous les toits. Il a vérifié que son programme de relocalisation en boucles aléatoires supportait les attaques des cyberflics sans céder, a expédié les mails nécessaires au suivi de ses affaires courantes, a planifié ses actions du lendemain, en dégageant un temps suffisant pour passer, à dix heures, dans le grand hall d'accueil du Palais de la Découverte. Puis il s'est assis dans son fauteuil de PDG - sa seule folie, un monument de cuir et d'inox qui s'incline dans tous les plans - comme le monarque d'un royaume de roman d'héroïc fantasy sur son trône de solitude. Là, il s'est mis à réfléchir. Il n'aime pas cette histoire, parce qu'elle ne lui semble pas contrôlable, et représente, pour lui, la somme de tous les dangers. Si jamais la police réussit à mettre son nez dans ses affaires, c'en est fini de sa vie tranquille en France. Déjà, son exceptionnel cerveau conjugue les données pour imaginer les solutions de repli. Ses affaires sont globalement dématérialisées, il peut les gérer de n'importe quel pays. La sécurité de sa famille exige qu'il prenne cette décision drastique sans perdre une seconde. Ses neurones sont formels : il faut partir au plut tôt, demain serait le mieux. L'organisation de ce départ ne pose pas vraiment de problèmes d'intendance : il a anticipé toutes les situations possibles. Il a prévu, longtemps auparavant, qu'il faudrait, peut-être, fuir un jour. Mais… il n'en a pas envie. Sans bouger de son fauteuil, il considère, étonné, cette étrange donnée nouvelle. Pour la première fois depuis la disparition de son père, Goran envisage de faire passer un sentiment avant une réflexion. Bien sûr, c'est risqué, pour Andjà et Mamilla autant que pour lui, et ce risque n'est pas acceptable. Il va le prendre, pourtant, à cause d'une poignée de cheveux blonds, d'un regard plein de malice, d'une princesse qui, parce qu'elle fait n'importe quoi n'importe comment, a forcément besoin de lui. Il va le faire parce qu'en matière de culture sexuelle, Goran, obnubilé par le bonheur de sa petite sœur, a multiplié les lectures sur la transformation des jeunes filles, sans jamais s'intéresser à l'influence de la testostérone sur le comportement intellectuel d'un garçon de seize ans. Et quand bien même il l'aurait fait... C'est en imaginant qu'il fait découvrir la réalité de son royaume à la princesse Frénégonde que Goran finit par lâcher prise, roulé en boule dans son trop grand fauteuil comme un petit chat dans son panier.

Mamilla ne dort pas. Elle a bien entendu Goran rentrer, et faire son petit cinéma pour la rassurer. Comme si elle avait besoin de ça ! Elle ne le lui a jamais dit, parce qu'elle a peur de le vexer, alors qu'il ne joue ce petit jeu que par gentillesse. C'est l'intention qui compte, se dit la vieille femme en se retournant dans son lit. Elle dort mal depuis si longtemps ! Depuis la maladie de son époux, en fait. Elle avait alors pris l'habitude de se réveiller pour un oui, pour un non, pour vérifier qu'il était encore là, qu'il ne l'avait pas quittée sans dire au revoir... C'est une sale habitude, qui ne se perd pas comme ça. Même après sa mort, dans le silence de la loge vide, elle se surprenait à guetter... L'arrivée des enfants lui a fait un bien fou. Elle a retrouvé le goût de la vie, mais pas le sommeil. Alors, elle songe. Et puisqu'elle est de nature inquiète, et qu'elle ne supporte pas l'idée de confier ses nuits à des produits chimiques, elle s'invente des problèmes ordinaires, histoire d'avoir matière à se préoccuper le lendemain : comment varier les menus pour que les enfants ne se lassent pas ? Quel moyen trouver pour obliger Goran à lui laisser faire le ménage dans l'étage supérieur ? Il refuse qu'elle s'abaisse à cette tâche subalterne, mais interdit également que quiconque d'étranger à la maison pénètre dans son antre, alors... C'est que la poussière s'accumule... Et puis, que faire le prochain week-end pour distraire Andjà ? Elle ne paraît plus apprécier autant qu'avant les sorties au cinéma ou les visites de musées qu'elle aimait tant, petite fille... C'est que, justement, elle n'est plus petite fille, et ça, c'est une vraie préoccupation pour cette mère nourricière pleine de bonne volonté, mais sans aucune expérience. Elle a acheté plein de bouquins de Dolto, de Ruffo, d'autres encore, mais tous leurs conseils se mélangent dans sa pauvre tête sans qu'elle réussisse à imaginer une posture qui tienne la route. Cette histoire d'homme mûr l'inquiète. Elle y a beaucoup pensé, et imagine qu'il doit s'agir du père de l'une de ses camarades de classe. Elle se figure un quadra un peu classe, dans une berline de luxe, ou un coupé sport, qui viendrait déposer sa fille au collège. Si c'est le cas, le risque est mince. Quoique... Certains hommes sont de vrais prédateurs... Elle se tourne de l'autre côté. Soudain, elle a trop chaud. Elle repousse la couverture en se trouvant stupide de s'inquiéter ainsi. Toutes les jeunes filles rêvent d'un prince charmant. Rares sont celles qui réalisent ce premier fantasme... Mais il y en a... Mamilla ne dort pas...

Andjà ne dort pas. Seule à son étage, seule dans sa vie, selon sa perception d'ado hypersensible, elle n'a pas encore fermé l'œil non plus. Elle se heurte à un paradoxe, dont elle tourne et retourne les données dans son joli crâne sans trouver l'amorce d'une explication sensée. Goran, si elle lui exposait le problème, saurait, bien évidemment, lui expliquer le pourquoi du comment, mais il n'est absolument pas question qu'il soit informé de la situation. La gamine se maudit de s'être confiée à Mamilla sur ce sujet… Son dilemme est un peu ridicule. Comme elle l'a avoué sans forfanterie à sa mère de substitution, elle a visionné quelques films pornos avec ses copines. Ou, plus exactement, quelques scènes de films pornos, parce que ce genre de spectacle est, à douze ou treize ans, plus lassant et dérangeant qu'intéressant, passé les premières minutes d'édification. Pour être complètement honnête, Il n'y avait pas que des filles, lors de la soirée en question, et, pour autant qu'elle s'en souvienne, les spectatrices étaient finalement moins complexées devant les attributs manifestement siliconés des actrices que les spectateurs devant les engins de chantier des mâles en action. De cette expérience, Andjà retient avant tout une bonne partie de rigolade et une chouette soirée qui, une fois les garçons partis, s'était transformée en Pyjama-Nutella-Party, avec échanges de remarques stupides sur les scènes en question, et fous rires en cascade. Si elle tente de se remémorer avec plus de précision son ressenti personnel devant les images pornographiques, elle est bien obligée de reconnaître qu'elle était attirée par l'idée de découvrir cet acte tellement fantasmé, et qu'elle a été très déçue du rendu documentaire, chirurgical pour ne pas dire gynécologique, de la succession de gros plans qui se sont alors enchaînés, ne laissant désespérément aucune place à l'imagination. Elle s'était alors posé beaucoup de questions, cherchant à imaginer, à deviner, à comprendre, comment un sentiment pur pouvait conduire une personne saine d'esprit à se jeter dans de telles turpitudes. Les quelques échanges qu'elle avait alors pu avoir avec certaines des autres participantes à la fameuse soirée l'avaient laissée sur sa faim. La gêne qu'elles ressentaient toutes devant être absolument niée, leurs discussions sur le sujet enfilaient à la chaine les poncifs et les stupidités. Elle avait rapidement renoncé à creuser la question, en remettant le projet à plus tard… Puis il était entré en scène. Oh, lui… Quand elle pensait à l'homme, deux personnages se déchiraient dans sa tête. La Raison décortiquait ses souvenirs pour lui démontrer qu'il ne lui parlait pas plus qu'à une autre, qu'il ne la regardait pas plus qu'une autre, qu'il ne l'avait physiquement jamais touchée… Sauf cette main sur l'épaule, quand elle s'était foulé la cheville… Mais la Passion rabrouait cette emmerdeuse et dénombrait les regards, les sourires, les petits mouvements de tête, qui échappaient aux autres… Et alors, dans ces instants-là, comme en ce moment précis, sa main se met à vivre une vie indépendante, en lui donnant soudain des films pornos une autre perspective, ce qui lui procure un plaisir indéniable mais lui laisse un sale goût dans la bouche. Longtemps après que son corps se soit détendu, ses yeux finissent enfin par se fermer.

Vlad ne dort pas. Il n'a jamais beaucoup dormi. Vlad est un jouisseur. C'est sur ce mode de vie qu'il a calé sa consommation de sang humain transmuté. Plus un vampyre en consomme, et plus il est actif, sans que ce dosage ait une réelle conséquence sur sa longévité. Un vampyre ordinaire, consommant un humain par an, peut vivre tranquillement deux ou trois mille ans. Avec une dose moyenne quatre fois supérieure, Vlad ne vivra ni plus ni moins longtemps. A quelques dizaines d'années près, la génétique propre à sa race le verra disparaître au même âge que ses congénères. En revanche, il a, très jeune, décidé de profiter au maximum de sa courte existence, en limitant les périodes de récupération. Le vampyre ordinaire dort six ou sept heures sur vingt-quatre, de jour ou de nuit, c'est égal. Vlad, lui, se contente de deux heures de sommeil. Il a déjà enchaîné des périodes de dix jours sans dormir, en compensant par une consommation plus forte de produit. Mais maintenant qu'il approche du versant descendant de son existence, il se sent moins attiré par cette vie trépidante qu'il a, autrefois, tant aimée. S'il consomme toujours la même quantité de sang transmuté, c'est plus par habitude que par besoin. Il passe de longues heures, chaque nuit, à méditer sur le toit de l'hôtel particulier, quand le temps le permet. Et quand il pleut, ou qu'il fait trop froid pour rester dehors, il se réfugie dans l'atelier, au dernier étage de la tour, s'assied dans un vieux fauteuil club qu'il a hissé jusque-là dans l'étroit colimaçon qui dessert la petite pièce, et, de là, règne en silence sur les toits de Paris en songeant, sans réel enthousiasme, au travail qu'il lui reste à accomplir pour perpétuer son espèce. Quand le matin se lève sur la capitale, la lumière le trouve en général dans ce même fauteuil, le regard perdu sur les ardoises.

Jules dort du sommeil du juste.

Chapitre 20

Parfaitement reposé, détendu puisqu'il a pu prendre sans contrainte sa dose de jus de chaussette quotidienne, un peu gêné à l'idée que, parce qu'il n'est pas allé au bureau avant de se rendre à son mystérieux rendez-vous, il pourrait passer pour un tire-au-flanc aux yeux de ses collaborateurs, Jules arrive à l'entrée du Palais de la Découverte à neuf heures cinquante-sept, à en croire l'horloge atomique qui domine le hall. Il a bien en mémoire le visage de sa correspondante de la veille, mais le visage seulement, et encore ! Déformé par le grand angle de la caméra de son ordinateur… Il se demande comment il va faire pour la reconnaître au sein de la foule qui commence à affluer dans la vaste salle circulaire qui tient lieu d'entrée au monument. Ils n'ont convenu d'aucun signe de reconnaissance, il n'a pas capturé sa photo à l'écran lors de la conversation, ce dont il se mord les doigts, et n'a demandé à personne de l'accompagner, de crainte d'effaroucher la demoiselle. Tout en détaillant les physionomies des jeunes femmes qui déambulent dans le hall, Jules s'interroge sur les vraies raisons de sa présence. Qu'attend-il exactement de cette hypothétique rencontre ? Il serait bien ennuyé d'avoir à répondre à la question. Les élucubrations de la jeune femme tendent à indiquer qu'elle n'est pas très équilibrée, ou qu'elle se fiche ouvertement de lui, et, pour l'instant, Jules préfère ne pas savoir laquelle des deux hypothèses est la bonne, tout en craignant néanmoins qu'il s'agisse de la seconde. En le craignant, par amour-propre, mais en l'espérant aussi, pour des raisons professionnelles. Si, en effet, la gamine est folle, il y a peu de chances qu'elle lui soit d'une quelconque utilité. Dans l'autre hypothèse, à supposer qu'il réussisse à la supporter suffisamment longtemps, il en tirera peut-être quelque chose... Mais quoi ? Et à quel prix ? Tout semble tellement bizarre dans cette affaire...Que demandera son informatrice en échange de ses informations éventuelles ?

Mon grand escogriffe de commissaire est à l'heure au rendez-vous. Un bon point pour lui, j'ai horreur que les hommes inversent les rôles et cherchent à se faire désirer... Je l'observe qui scrute la foule pour essayer de me trouver. Il est assez naïf dans sa façon de faire. Debout en haut des escaliers, il détaille le peuple qui s'agglutine aux guichets, comme si j'avais l'intention de prendre un billet ! Je suis juste dix mètres derrière lui, sur le parvis, à l'extérieur du bâtiment, faisant mine de passer un coup de fil. Quand j'estime l'avoir fait suffisamment poireauter pour justifier mon appartenance au beau sexe, j'entre, je m'approche de lui par-derrière, sans faire de bruit, et je stoppe à un petit mètre de son dos. Puis j'attends. Normalement, son sixième sens de mâle chasseur, bien enfoui au fond de son cerveau reptilien, doit rapidement déclencher une réaction de gêne qui devrait le faire se retourner. Sinon ? Ben sinon, j'aurai à choisir entre être vexée et considérer qu'il est nul, comme mâle... Mais tiens ! Qu'est-ce que je disais...Le voici qui me dévisage.

" Bonjour, monsieur le commissaire Jules Racine. Je suis Frénégonde."

Il a un petit sursaut, mais se reprend très vite. Je le vois froncer les sourcils.

" Écoutez, mademoiselle, je vous serais reconnaissant de bien vouloir cesser ce petit jeu. Je fais un travail sérieux. Si vous pouvez m'aider, je vous en saurai gré, sinon…

- M'enfin, qu'est-ce que j'ai dit ?

- Pourquoi utiliser ce surnom ridicule ? Si vous ne voulez pas me dire qui vous êtes, je peux l'accepter…

- Ridicule ! Mon prénom ! Ce n'est pas la délicatesse qui vous étouffe, gros naze ! Vous croyez que le vôtre fait plus sérieux peut-être ? Marcel Pagnol, que j'ai bien connu, rapporte que c'est ainsi qu'on nommait les pots de chambre au début du siècle dernier !

- Ben voyons ! Vous avez connu Marcel Pagnol, vous !

- Moi, parfaitement ! J'ai même couché avec !

- Mais enfin, il est mort il y a quarante ans, vous en avez tout au plus la moitié ! Cessez de me prendre pour un imbécile ! "

Le ton est monté au point de faire se retourner les badauds les plus proches, malgré le bruit ambiant. Jules se sent gêné d'être soudain le point de mire de toutes ces paires d'yeux étonnés. Il inspire un grand coup, et, fixant en contre-plongée la petite furie qui lui fait face, reprend plus calmement :

" Écoutez, j'étais loin de me douter que ce prénom était le vôtre. Je ne suis, en fait, même pas certain que ce soit vrai, mais, si tel est le cas, je vous présente mes excuses. Je souhaite que nous trouvions un mode de communication apaisé, qui nous permette, le cas échéant, d'échanger des informations intéressantes.

- Mouais… Faut voir… Je ne suis pas sûre que vous méritiez que je vous aide… Je me suis un peu renseignée, sur vous, et j'avais, jusque-là, l'impression que vous étiez plutôt plus intelligent que la moyenne de la profession… Mais maintenant, je me pose des questions.

- Moi aussi je m'en pose, je vous assure. Si nous trouvions un endroit plus calme pour tenter, chacun de son côté, de répondre aux questions de l'autre ?

- Bon, d'accord. Mais il y a un préalable. L'histoire que je vais vous raconter et les éléments que je vais vous communiquer sont incroyables, et, pour la plupart, impossibles à vérifier. Il est nécessaire que vous me fassiez totalement confiance. Je sais néanmoins que rien n'est plus difficile pour un homme normal, alors pour un flic… Je vous ai donc organisé un petit spectacle, rien que pour vos yeux. Une sorte de preuve par anticipation que tout ce que je vais vous dire est vrai. Il faut simplement que, dans les minutes qui viennent, vous acceptiez de vous plier aux instructions qui sont contenues dans cette enveloppe. Je vous promets que c'est l'affaire de dix minutes, après quoi, nous trouverons une table au fond d'un café discret, et je répondrai à toutes vos questions."

Sans lui laisser le temps de réagir, je lui file l'enveloppe, puis je lui prends la main, afin de l'attirer avec moi derrière l'un des gigantesques piliers qui entourent le hall, et, ayant vérifié d'un rapide coup d'œil que personne ne nous regarde, je me vaporise. Jules Racine reste complètement

190

immobile devant mon petit tas de fringues, comme une poule qui aurait trouvé un couteau. Il est devenu blême, et je crains un moment qu'il ne réagisse comme Goran, mais non, il encaisse le choc. Ouf ! Je vérifie qu'il ouvre l'enveloppe, puis je me glisse en douce dans la première prise électrique qui se présente. Je ne vous cache pas que j'ai déjà utilisé ce truc dans d'autres circonstances. Je connais donc parfaitement le réseau des gaines qui court dans les cloisons et le sol, ce qui me permet de gagner très discrètement les toilettes des femmes, momentanément condamnées par un panneau indiquant que le ménage est en cours. Oui, je suis organisée, quand je veux… Je sors par la prise du sèche-mains, me reconstitue, et gagne rapidement la dernière cabine de la rangée. Moins d'une minute plus tard, j'entends la porte principale s'ouvrir, et la voix de Jules demander en chuchotant :

" Vous êtes là ?

- Ben évidemment que je suis là. Pourquoi croyez-vous que je vous ai demandé de venir jusqu'ici ? Vous avez mes fringues ?

- Oui. "

Il me glisse mon paquet de vêtements, mon sac et mes chaussures sous la porte. Je me rhabille rapidement et sors. Jules me considère avec un regard qui paraîtrait étrange à quiconque, mais que je connais bien pour l'avoir déjà rencontré chez d'autres de très nombreuses fois au cours des siècles passés.

" Prêt à me croire, maintenant, monsieur le commissaire Jules Racine ? "

Il fait oui de la tête. Je quitte les cagoinces, avec sur les talons un commissaire de police de la brigade criminelle doux comme un agneau pascal marchant vers le billot sacrificiel …

Dix minutes plus tard, nous sommes planqués tous les deux dans une alcôve discrète au fond d'un bar à putes. A cette heure-ci, les hétaïres font relâche. Nous sommes donc peinards pour traiter nos petites affaires. Comme nous arrivions dans l'établissement, le flicaillon toujours à la remorque de mon joli derrière, j'ai glissé au loufiat un billet de 200 euros et lui ai demandé de nous apporter directement la bouteille de Lagavulin à peine entamée qui trône sur son étagère à spiritueux, avec deux verres à digestif. J'avais dans l'idée que mon poulet allait en avoir besoin. Le garçon effectue la livraison sans faire de commentaire. Comme Jules ne réagit pas, je m'empare de la bouteille et nous sers deux copieuses rasades de ce produit si typiquement écossais. Le commissaire prend son verre, regarde le nectar, le hume… Tiens, serait-il connaisseur ? Non, ce n'est qu'une façon de rassembler ses idées, éparpillées en vrac dans son cerveau comme les fringues dans une chambre de fille le premier jour du printemps. Sans même tremper les lèvres dans son verre, il me fixe sans dire un mot. Je décide donc de prendre les choses en main.

" Vous avez le droit de poser la première question… Avouez que je suis sympa, non ? "

A voir la tête que fait celui qui n'est pas tout à fait MON Jules, ou qui, du moins, ne le sait pas encore, je dirais que non, il ne me trouve pas sympa. Je pense même que je commence à les lui briser menu... D'ailleurs, ce n'est pas exactement d'une voix amène qu'il demande :

" Qu'est-ce que vous êtes, exactement ?

- Je suis une goule. "

J'ai eu beau répondre avec mon plus beau sourire, je le sens toujours ronchon.

" Une gou... Je ne sais pas ce que c'est. D'où venez-vous ?

- C'est une deuxième question. Normalement, c'était mon tour, monsieur le commissaire, mais bon. Vous ne préférez pas que je vous explique d'abord ce qu'est une... Non, je vois que vous ne préférez pas. OK, je passe à la deuxième réponse. Je viens de Perrigny, une petite ville du côté de Dijon. Enfin, pour être plus précise, je suis née là-bas, mais à une époque où la ville en question n'existait pas encore...

- Parce que vous êtes née...

- Ben forcément, je suis née... Oh pardon ! En l'an 651 de notre ère...

- En l'an 651. Ben voyons. C'est tellement évident qu'on se demande pourquoi j'ai posé la question..."

Mon commissaire est en plein dans le cirage, je le vois bien. Il ne sait tellement plus à quel saint se vouer que même les miens l'indiffèrent, c'est dire ! Il hésite entre plein de sentiments sans qu'aucun ne s'impose, et finit par avaler sa double dose de whisky d'un mouvement de poignet.

" Un Islay single malt, cul sec, c'est dommage !

- Parce qu'en plus, vous vous y connaissez en spiritueux !

- En treize siècles et demi, on a le temps d'apprendre…"

J'ai dit ça d'une voix douce, sans sourire, un peu comme si je cherchais à le consoler. On appelle ça l'estocade, en tauromachie. C'est un coup net, incisif, porté sans haine ni violence, bien au contraire. Il s'agit de mettre fin à une souffrance… C'est dommage que Goran ne soit pas là, il aurait compris ce que je voulais dire hier soir, quand je lui ai proposé d'assister discrètement à l'entretien. Jules a baissé le nez, complètement paumé. Des connexions ne se font plus, il cherche à renouer les fils. Il faut absolument que j'évite de le brusquer, maintenant. Je lui sers un nouveau verre, et j'attends. Mon regard erre distraitement autour de nous… Tiens, finalement, Goran est là, en train de nettoyer les vitrines du bar. Je parierais que ses écouteurs ne sont pas vraiment branchés au baladeur qui pendouille à son cou, mais plutôt à un micro planqué quelque part, qui lui aura permis de suivre notre conversation. Bien qu'il ait les yeux fixés sur son boulot, je sais qu'il nous observe avec toute l'attention requise. Pourquoi je le sais ? Aucune idée. Je le sais, c'est tout. Je le fixe et lui fais un clin d'œil. Il rougit un petit peu, et baisse la tête. Presque aussitôt, j'entends un gros soupir. Jules vient de déclarer forfait. Olé.

" Après votre démonstration du Palais de la Découverte, je suis bien forcé d'accorder un certain crédit à vos déclarations, d'autant que vous m'aviez prévenu qu'elles seraient incroyables, ce que je confirme. Mais comme je ne sais pas par quel bout prendre cette histoire extravagante, je suppose que la bonne méthode, c'est de vous laisser parler.

- Je pense effectivement que c'est un choix dicté par la sagesse. Je vais vous résumer mon histoire en essayant d'être à la fois succincte et complète, ce qui constitue une gageure. Pour éviter de me perdre dans les digressions, je vous propose de ne pas m'interrompre. Je suis bien évidemment certaine que vous aurez pourtant envie de me poser plein de questions, et que vous aurez peur de les oublier, si vous ne les posez pas sur l'instant. Je vous propose donc d'utiliser ça pour les noter."

J'extrais de mon sac à ma main ma tablette toute neuve, et lui montre rapidement comment prendre des notes avec le stylet. Quand il a compris la manipulation de mon gadget, j'attaque mon récit. Bon, je ne vais pas vous le refaire, vous connaissez l'histoire. Une fois mon roman terminé, Jules consulte sa liste de notes sur la tablette d'un air songeur. J'en profite pour laper mon whisky à petits coups de langue gourmands, sans faire de bruits incongrus. Il faut laisser la sauce prendre sans rien brusquer. C'est Jean-Anthelme Brillat-Savarin qui me l'a enseigné.

Au bout d'un temps indéterminé, vu qu'à plus de mille trois cent soixante ans, la notion de minutes perd de sa consistance, Jules lève les yeux de la tablette et bredouille :

" Je ne sais pas par quoi commencer…"

Je note, sans y attacher la moindre importance, que Goran nous a rejoints. Il s'est glissé, mine de rien, toujours déguisé en laveur de carreaux, sur la chaise voisine de celle du flic, qui ne paraît pas l'avoir remarqué. Jules reprend :

" Je ne mets pas votre récit en doute, mais… Comprenez quand même que…

- Oui, je comprends, bien sûr…

- Parce que…

- Oui, j'en ai conscience, vous pensez, depuis le temps que ça dure, pour moi…

- Et donc, c'est un vampyre, vous dites…"

Deuxième couche sur les vampyres. Bon, je ne vous refais pas le topo. Je détaille pour mon flicounet les caractéristiques de la bestiole, et son mode opératoire. Le flic reprend un peu de poil de la bête quand nous entrons dans les détails :

" Qu'est-ce qui vous permet d'affirmer qu'il fait une victime par trimestre ?

- L'expérience, mon cher, l'expérience. Il en est des vampyres comme des mâles humains. Le volume métaphorique de leurs génitoires est proportionnel à leur consommation de sang. Pour un individu de base, un vampyre lambda, niveau agent administratif dans leur caste, un humain complet suffit à faire l'année, réveillon compris. Avec Vlad, on est dans un autre registre. Mesurées à l'aune de son ego, il a les couilles comme des pastèques, et consomme allègrement ses quatre victimes par an, en rythme moyen. Je le piste depuis près de mille trois cent cinquante ans, ça nous fait donc cinq mille quatre cents cadavres, sans compter ceux qu'il a bousillés avant moi…

- Vous parlez d'une affaire !

- Je ne vous le fais pas dire…

- Je le dis quand même.

- C'est vous qui voyez…"

A ce stade, j'éprouve l'envie de m'en jeter un petit derrière la cravate. Je nous sers tous les deux. Tiens, la bouteille est vide…

" Et comment fait-on pour le retrouver ? Je serais ravi de partager votre expérience, mademoiselle Frénégonde."

Mademoiselle Frénégonde ! Mazette… Je le sens bien ferré, mon coquelet…Et même un peu cuit, pour dire la vérité…

" Jusqu'à présent, monsieur le commissaire, je l'ai suivi de cadavre en cadavre. Il ne s'inquiétait pas de les faire disparaître, vu qu'il ne pouvait pas être suspecté de leurs meurtres…

- Attendez, là. Et pourquoi était-il à ce point insoupçonnable, votre Vlad ?

- D'abord, ce n'est pas MON Vlad, je tiens à cette précision.

- Bon d'accord, mais après ?

- Eh bien c'est une caractéristique des vampyres qu'il peut être intéressant de connaître. Par l'ingestion de son sang transmuté, le vampyre s'approprie le patrimoine génétique de sa dernière victime, jusqu'à ses empreintes digitales…

- Bon sang, mais c'est bien sûr ! C'est ce qui explique…

- C'est ce qui !

- On aurait pu chercher longtemps…

- Comme vous dites…

- Du coup, avec les moyens actuels de la police scientifique…

- Vous démontrerez que chaque victime a été tuée par un cadavre de trois mois…

- On n'est pas sort de l'auberge…

- Je ne vous le fais pas dire !

- Je le dis quand même !

- C'est vous qui voyez.

- Eh bien, grâce à vous, je viens de faire un pas de géant… Sauf que… Quand j'y songe… Je n'ai pas vraiment avancé ! …Comment expliquer ? … Justifier ? …

- Parce que c'est ça, votre problème ?

- Que voulez-vous dire ?

- Je pensais que vous vouliez arrêter ce mec !

- C'est ce que je veux, évidemment, mais… Il me faut des preuves…

- Des preuves qu'un vampyre est à l'origine de la disparition de cinq mille personnes en mille trois cent cinquante ans ! Mais quel procureur va signer vos papelards, mon pauvre Jules ?

- Et qu'est-ce que vous proposez, vous qui êtes si maligne ?

- Laissez-nous faire, ai-je alors proposé en désignant Goran d'un petit signe de tête."

Jules, qui ne s'était manifestement pas rendu compte de l'intrusion de mon petit camarade de jeux dans notre conversation, sursaute.

" Qui c'est celui-là ? "

Goran me jette un regard inquiet, je le calme d'un clin d'œil avant de répondre :

" Pour vous, mon cher commissaire, "celui-là" comme vous dites n'existe pas dans le monde réel. Il est, à lui tout seul, ce que je pourrais appeler "mon intelligence numérique". Il s'agit donc d'un être virtuel, sans consistance. D'ailleurs, comme vous allez le constater vous-même, il va disparaître de la façon dont il est arrivé, sans que personne se rende compte de quoi que ce soit…"

Et, effectivement, le temps de mon petit discours, Goran a disparu… Il est vraiment incroyable, ce môme. Jules a l'air encore plus surpris que quand il a constaté sa présence. Il regarde autour de lui, jette un œil sous la table… sans aucun succès. Goran n'est pourtant pas loin, il a repris son job de laveur de carreaux, une grande casquette enfoncée sur la tête, et passe sa raclette sur la vitrine à moins d'un mètre de Jules, qui ne le reconnaît pas. Je poursuis :

" Pour les raisons que vous connaissez maintenant, il faut que je retrouve Vlad. Vous, ce qui vous intéresse, en tant que garant de la sécurité publique, c'est qu'il cesse ses méfaits, non ? Donc, je vous propose d'unir nos moyens pour découvrir où se cache ce vilain malfaisant, et je me charge, ensuite, d'organiser sa destruction.

- Ce n'est pas si simple, mademoiselle. Je suis censé arrêter les méchants, pas me rendre complice de leur disparition...

- Pour un méchant ordinaire, je peux l'admettre, mais là ? Comment allez-vous le traduire en justice ? Personne ne vous croira, mon pauvre Jules, vous vous en doutez bien !

- Vous avez vraisemblablement raison, mais le procédé m'ennuie néanmoins...

- Pensez simplement que vous pouvez sauver la vie de quatre personnes par an, ça devrait vous aider...

- Mouais, admettons. Et en quoi puis-je vous être utile ?

- En commençant par me dire tout ce que vous savez.

- Ça va être vite fait..."

Jules me résume rapidement les éléments du dossier en sa possession, les avis des experts qu'il a consultés, sa recherche peu fructueuse d'autres cadavres. Effectivement, il ne sait rien qui soit de nature à m'aider. Quoique… Puisque nous faisons équipe, je me mets à réfléchir à haute voix…

" Il y a une chose, dans la méthode de Vlad, qui a changé récemment. Comme je le disais tout à l'heure, depuis qu'il chasse, il ne s'est jamais enquiquiné à faire disparaître les corps de ses victimes. Sans pour autant les exposer, il se contentait, en général, de les balancer à la flotte, ou dans une zone peu fréquentée, ou de les faire brûler dans l'incendie de leur baraque… C'est ce qui me permettait de le suivre. Or, depuis quelques années, ça ne semble plus être le cas. Il faudrait pouvoir vérifier ce point…

- C'est-à-dire ?

- Il faudrait élargir votre recherche de macchabées en travaillant plusieurs pistes : les disparitions de femmes, vu qu'à ma connaissance, il ne consomme de mâles qu'en cas de nécessité, mais aussi les corps retrouvés dans des restes d'incendie de maisons, de voitures, de bateaux… Que sais-je ?

- Où voulez-vous en venir ?

- Je me dis que si jamais les recherches de corps ne donnent rien, mais que les disparitions se poursuivent, c'est que le salopard s'est trouvé un moyen efficace d'escamoter les reliefs de ses repas…

- Et…

- Et que si c'est le cas, il nous suffira de trouver ce moyen pour remonter jusqu'au bonhomme…

- C'est comme qui dirait chercher une aiguille dans une grange de foin, là, non ?

- Je ne vous le fais pas dire.

- Je le dis quand même.

- C'est vous qui voyez…

- Ça ne marchera pas, votre truc. Des femmes qui disparaissent sans laisser de traces, il y en a plusieurs milliers par an, en France, sans compter que votre type a très bien pu partir à l'étranger.

- Je ne prétends pas que ce sera facile. Effectivement, j'ai beaucoup voyagé sur ses talons, mais depuis deux siècles, il s'est assagi, et n'a plus quitté la France que pour de courts voyages… Je suis certaine qu'il est encore dans le pays. Quant à vos disparitions, il faut cibler des femmes plutôt grandes et rondes, parce qu'elles contiennent plus de sang, mais pas obèses non plus, parce qu'il aime bien jouer avec sa nourriture, et qu'il n'aime pas les grosses. Et comme c'est un être intéressé, en règle générale, il leur pique leur pognon. Pour y arriver, il commence par gagner leur confiance. Il est donc possible qu'il ait été vu en leur compagnie un peu avant qu'elles ne disparaissent. Je vais vous faire un portrait-robot du bonhomme, afin que vos enquêteurs aient un peu de matos. Alors, qu'est-ce que vous en pensez ?

- On peut essayer, mais je ne garantis rien. J'ai très peu de moyen à consacrer à cette enquête. Surtout s'il faut rester discret.

- Vous avez beaucoup plus de moyens que vous ne le pensez, monsieur le commissaire…

- Ah oui ? Et lesquels ?

- Vous pouvez vous promener dans tous les serveurs des autorités, police et gendarmerie…

- Ah, mais pas du tout. C'est que ça ne fonctionne pas comme ça, mademoiselle. Il faut demander communication des éléments de manière très officielle, obtenir l'aval d'un juge d'instruction et…

- Vous rigolez ?

- Absolument pas, je vous assure.

- Bon, d'accord, je me charge de cette partie-là.

- Mais comment allez-vous faire ?

- Moins vous en saurez, mieux vous vous porterez…Bon, il est temps que je file. Je vous tiens au jus dès que j'ai quelque chose. Même moyen que la dernière fois. Ce qui serait bien, quand même, c'est que vos cyberpotes nous lâchent la grappe. Mon intelligence numérique perd de l'énergie à les faire tourner en bourrique…

- J'ai bien peur de les exciter davantage si je leur demande d'arrêter. Ils ont flairé un gros poisson !

- Un gros poisson ? C'est à pisser de rire ! C'est juste un petit génie de l'informatique, pas un cyberterroriste international !

- En êtes-vous si sûre ?

- Oui ! "

En fait, je suis presque certaine du contraire. Goran est resté évasif, mais j'ai bien compris que ses montages servent à blanchir du pognon sale. Qu'il y ait du fric de terroristes dans le tas ne m'étonnerait guère, mais pour l'instant, je n'en ai strictement rien à faire, et j'estime que mon petit poulet n'a pas besoin de le savoir. Je lève mon joli derrière de ma chaise, lui claque un gros bécot sur le bout du nez avant qu'il ait le temps de réagir, et je me casse.

Quelques centaines de mètres plus loin, une voix, dans mon dos, me dit :

" Chouette idée ! "

Je fais un bond. Goran ! Je ne l'ai pas entendu arriver. Je me tourne, mais ne vois personne.

" Continuez à marcher comme si de rien n'était, je suis derrière vous, à une dizaine de mètres, mais ça paraîtrait louche qu'une bourgeoise discute dans la rue avec un Rom laveur de carreaux.

- Merci pour la bourgeoise ! Pourquoi est-ce que je t'entends parfaitement ?

- J'ai profité de mon passage dans le bar pour vous équiper d'un émetteur-récepteur miniature que j'ai clipsé à votre revers."

Effectivement, je trouve une jolie broche accrochée à ma veste.

" Pourquoi est-ce que je ne suis pas étonnée ?

- Parce que vous commencez à me connaître. Ce n'est pas bête du tout, l'idée d'aller fouiller dans les réseaux des forces de l'ordre. Surtout en utilisant l'adresse IP de votre commissaire.

- Est-ce que ça ne risque pas de lui provoquer quelques désagréments ?

- Noooon, ils finiront bien par réussir à démontrer qu'il a été victime d'une cyber-attaque. Au besoin, on les aidera un peu…. Bon, là-dessus, je vous abandonne, j'ai quand même un business à faire tourner, moi. Gardez le clip, il a une portée de plus de deux cents mètres, ça pourra sans doute nous servir encore. La batterie se charge à partir d'une prise USB sur votre ordinateur. Dès que j'ai des infos, je vous contacte par mail sur la boîte que je vous ai installée.

- Salut, Goran, bonjour chez toi."

Chapitre 21

Un commissaire Racine arrivant au 36, quai des Orfèvres, en fin de matinée, légèrement titubant, et un sourire niais accroché aux commissures, c'est du jamais vu dans la brigade. D'autant qu'une fragrance de whisky permet de le suivre à la trace... Et qu'il affiche un air de crétin satisfait, mais étranger à tout ce qui l'entoure. Il traverse le hall sans saluer quiconque, ce qui achève de déstabiliser les factionnaires de garde. L'un d'entre eux, plus inquiet qu'amusé, au contraire de ses collègues, va prévenir le brigadier-chef Francillette qui saura certainement comment traiter le problème. L'oiseau des îles débarque dans le bureau de son supérieur comme un ouragan sur Basse-Terre. Sous le regard étonné, bien qu'éteint, du commissaire, la jeune femme, sans un mot, ouvre la fenêtre en grand, puis se tourne vers Jules, l'air courroucé, en agitant théâtralement sa main devant son nez, comme pour chasser de nauséabonds effluves.

"Eh bien, Marie-Amélie, que vous arrive-t-il ?" interroge le commissaire d'une voix très faiblement pâteuse, mais suffisamment, néanmoins, pour ne pas tromper la pointilleuse vigilance de la jeune femme.

"Comment ça, Marie-Amélie ? Comment ça ? Nous n'avons pas pêché le mérou ensemble, monsieur le commissaire ! Pour vous, je suis le brigadier-chef Francillette ! Pas de familiarité entre nous, non, mais ! Encore moins aujourd'hui, par-dessus le marché !

- Mais enfin, qu'est-ce que je vous ai fait ?

- À moi, oh, rien de bien grave, rien d'essentiel, rien de définitif. Vous avez seulement trahi la confiance aveugle que le petit brigadier-chef Francillette mettait en son irréprochable commissaire, mais qui se soucie de ce genre de détail ? Après tout, nous ne sommes, mes collègues que vous n'avez pas salués et moi-même, que des subalternes sans intérêt, taillables et corvéables à merci, bien qu'il semble, à ce que j'ai entendu dire, que l'esclavage a pourtant été définitivement aboli dans la patrie des droits de l'homme grâce au travail de ce bon monsieur Victor Schœlcher le 27 avril de l'an de grâce mil huit cent quarante-huit !

- Je ne comprends pas un mot de ce que vous dites ! " Jules est interloqué par la virulence de l'attaque, dont il ne perçoit pas les causes.

" Ça ne m'étonne pas qu'il ne comprenne pas, le monsieur le commissaire ! Dans son état, c'est le contraire qui serait surprenant.

- Mais de quel état parlez-vous ? Et cessez de crier, je vous prie, je commence à avoir mal à la tête…

- Et ça aussi, ça va être de ma faute, peut-être ? Mais je ne crie pas, monsieur le commissaire, je ne fais qu'exprimer ma réprobation légitime, avec le volume sonore approprié.

- Et votre réprobation de quoi, je vous prie ?

- Enfin, monsieur le commissaire, vous devez bien comprendre que vous êtes ici comme le père de la brigade. Que peuvent penser des enfants qui voient leur papa rentrer aviné au domicile familial, avant même qu'ait sonné l'heure du déjeuner, hein ?

- Premièrement, je ne suis pas aviné, vu que je n'ai pas bu une goutte de vin. Deuxièmement, j'ai agi dans l'intérêt supérieur d'une enquête délicate, et troisièmement, vous n'êtes pas ma mère ! " s'insurge Jules en montrant d'un bras tendu, terminé par un index pointé, à son sous-officier préféré, mais néanmoins casse-bonbons, la direction de la porte du bureau. Vexée, la jeune femme exécute un demi-tour règlementaire, et fait deux pas vers la sortie. Mais elle se retourne aussitôt :

" Je ne suis peut-être pas votre mère, comme vous dites - Dieu protège l'âme de votre pauvre maman – mais je n'en suis pas moins une épouse et une mère, et je vois bien que vous avez une peine de cœur. Nous sentons ces choses-là, nous autres, monsieur le commissaire, nous avons un instinct très sûr en cette matière. Je mettrais votre tête à couper qu'il y a une femme derrière cet abus de boisson alcoolisée. Si vous voulez vous confier…

- Brigadier-chef Francillette, on vous attend certainement dans votre bureau. Si, par extraordinaire, j'avais soudain besoin d'un psy, je le choisirais de préférence diplômé, sans vouloir vexer personne. Vous serez bien aimable de fermer la porte en partant, et de demander au standard de ne pas me passer d'appel dans les deux heures à venir.

- Vous, vous allez faire la sieste !

- Dehors !

- Je suppose que vous ne disposez pas d'aspirine, ni de paracétamol, dans ce bureau. Si vous en voulez…

- Si vous me prenez par les sentiments… Je veux bien une double dose d'aspirine, merci.

- Je vais vous chercher une dose simple de paracétamol. Ces produits sont des médicaments, monsieur le commissaire, il ne faut pas les prendre par-dessus la jambe…

- J'avais plutôt l'intention de les avaler…

- En se moquant des posologies autant que des gens qui veulent vous rendre service !

- Merci d'avance, brigadier, vous savez si bien ce qui me convient…

- Je suis heureuse de constater que vous en prenez conscience de temps en temps.

- J'ai acheté des dosettes de chocolat.

- N'essayez pas de m'amadouer. Je reviens de suite. Je veux bien un cappuccino."

La jeune femme s'en va en prenant soin de fermer la porte. Jules sélectionne rapidement la capsule de café souhaitée, en se demandant si monsieur Francillette est au courant qu'il a devoir conjugal ce soir, lance le percolateur, puis se laisse aller dans le grand fauteuil en chantonnant, imitant plutôt mal que bien un chanteur qui fut populaire de son vivant. " Mamadou, Mamadou, Mamadou Mamadou ouais ouais… " fredonnent les lèvres sans y penser vraiment. Il dort avant la fin du refrain. Quand le brigadier revient, moins de trois minutes plus tard, il ronfle comme un bienheureux. Marie-Amélie dépose alors sans faire de bruit le verre d'eau et le comprimé qu'elle était partie chercher, avale d'un geste plein de grâce la tasse de cappuccino encore fumante, puis se retire sans bruit, un léger sourire aux lèvres. Il lui reste simplement à structurer l'histoire qu'elle va colporter maintenant dans toute la brigade... En descendant l'escalier, elle en est à bâtir le portrait-robot de la mystérieuse inconnue qui pousse son commissaire au désespoir...

La porte à peine refermée, l'œil gauche de Jules s'entrouvre, vérifie, d'un mouvement circulaire de la pupille, que la gentille et serviable emmerdeuse est effectivement partie voir ailleurs s'il y est, puis renseigne son dextre compagnon qu'il peut à son tour cesser son cinéma. Ce qu'il fait. Légèrement nauséeux, le commissaire avale le cachet d'antidouleur, et, surtout, le grand verre d'eau fraiche qui l'accompagne. Puis il se cale confortablement dans son fauteuil, et se met à réfléchir à cette singulière matinée... Il a beau être un grand lecteur de fiction, il se sent un peu démuni. Ni Conan Doyle, ni Agatha Christie, ni Georges Simenon ne l'ont préparé à ce qu'il vient de vivre. Même l'extravagant Gaston Leroux est loin de sa découverte du matin. Deux éléments lui paraissent absolument incontestables : le premier, c'est que cette fille lui a dit la vérité, si énorme qu'elle paraisse. Il fait, sur ce point précis, entièrement confiance à son instinct, contre son intelligence, qui lui hurle pourtant que la chose est tout bonnement impossible. Le second, c'est qu'indéniablement, cette gamine lui plaît. Il analyse, dans les brumes ténues de son alcoolisation inopinée, les tenants et les aboutissants de cette deuxième donnée. La fille paraît à peine son âge humain : seize ans ! Soit ! Elle offre au

211

monde le corps épanoui et encore sans complexe d'une adolescente bien dans sa peau. Jules travaille suffisamment avec la brigade des mœurs pour savoir ce que cela cache de risques, même quand l'homme est naïf bien plus que pervers. Il n'a, d'ordinaire, pour les amateurs, même occasionnels, de chair si fraiche, qu'un mépris froid, déshumanisé. Il n'a, jusqu'à aujourd'hui, jamais cherché à les comprendre. Il les condamne. Point. Du coup, il se sent coupable d'être physiquement attiré par elle, bien qu'il ait parfaitement perçu la volonté qu'elle a eue de provoquer chez lui cette réaction. Car, après tout, si une Lolita juste pubère fait craquer un homme mûr, même si elle a tout fait pour y parvenir, et que lui a lutté de toutes ses forces avant de céder, l'homme est bien le seul responsable, et donc le coupable de la relation qui s'établit. Même s'il sent sa volonté vaciller un peu, il s'agit bien là de l'une des expressions du système de valeurs auquel il adhère, et que, par conséquent, il défend, au nom de la société tout entière qui plus est, puisqu'il en est statutairement le gardien. Mais il a trouvé chez elle une maturité étrange, qui confère à leur rencontre l'aura sulfureuse de la séance de conquête d'un puceau par une cougar. Bien évidemment, il n'est pas puceau ! Mais il s'est néanmoins senti naïvement démuni face à l'expérience étonnante de cette femme si paradoxalement jeune. Cette expérience qui fait, justement, qu'il croit à son abracadabrant récit. Il lui reste seulement à décider ce qu'il vient faire dans cette histoire, qui est de moins en moins la sienne. D'autant qu'il y a l'autre, là, le petit rat de bibliothèque, dont le visage lui échappe. N.. de D… de B….. de M…e ! Il a quand même gagné le concours de physionomiste amateur organisé au profit des orphelins par l'amicale de la police ! Mais là, rien ! Il reste aussi sec qu'un morceau de parmesan oublié en hiver au fond de la cuisine d'une pizzéria saisonnière de la Côte d'Azur. Bon, le mec n'était pas bien grand... ni gros... plutôt brun, mais sans certitude. Et pourquoi l'intéresse-t-il, d'ailleurs ? Les hackeurs ? Il n'en a strictement rien à faire. S'ils peuvent aider dans une de ses enquêtes, il acceptera leur concours, à la seule condition qu'ils restent discrets, alors... Mais celui-ci l'embête. Il se sent concurrent... Le coup est rude à encaisser pour le quadragénaire. Il est en concurrence avec un gamin, une musaraigne, mâle sans doute, mais si peu, de quarante-cinq kilos tout mouillé, pour obtenir les bonnes grâces d'une sorte de fille fantôme de mille trois cents soixante-deux ans qui en parait tout juste seize. L'œil droit de Jules explique à l'œil gauche que leur propriétaire commun a manifestement besoin de faire un somme. Leurs paupières respectives s'abaissent de concert.

Au même moment, Goran est lui aussi assis dans son fauteuil de PDG. Sans vraiment demander son avis au cerveau, occupé ailleurs, ses doigts courent agilement sur les claviers de ses différents ordinateurs, et expédient les affaires courantes. Mais ils ne sont pas les seuls à s'agiter, les doigts. Sous le bureau, les pieds gigotent aussi, au bout des jambes croisées, une danse de Saint-Guy endiablée. Goran est très énervé. En temps ordinaire, il parvient sans peine à sérier et à hiérarchiser les problèmes. Puis il les traite, un à un, sans stress excessif. Il les décortique, comme un entomologiste le fait d'une nouvelle espèce de libellule. Il analyse, il comprend, il déduit, il conçoit la meilleure réponse, puis il applique. C'est effectivement ce qu'il aimerait faire, à l'instant présent. Il fait face à trois sources de problèmes. La première, la plus banale pour lui, consiste à consolider sa fortune. Celle-là, c'est du classique, du connu… Ses doigts s'en occupent seuls. La deuxième, dont il aimerait qu'elle soit également la seconde, exige qu'il perce les défenses des réseaux informatiques de la police, de la gendarmerie, et de quelques autres qu'il pourrait rencontrer, chemin faisant, en évitant de se faire repérer - ce qui constitue plus un défi excitant qu'un vrai problème - pour chercher… Quoi ? C'est là que le bât blesse. La logique de Frénégonde est pour le moins littéraire… Le flic, il l'a bien senti, a abandonné l'idée d'y trouver une piste, écrasé par le volume des informations à traiter. Le pied gauche de Goran accélère son mouvement. Son adversaire – car le commissaire Racine est évidemment son adversaire, même s'ils jouent dans la même équipe – a jeté l'éponge. Il lui reste donc à prouver qu'il a eu tort, et que l'idée de Frénégonde est évidemment intelligente, pour ne pas dire brillante. Déjà auréolé du prestige que lui apportera le résultat nécessairement positif de ses recherches, Goran s'imagine sa princesse le couvrant de lauriers. Et, tandis qu'une partie de son encéphale se concentre sur les meilleures méthodes permettant de croiser les informations disponibles recensant et décrivant les disparitions, d'une part, et la découverte de cadavres de victimes de meurtres, d'autre part, ce qui constitue donc la deuxième source de ses problèmes, la quotité disponible de ses neurones, gavée de testostérone, mais sans mode d'emploi, imagine sa première surprise-partie… Et plus, si affinités…C'est la troisième source de ses problèmes. La plus ardue. Il ne sait pas comment ça marche. Son intelligence et son instinct réunis lui hurlent qu'il s'agit, ici encore, d'un langage, mais celui-ci reste désespérément hermétique à ses tentatives pour le décortiquer. Et sans qu'il comprenne pourquoi, sans même qu'il s'en rende compte, sa main droite, de temps en temps, vient se loger sans raison sur cette partie de son anatomie dont les follicules pileux se sont récemment mis à produire… des poils !

Chapitre 22

Je suis assez satisfaite de ma matinée. Je pense avoir solidement ferré mon poisson-Jules, et je suis certaine que, s'il y a quelque chose à trouver concernant Vlad sur Internet, mon petit Goran va me dénicher ça en deux coups de cuiller à pot. Il fait un temps superbe. J'en profite pour garnir ma garde-robe en prévision de l'été en écumant mes boutiques préférées, et en choisissant de me faire livrer, car je ne veux pas ressembler à une bête de charge dans la rue. Même si je ne transpire jamais, ce qui me donne un avantage indéniable sur mes concurrentes ès-shopping, je trouve que ça manque de distinction. Heureusement, mes enseignes préférées renouvellent suffisamment souvent leur petit personnel pour que l'exceptionnelle conservation de ma tronche, sans intervention de la gomme magique de "PictureShop", ne choque qui que ce soit !

Ensuite, je me paye un petit gastro discret. J'adore me faire chouchouter par un maître d'hôtel un peu classe. Mais ce que je préfère, c'est la tête que fait le pingouin en question quand il mesure la quantité de nourriture que je suis capable d'avaler avec distinction, sans même avoir besoin de dégrafer la ceinture de mon pantalon… Je me suis quand même cogné deux hors-d'œuvre, deux entrées chaudes, le poisson du jour, une volaille, un osso-buco à la manière du chef, un plateau de fromages, et un vacherin maison. Le tout en ne buvant que du champagne millésimé… Deux bouteilles… Oui je sais, mais à mon âge, je n'en ai plus rien à faire… Je marche maintenant vers mon chez moi en repensant à toute cette affaire. J'éprouve un petit coup de blues, tout à coup. Peut-être que je me sens seule… La proximité de mon gibier me manque. Et si j'avais définitivement perdu sa trace ? Comme je passe devant un petit square, j'avise un banc libre et décide d'y poser mon derrière, histoire de philosopher sans risquer de me casser la figure, ou de me perdre… Depuis le temps que je poursuis cet enfoiré sans jamais l'attraper, c'est devenu un mode de vie plus qu'un but à atteindre. Qu'arrivera-t-il si je ne le retrouve pas ? Ou, pour être plus exacte, que m'arrivera-t-il ? Qu'est-ce que ça changera dans ma vie ? Tant que je suis sa trace, il a pour moi une forme de réalité tangible. Je peux parfois presque le toucher, donc il existe, et, tant qu'il existe, j'existe aussi… C'est ce qui m'a donné ce sentiment d'immortalité… Que je partage avec n'importe quel ado de seize ans, finalement… Bien qu'en treize siècles et demi de traque j'aie acquis énormément d'expérience dans plein de domaines, que j'aie accumulé une culture sans commune mesure avec mon âge apparent, je n'ai finalement pas mûri. Je me crois toujours immortelle… Enfin, c'est ce que je croyais, quand j'ai posé mes fesses sur ce banc. Mais là, brutalement, je me rends compte que ce n'est pas vrai. Pourquoi là, et pourquoi maintenant ? Je n'en sais rien. J'ai traversé des époques terribles, et d'autres douces. Je me suis vaporisée un nombre incalculable de fois, souvent contre mon gré, mais j'ai toujours réussi à me reconstituer pour reprendre la traque de ce salaud que je savais proche… J'éprouve un sentiment étrange, jusqu'ici inconnu. Ce n'est pas de la lassitude. Ça, je connais. Chaque fois que, croyant le saisir, mes doigts se refermaient sur du vide, j'éprouvais une

218

intense lassitude, qui pouvait aller jusqu'à l'envie de retourner gésir dans mon caveau du septième siècle. Bon, le simple souvenir de tonton Eudes suffisait heureusement à me ramener à la raison. Alors qu'est-ce ? La prise de conscience que, bien que morte depuis si longtemps, je pourrais disparaître pour de bon ? Ça ressemble à quelque chose comme ça, en effet. Les efforts que je consentais pour traquer Vlad m'obligeaient à constater sa vitalité, et, par voie de conséquence, donnaient une réalité à la mienne. Sa disparition, même si elle est, pour l'instant, limitée à la perception que j'en ai, m'oblige à prendre conscience de ma fragilité. J'ai lu énormément de bouquins de psycho. Ils sont unanimes sur le sujet. Je suis bien obligée de considérer que j'entre dans l'âge adulte ! Je prends un coup de vieux, ce à quoi je ne suis pas du tout préparée… Je laisse mon esprit vagabonder sans contrôle, jusqu'au moment où je me sens devenir légère, légère… Je veux dire, physiquement légère ! Il est plus que temps que je rentre recharger mes batteries.

Je quitte le parc illico, en étant obligée de mettre toute mon énergie pour que mes pieds ne quittent pas le sol, ce qui aurait un effet désastreux, il y a du monde dans la rue… Du coup, je hèle un taxi en maraude. Coup de bol, il s'agit de ce que les médias de gauche appellent "une grosse berline allemande". Une Merco, quoi. L'avantage, c'est qu'il y a une prise allume-cigare à l'arrière. L'air de rien, j'y branche un petit adaptateur spécialement bricolé pour moi, et me colle l'index dedans. Et faut avouer que je me sens immédiatement plus matérielle. Mieux, même ! Mon instinct, brutalement rappelé à lui, m'indique clairement que Vlad est à proximité de moi… Hein ? Comment ? Quoi ? Je ne vous l'ai pas dit ? Ah bon. Je pensais l'avoir fait. Vous n'allez quand même pas m'en chier une pendule ! Je vous assure que ce serait inutilement douloureux. Donc je répare. Quand je suis chargée d'énergie à bloc, je peux "sentir" Vlad. Soyons précise. Il ne s'agit évidemment pas d'une odeur. C'est… une sensation. Ténue. Je capte quelque chose qui m'indique que je ne suis pas loin. A quelle distance ? Ben… c'est selon. Plus il y a d'obstacles, type buildings, ou forêt très dense, et moins c'est perceptible. Je l'ai poursuivi, une fois, dans le désert de Gobi, je le "sentais" à plus de vingt bornes. A Paris intra-muros, si j'en crois mon expérience, ce talent se limite à une paire de kilomètres. Mais je m'en fiche complètement. Je sais qu'il est là, tout proche. Cette découverte achève de me regonfler. Comme j'essaie de me repérer, je note que nous traversons le quartier où doit habiter Goran. Ce gros malin ne m'a évidemment pas donné son adresse, mais quelques détails semés de-ci, de-là, dans son récit ont permis à la Parisienne que je suis devenue de trianguler sa zone de crèche. Je viens, par hasard, de trouver un moyen de relancer mes recherches… J'aime vraiment ces journées qui commencent bien et se terminent de même, malgré le petit coup de blues du milieu. C'est toute ragaillardie que je rejoins mon petit chez moi. Le temps de m'organiser, de me déguiser en Fantômette, et je vais venir quadriller ma nouvelle zone de chasse. La chose nécessite un peu de préparation, car mon pouvoir de détection exige une charge d'énergie complète, et s'estompe ensuite assez vite. Je vais donc avoir recours à ma Fantômobile. C'est un véhicule que j'utilise rarement, je préfère me faire conduire, surtout à Paris, mais il m'a été d'une grande utilité, à une époque où l'on ne trouvait pas de prises d'électricité à tous les coins de rue. Car, en toute simplicité, vous commencez à me connaître, je suis l'heureuse propriétaire du premier véhicule hybride de l'histoire de l'humanité. Et c'est pour moi qu'il a été conçu, eh oui… C'est une drôle d'histoire, mais comme j'ai cinq minutes, je ne résiste pas à l'envie de vous la faire partager.

Le 29 avril 1899, Camille Jenatzy, ingénieur belge de trente et un ans, franchit la vitesse mythique de cent kilomètres par heure à bord de la "Jamais Contente", une voiture électrique en forme de fusée. Le bonhomme, surnommé le Diable Rouge par les Grands Bretons, car il était rouquin et roulait plus vite qu'eux, courait avec autant d'énergie après les records de vitesse qu'après les jolies femmes. A l'époque, déjà solidement installée dans la vie, je m'intéressais de près à cette énergie nouvelle qu'on nommait fée électricité - lui trouvant sans doute plus d'attraits que quiconque, je n'ai pas besoin de vous expliquer pourquoi – et à ceux qui prétendaient la domestiquer. Mon physique intéressa Camille, sa physique me passionna. Nous fûmes amants. Puis arriva Léon Serpollet, constructeur de véhicules à vapeur, qui fut le premier à battre le record de Camille, avec un de ses engins. Plus âgé que le Belge de dix ans, le Français était tout aussi entreprenant, et je me trouvais rapidement au cœur d'une bataille acharnée entre ces deux dragueurs impénitents. Camille m'offrit une voiture électrique, qu'il m'était presque impossible de recharger sans son assistance à l'époque. Léon m'offrit une voiture à vapeur, mais elle exigeait, pour fonctionner, l'emploi d'un chauffeur professionnel. Du coup, ces deux engins stationnèrent longtemps dans mon garage, et je perdis vite mes deux amants de vue. Camille disparut tragiquement en 1913, accidentellement tué d'un coup de fusil, ce qui n'était guère étonnant pour un homme qui avait toujours été en avance sur son temps. Léon avait disparu plus tôt, en 1907, non sans m'avoir présentée à un petit homme bondissant, lui aussi pilote et fabricant d'automobiles, un certain Louis Renault. Mais ce n'est que dans la fin des années trente, quand sa femme Christiane le trompera avec l'écrivain Pierre Drieu La Rochelle, que nous approfondirons notre relation. Il se trouve que, quand je veux, je console très bien… Cette liaison ne dura guère, d'ailleurs, tant Louis était usant. Toujours à gigoter, à courir partout, à inventer des trucs et des machins… Mais il eut quand même le temps de découvrir mes deux tacots, sagement rangés côte à côte sous leurs couvertures respectives, à en tomber amoureux, car Louis était collectionneur dans l'âme, et à me proposer, pour récupérer mes trésors, de me fournir en échange une voiture moderne. Sans entrer dans les détails, je lui indiquai alors mon intérêt particulier pour l'électricité, et suggérai qu'il me construise un véhicule fonctionnant avec deux énergies, au gré de l'utilisatrice. Je vis mon Loulou se mettre alors en arrêt, comme un setter qui a levé une grouse, les yeux brillants… Puis il parut revenir sur terre, m'embrassa rapidement, et disparut dans la nuit. La guerre se déclencha ensuite très rapidement, et je n'eus plus de nouvelles de mon petit constructeur d'autos, jusqu'à ce qu'un jour je reçoive un télégramme signé L.R… Le texte, forcément sibyllin, indiquait :

Ce soir – stop - surprise - stop – sois prête à dix-huit heures - stop.

À l'heure dite, un chauffeur en limousine vient me chercher chez moi. Il est muet comme une carpe (je rappelle ici incidemment que les tombes, pour moi, peuvent s'avérer assez bruyantes… Je préfère donc l'image de la carpe) et ne répond à aucune de mes questions. Nous gagnons l'arrière des usines Renault, où le gardien nous attend, manifestement, puisqu'il soulève la barrière sans rien demander. La voiture se gare à proximité d'un hangar dont la porte ouverte révèle la silhouette étrange de trois petits véhicules, recouverts de bâches, entourés d'une demi-douzaine de personnes, dont mon farfadet ingénieur. Depuis deux ans que je ne l'ai pas vu, il n'a guère changé, mon Loulou. Un peu plus vieux, un peu plus maigre, mais toujours aussi agité. D'un signe de la main, il me demande de rester en arrière pour l'instant. Ce que j'accepte sans regimber. Il m'arrive en effet de ne pas être contrariante, surtout quand on pique au vif ma curiosité. Le groupe éclate. Cinq hommes s'en vont en discutant, ne laissant derrière eux que le patron, qui me tend les bras. Bises sur les deux joues ; j'en déduis que notre histoire est bel et bien terminée. Tant mieux, j'ai horreur des situations fausses. Puis, produisant avec sa gorge une imitation approximative d'un roulement de tambour, Louis ôte théâtralement la bâche du premier véhicule, et me présente le prototype de ce qui sera, cinq ans plus tard, la 4 CV Renault.

" Oh, qu'elle est mignonne !"

Je sais, c'est assez banal, comme remarque, face à ce qui devait devenir un tel succès commercial, mais faut vous replacer dans le contexte. Les voitures de l'époque ressemblaient à de gigantesques parallélépipèdes rectangles juchés sur des roues de charrette. Le concept 4 CV était tout riquiqui, et vraiment… Ben oui, mignon. Surtout pour une fille que la technique intéresse peu. D'ailleurs, mon Loulou ne paraît pas le moins du monde vexé. Il semble, au contraire, heureux que sa puce me plaise, et m'annonce :

" Je te présente le prototype ultrasecret de la voiture qui va révolutionner le monde de l'automobile quand nous nous serons enfin débarrassés des allemands.

- Parce qu'on va se débarrass…

- Nous y travaillons tous. Ce n'est qu'une question de temps, ils sont presque seuls contre le monde entier.

- Si tu le dis. Et… en quoi me concerne cette voiturette révolutionnaire ?

- Comme tu peux le constater, il y a là trois exemplaires prototypes de la voiture. Deux seulement sont nomenclaturés dans nos comptes. La troisième est à toi.

- Super ! Tu m'échanges mes deux limousines contre ce jouet ? Tu n'as pas perdu le sens des affaires, mon Loulou…

- Ne te moque pas encore, je n'ai pas fini. Les deux autres prototypes sont des véhicules à motorisation classique. La tienne est un véhicule hybride. Son moteur à combustion interne sert uniquement à produire l'électricité nécessaire à la recharge des batteries qui alimentent le moteur électrique. C'est une première mondiale !

- Ben, pourquoi tu ne fais pas pareil avec les autres ?

- C'est trop tôt, ma princesse (j'adorais quand il m'appelait comme ça). La technologie nécessaire est à la fois horriblement coûteuse et très encombrante. Mais rien n'est trop beau pour toi, et une deux-places te suffira, l'espace arrière étant dévolu à la technique. Je te demande simplement de rester discrète sur l'origine et les caractéristiques de cette automobile. Je sais que tu aimes vivre la nuit. Ce véhicule étant parfaitement silencieux, en mode électrique, il devrait te permettre de te promener un peu sans te faire remarquer. Je vais continuer à travailler le concept en secret, et je pense qu'à l'aube des années cinquante, nous sortirons, en série, un modèle hybride, à partir de ton idée."

C'est ainsi que je suis devenue propriétaire de la Fantômobile, ainsi nommée, mais beaucoup plus tard, en double hommage à Batman et à Fantômette, dont je fus une des fans de la première heure... C'est ainsi également que, par la grâce de quelques connards jaloux qui s'empressèrent, à la Libération, de chercher des poux dans la tête déjà bien fatiguée de mon Loulou, la France ne sera pas le premier pays au monde à produire un véhicule hybride en série... Mais ça, c'est une autre histoire... Nous sommes quand même champions pour nous faire voler la vedette... Ader est le premier homme à voler en avion ? Ce sont les frères Wright, américains, qui décrochent le pompon ! Lamarck crée la biologie et pose les bases du principe de l'évolution ? Darwin, roastbeef pur jus, récupère le bébé ! Charles Bourseul invente le téléphone ? Graham Bell, yankee fondamental, est, dans un premier temps, crédité de la découverte, avant qu'un tribunal ne reconnaisse qu'il a piqué le truc à... un Italien ! Du haut de mes presque quatorze siècles, et de tous mes voyages, je peux vous confirmer que nous sommes les champions incontestés du roulage dans la farine, catégorie enfarinés. Mais revenons à nos moutons, et, en l'occurrence, aux chevaux de ma Fantômobile.

L'engin a été récemment modernisé par un autre ingénieur, un petit génie de la mécanique, de l'électricité, et de l'électronique, trop électron libre pour laisser une trace dans l'histoire, et trop amateur de substances cérébro-corrosives pour faire longtemps partie de ma vie.

Ma tuture est maintenant dotée d'organes modernes, économiques et écologiques, d'un rayon d'action de plus de mille bornes, d'un look de hot rod noir mat qui permet de se fondre dans la nuit, et de deux places arrière inconfortables et minuscules, mais néanmoins fonctionnelles. J'ai pour projet de tourner dans le quartier où j'ai repéré la présence de Vlad, afin de trianguler mes sensations, si je puis me permettre l'expression, et d'en déduire la position du malfaisant. Seul écueil à mon plan, je suis absolument nulle en géométrie. Je pense que le jeune Goran doit se mouvoir dans cet ésotérisme mathématique comme dans les autres langages, et qu'il sera ravi de se serrer contre moi dans ma toute petite voiture… J'utilise le portable à carte prépayée qu'il m'a confié pour lui envoyer une demande de rendez-vous par SMS pour le soir même. J'en mets juste assez pour qu'il ait envie de venir me rejoindre. Moins de cinq minutes plus tard, je reçois un laconique " OK ". Il ne me reste qu'à attendre qu'il soit l'heure. J'ai prévu de commencer à rodailler à partir de 23 heures, histoire de pouvoir rouler sans trop d'encombres. D'ici là… il me faut patienter.

C'est un truc que je ne supporte pas ! Depuis le temps, je devrais être habituée, non ? Non ! Je peux être d'une patience d'ange quand je planque, mais je ne sais pas rester chez moi à ne rien faire, en attendant l'heure dite. J'ai essayé le yoga, la méditation, la lecture… Rien ne me calme. Il faut que je m'occupe. Tiens, j'ai une idée. J'ai promis un portrait-robot à Jules, je vais lui dessiner ça. Car oui, je sais dessiner. J'ai eu de très bons profs, dont le vieux Léonardo de V., qui n'était pas aussi complètement homo qu'on a bien voulu le faire croire, et Pablo P. également, qui lui aimait vraiment les femmes ! J'attrape mon bloc, mes crayons, et me mets au travail.

Chapitre 23

Jules s'éveille vers seize heures, la bouche pâteuse. Il met un moment à rassembler ses esprits, ses idées, et toutes ces sortes de choses. Son œil se pose sur l'usine à gaz qui produit maintenant le café dans son bureau. Un relent de nostalgie de sa bidrouille habituelle remonte de son estomac, et éclate en bulle d'acide au fond de sa gorge. Il faudra qu'il se souvienne d'éviter le whisky le matin, de quelque qualité qu'il soit. Il se lève, s'étire en craquant un peu, et glisse dans le rutilant percolateur une capsule étiquetée cinq étoiles au chapitre "corsé". L'engin pschitte et glougloute, avant de lui proposer un extrait de caféine presque pur, qui lui arrache une grimace, mais bon, aux grands maux les grands remèdes. Il l'avale d'un coup, se brûle, jure, trouve sa bouteille d'eau dans le tiroir du bureau, et éteint à grandes gorgées l'incendie que le café a rallumé dans son gosier sur les braises de ses relents alcooliques. Puis il s'assied à son poste de travail, et met son ordinateur sous tension. Il jette un regard rapide à ses mails. Pas grand-chose à se mettre sous la dent... Ses recherches restent infructueuses. A tout hasard, il démarre Gougueule, et tape "vampyre" dans la zone de recherche. Il y apprend qu'existe une culture underground qui rassemble des gens bizarres qui se font poser des prothèses de crocs, mais rien qui fasse avancer son enquête. Il poursuit avec "vampire", puis "goule", ce qui lui permet de mettre à jour ses connaissances dans les deux domaines, qui, pour la totalité des auteurs, relèvent de la fiction... C'est ce qui s'appelle piétiner. Internet ne connaît donc pas tout, finalement... Il s'apprête à éteindre son ordinateur portable quand le téléphone sonne. Il décroche et reconnaît immédiatement la voix éraillée de son copain Corneille. Après un rapide échange de formules d'impolitesse, classiques dans la police comme dans d'autres confraternités - du style "alors vieux machin, tu ne sers toujours à rien ? Pas plus que toi, mais je coûte moins cher, pistonné de mes... - Jean-Pierre Corneille lui demande un peu trop brutalement :

" A quoi tu joues, Jules ?

- Pardon ?

- Tes recherches, là, qu'est-ce que ça signifie ?

- Ben quoi, j'ai pas le droit de surfer, comme tout le monde ?

- De quoi parles-tu ?

- Je me rencarde sur les vampires, pour savoir si, des fois, certains tordus ne trucideraient pas leur prochain pour boire leur sang ! C'est interdit ?

- Tu ne tournes pas rond, ma parole. Tu ne vas quand même pas me dire que tu crois à ces fariboles de morts-vivants ?

- Je... Euh... Non, bien évidemment !" répond Jules en songeant qu'il serait bien en peine d'expliquer à Corneille que, depuis ce matin, il n'a plus besoin de faire acte de foi en la matière. Il sait. Mais il préfère éviter tout risque d'internement d'office, et décide de donner à son collègue une explication plausible à ses recherches.

" J'ai découvert qu'il existe des humains assez fêlés pour se faire poser des prothèses de crocs. D'autres se font implanter des excroissances en forme de cornes. D'autres poussent les piercings jusqu'à s'ouvrir les joues de trous de plusieurs centimètres de diamètre. Je me demande si, chez ces tordus, certains ne poussent pas la folie au point de se mettre à boire du sang. D'où mes recherches.

- Ce n'est pas de ce genre de recherches-là dont je veux te parler.

- De quoi alors ?

- C'est ça, fais l'innocent ! Tu as consulté toutes les bases de données officielles et moins officielles du pays en matière de disparitions, de crimes, de recherches dans l'intérêt des familles, de dépôts de plaintes..."

Jules marque un temps d'arrêt. Décidément, "l'intelligence numérique" de miss Frénégonde est redoutable d'efficacité. C'est énervant, de se sentir ainsi dépassé. Mais ce n'est pas une raison pour le faire savoir.

" Euh... Il me semble me souvenir que je suis commissaire à la brigade criminelle, non ?

- Ouais, et alors ?

- Alors, j'ai le droit de faire ces recherches, non ?

- Ouais, le droit, ça, tu as, même si, en l'occurrence, les protocoles ont été piétinés dans les grandes largeurs.

- Moi, tu sais, la paperasse ! Et, du coup, où est le problème ?

- Ben, c'est que tu n'as pas les moyens de faire ces recherches.

- Qu'est-ce que tu veux dire, là ? Tu me prends pour un con, du haut de ton poste de responsable de la cyberflicaille ? C'est ça ?

- Je n'évoquais pas tes capacités mentales, pov' pomme ! Mais maintenant que tu le dis…

- Très drôle ! Tu parlais de quoi, alors ?

- De ta bécane, Dugland ! T'as quoi, comme ordi ?

- Un Astus 3000…

- Un… Ouais, d'accord… Un seul ?

- Comment ça, un seul ? Tu crois que je peux en utiliser deux en même temps ?

- Oh, toi, non !

- Je te trouve désagréable, là. Tu me prends vraiment pour une andouille !

- Informatiquement, oui, de plus en plus. Enfin, andouille… Inculte me paraît plus exact.

- Ah ouais ? Et ça veut dire quoi ?

- Les moyens utilisés pour faire les recherches en question sont, au bas mot, dix fois supérieurs aux capacités de ton jouet. Sans parler des tiennes !

- Comment ça, les miennes ?

- Le niveau de programmation nécessaire à l'élaboration des scenarii de questionnement est tellement élevé qu'il a fallu qu'on se mette à trois pour percer son code…

- Ça te la coupe, hein ! Tu vois, moi aussi, j'ai mes petits secrets…

- Des secrets ! Tu parles ! Je suis certain que tu as réussi, sans doute grâce à un improbable coup de chance, à mettre la main sur le programmeur du site Enigma. J'ai reconnu sa manière. Pour une raison qui m'échappe, tu as barre sur lui, et tu l'utilises pour accomplir tes basses besognes ! "

Tu n'imagines même pas combien il est effectivement improbable, le coup de chance en question, mon pauvre Corneille, se dit Jules in-petto, avant de répondre :

" C'est à peu près ça, effectivement. Comme je le pensais, Enigma ne cache pas une bande organisée de cyberterroristes internationaux, mais juste un gamin bien plus malin que la moyenne. Je lui ai laissé le choix entre travailler pour moi, ou faire un séjour au trou, et il a choisi…

- Sur quel chef d'accusation ?

- Pardon ? Je ne te suis pas.

- Sur quel chef d'accusation as-tu menacé de l'enchrister ?

- Euh… Je n'ai pas eu besoin d'aller jusqu'à livrer cette précision.

- Ah ouais ? Ton petit malin s'est déballonné comme ça, tout de suite ?

- C'est exactement ça. S'il avait été nécessaire de consolider mon dossier, je serais bien évidemment revenu vers toi, tu penses bien.

- Ben voyons… Tu parles si je pense…

- Est-ce que je me trompe, ou perçois-je comme une trace d'ironie, dans ta voix ?

- Fous-toi de ma gueule !

- Vraiment, Jean-Pierre, je ne…

- Ecoute, que tu montes tes coups en douce, pourquoi pas ? Mais tu pourrais prévenir les copains, et surtout, éviter de me prendre pour un naze ! Le gars qui est capable de rentrer dans nos fichiers de cette manière est un vrai costaud. D'ailleurs, je ne suis toujours pas persuadé qu'il travaille seul. Son truc est trop sophistiqué. Alors, me faire croire que tu l'as forcé à collaborer simplement en le menaçant de la prison, alors qu'il est juridiquement inattaquable…

- C'est… euh… un sans-papiers qui aimerait rester en France… C'est par là que je l'ai chopé, et que je le tiens…

- Ah, là, d'accord. C'est plus dans tes cordes.

- Pourquoi dis-tu qu'il est inattaquable ? Il pirate quand même des sites classés, non ?

- Ben non.

- Comment ça, non ?

- C'est toi qui le fais… et qui te feras, a minima, taper très fort sur les doigts pour non-respect des procédures si je fais mon rapport à qui de droit…

- Je dirai que j'ai été piraté…

- Faudra le prouver… Ou alors…

- Oui ?

- Ça fait un moment que je ne me suis pas enfilé un bon gueuleton…

- Message reçu. Je te laisse le choix dans la date.

- Pas de familiarité, je te prie !

- Bistrot ?

- De qualité !

- Ça va sans dire.

- Amène ton niakoué.

- Difficile. Il est très farouche.

- Je pourrais lui proposer du taf.

- Je pense sincèrement qu'il a les moyens de financer l'ensemble de ton service.

- Ah, quand même !

- Oui.

- Bon, je laisse tes plates-bandes tranquilles, mais je garde un œil dessus. Je te ferai connaître le lieu et l'heure, pour notre duel de fourchettes…

- Salut, Jean-Pierre. Et merci.

- Prends garde à toi, Jules. Ton mec est malin, il ne faudrait pas qu'il te fasse un enfant dans le dos.

- T'inquiète ! J'ai une bonne police d'assurance."

Police d'assurance mon cul ! zazit Jules en pensée en coupant la communication. Il faut que je me méfie de ce gamin, s'il est aussi fort que ça. J'espère que la blondinette a sur lui un véritable ascendant, sinon, je suis dans la merde. Il en est là de ses réflexions quand son gestionnaire de courrier électronique l'informe de l'arrivée d'un nouveau message. Il s'agit d'un sibyllin "bisou" signé "la fée", auquel est attachée une image. Jules double-clique sur le nom du fichier "grosvilainpasbeau.jpg" et découvre le portrait du prétendu vampyre. Il s'agit d'un très beau travail au crayon, dans l'exécution duquel on a habilement usé des différentes duretés de mines disponibles. L'image est aussi précise qu'une photographie, et présente le visage d'un quinquagénaire au regard dur. On sent que c'est un homme habitué à diriger, qui ne doit pas céder devant grand-chose. Jules se dit, en le détaillant, qu'il évitera de sortir sans son arme, tant qu'on n'aura pas arrêté le bonhomme… Mais, déjà, un deuxième message est annoncé par le traditionnel jingle. Le commissaire note d'abord que l'expéditeur est inconnu. Pris d'un doute, il détaille le mail précédent, et constate que "la fée" possède le même identifiant d'expéditeur. Le second poulet n'étant pas signé, il en déduit qu'il provient forcément de Goran. Il est adressé à "la fée", Jules n'apparaissant que comme copie. Le sujet du mail indique : "résultats des recherches en cours". Suit une liste de chiffres absolument indigeste, classés en lignes et en colonnes, sans lien logique évident. Heureusement, le tableau est suivi d'un commentaire, qui explique, pour le moins laconique :

" *Pas grand-chose à tirer des statistiques officielles. C'est un tel bazar là-dedans qu'une chatte n'y retrouverait pas ses petits. Tout ce que je peux vous dire, c'est qu'on note, depuis un peu plus de trois ans, une hausse légère, mais statistiquement significative, des disparitions chez les SDF parisiens. Les sujets sont plutôt jeunes, des deux sexes avec quand même une prédominance de filles, et les chiens disparaissent en même temps que leurs maîtres. Sur les quatorze cas de disparitions inexpliquées correspondant à ce profil, on ne note aucune réapparition en d'autres lieux, et on n'a retrouvé aucun corps. Le rythme des disparitions respecte globalement l'intervalle trimestriel.*

Jules reste ébahi de l'efficacité du gamin. En moins d'une demi-journée, il a plus avancé que lui en une semaine. Il décide de communiquer ces informations à Bab's, histoire d'avoir l'avis de la spécialiste sur l'évolution dans le choix des victimes. Ce n'est pas tant qu'il ne croie pas à l'histoire que Frénégonde lui a racontée, et qu'il remette en doute l'existence du vampyre, mais plutôt qu'il cherche des idées pour rédiger, le cas échéant, un rapport qui tienne la route. Il rédige donc le mail suivant :

Salut Bab's,

J'ai peut-être quelques éléments nouveaux. On me signale la disparition de 14 SDF, plutôt jeunes, hommes et femmes, avec prédominance de femmes, sur la zone de Paris, à raison d'un par trimestre depuis 3 ans et demi. Les corps n'ont pas été retrouvés. Les chiens des disparus sont également introuvables. Je vais lancer mes troupes sur le terrain pour essayer d'avoir plus de détails, car pour l'instant, tout ce que j'ai c'est une analyse de données statistiques. Si jamais ces quelques éléments te permettent de faire évoluer ton profil, je suis bien évidemment preneur. Merci d'avance. Jules."

Il se relit, cherche une vanne ou un clin d'œil à glisser dans le message, n'en trouve pas, et clique sur le bouton "envoyer".

Chapitre 24

Je viens de prendre connaissance du mail de Goran, reçu alors que j'envoyais mon portrait-robot à Jules. Je me suis rendu compte que je n'avais pas mis mon gremlin informatique en copie du portrait du vilain-pas-beau. Il faut que je pense à le faire. Je suis pour une transparence totale entre nous trois dans cette affaire… À condition qu'elle passe par moi. Faut quand même pas pousser Mémé dans les orties… Pour l'instant, je suis préoccupée par autre chose… Depuis que j'ai lu le message de mon farfadet numérique, j'ai un sale pressentiment… Le changement de cible de Vlad pour une population "facile" est, de mon point de vue, plutôt inquiétant. Je m'explique. Vlad est un jouisseur. Repérer sa prochaine victime, lui faire la cour, pénétrer dans son intimité de manière à récupérer autant ses biens que son hémoglobine, toutes ces étapes constituent, pour lui, des instants délectables, presque aussi indispensables que la consommation de sang proprement dite. Le sang, c'est sa vie, la chasse en est le sel. Et une vie sans sel, c'est fade, surtout quand elle dure quelques dizaines de siècles. Or Vlad a horreur de ce qui est fade. Donc, s'il a changé de mode opératoire, s'il se complaît dans la répétition, s'il tape dans le hard-discount alimentaire alors qu'il est amateur de luxe, ça cache quelque chose. Et, connaissant mon bonhomme, ce quelque chose ne peut être que le besoin de se reproduire… Mes connaissances sur la race ne sont pas exhaustives, mais je n'ai, depuis longtemps, rencontré personne qui en sache plus que moi sur ces enfoirés… Depuis la disparition de Gilles de Montmorency-

Laval, baron de Retz, en fait. Lui, c'était une bible sur le sujet, puisqu'il était lui-même vampyre, mais renégat. Élevé par sa mère, il subissait son état, mais luttait contre cette nature, alternant les périodes de tueries et le repentir le plus sincère. Il aurait pu fuir son procès, or il m'a confié qu'il attendait la mort comme une délivrance. Mais je m'égare. Je parlais donc du besoin de se reproduire des vampyres. Il en est de ces petits mammifères comme des êtres humains. Certains sont des baiseurs-jouisseurs sans aucune envie de pouponner, d'autres, au contraire, ne pensent qu'à assurer leur descendance vite et souvent. Vlad appartient à la première catégorie. Il se contente donc, en règle générale, de s'amuser avec sa nourriture, sauf... quand il tombe amoureux... Deux fois, déjà, dans le passé, j'ai réussi à contrarier ses plans. Dans les deux cas, comme j'étais sur ses basques, j'avais pu repérer la gamine, objet de ses désirs, avant que la transmutation soit complète, c'est-à-dire avant leur puberté. Du coup, le simple fait de les sevrer du sang du vampyre a suffi à les ramener peu à peu à un état normal. La désintoxication a pris une petite année, pour les deux victimes. Année difficile, je le précise, parce que les fillettes étaient sérieusement accros. Leur manque ressemblait à celui qu'éprouvent les héroïnomanes, en un peu moins violent, sauf que dans les cas en question, il n'existait pas d'équivalent au Subutex pour atténuer les effets des crises. Et allez essayer d'expliquer à des petites filles complètement innocentes, transmutées à leur insu, que c'est pour leur bien qu'une nana de seize ans les a kidnappées et les maintient en cage... Ben quoi, vous ne croyez tout de même pas que j'allais prendre le temps d'essayer de convaincre leur famille ! Il y a des lustres que je ne crois plus au père Noël, mes p'tits loups. Donc c'était enlèvement, et séquestration jusqu'à leurs premières règles. À elles non plus, je n'ai rien expliqué. Elles étaient déjà suffisamment secouées comme ça. Elles étaient saines et sauves, et dès le processus définitivement enrayé, je les rendais à leur famille et je disparaissais. La première, c'était dans les années quinze cents et quelques, à la cour de François 1er. La seconde pendant la Révolution. Elle était noble, et a été guillotinée avec sa famille trois semaines après sa libération, toujours vierge. Manque de pot. Pourquoi je vous raconte tout ça ? Parce que ces deux fillettes étaient physiquement semblables. De vraies jumelles à travers les âges. Deux gamines longilignes, maigres, aux genoux cagneux, aux grands yeux bleu pâle pleins de vide, aux longs cheveux filasse d'un blond presque blanc. Des endives ! Non, je ne suis pas jalouse ! Je décris. Tu parles que je m'en voudrais de leur ressembler ! A côté de ces frêles roseaux, je suis une vraie bombasse, moi ! Mais bon, faut reconnaître que certains mecs craquent pour ce genre de brindilles. Dont Vlad. Du coup, j'ai dans la mémoire le quasi-portrait-robot de sa promise actuelle, à un détail près... Son âge ! Et là, je suis très inquiète. Parce que, d'après les recherches de Goran, ça fait plus de trois ans que mon hémoglobinophile a changé son mode de chasse. A mon humble avis, ça signifie qu'il a repéré sa proie à l'époque, qu'il s'est rangé des voitures, s'est installé dans une position stable, mais discrète, pour l'approcher au quotidien, et qu'il a commencé la transmutation, qui dure, en gros, entre 30 et 36 mois. Une fille d'aujourd'hui est pubère entre quoi... treize et quinze ans ? Sachant que la transmutation accélère la formation, je cherche donc une asperge de douze à quatorze ans,

241

plus ou moins des bricoles. Pour celle-là, j'arrive hélas sans doute trop tard. Je suis persuadée qu'elle est devenue une porteuse potentielle. Si c'est le cas, il n'y a que deux possibilités. Soit le vampyre l'a déjà prise, soit ce n'est pas encore fait. Dans le premier cas, elle est pleine et foutue ! Quoi ? On dit enceinte ? Non ! De mon double point de vue de victime et de spécialiste, c'est la femelle d'un fauve assoiffé de sang. Elle n'a plus rien d'humain. Elle va mettre un monstre au monde et rester fidèle à son mâle jusqu'à ce que la mort les sépare. Et si je la trouve, je les détruis, elle et sa larve, avant qu'elle mette bas. Et si j'arrive trop tard, je les tue tous les deux. J'en ai rien à foutre, qu'il soit incapable de se défendre, cet avorton. Je vais vous confier un secret. Je suis fondamentalement écolo. Je protège les petites bêtes, je file un pognon pas croyable aux associations de défense des animaux, à celles qui luttent contre les élevages pour la fourrure, ou contre les essais pharmaceutiques, je ne supporte pas l'idée qu'on puisse classer un animal comme nuisible, au motif qu'il trucide des poules, ou qu'il emmerde les chasseurs. Mais pas de pitié pour le vampyre ! Et s'il peut souffrir, en plus, c'est tant mieux ! De toute façon, sa disparition ne modifiera pas l'équilibre écologique de la planète. L'homme a déjà gagné, hélas... Comment ça, c'est de la vengeance, pas de la justice ? Et alors ? Je n'ai jamais prétendu être juste. Je cherche plutôt à être efficace. Reste quand même le deuxième cas... Si la môme est toujours vierge, ça change fondamentalement la donne. Elle peut encore être sauvée... C'est même beaucoup plus facile que quand la transmutation n'est pas achevée. Il suffit de tuer le vampyre. Dans la minute, elle redeviendra une humaine ordinaire, et moi, je disparaitrai. Ce qui me pose, que vous le croyiez ou pas, un putain de cas de conscience. Je vous ai déjà confié que j'aime ma vie. Si je poursuis Vlad, ce n'est pas pour le détruire, c'est pour être certaine de vivre encore longtemps. Sans vraie limite, ce qui est assez enivrant, quand on y songe. Pensez-y, vous qui avez, approximativement, un siècle d'espérance de vie, un pauvre petit siècle qui vous verra finir perclus, chenu, ventripotent, impotent… Tandis que moi, je reste cette magnifique fille de seize ans, complètement fonctionnelle, ou presque, depuis treize siècles et demi, et pour encore au moins autant, si je l'attrape et que je le nourris correctement. C'est quand même une sacrément belle perspective, non ? La sacrifier pour une gamine de treize ans que je ne connais pas, une asperge, belle, sans aucun doute, car Vlad a du goût, mais qui est peut-être conne comme une serpillière, et méchante comme une teigne… C'est pas un vrai beau cas de conscience, ça ? Hein ? Moi, je trouve… Et je décide de mettre ma décision en délibéré. J'ai le sentiment que tout se décidera à la dernière minute, et que la personnalité de la môme sera un critère important pour faire pencher la balance d'un côté ou de l'autre… En complément de la certitude absolue qu'elle est intacte. Et celle-là ne sera pas la plus simple à obtenir, sauf à coller la donzelle sur une table d'obstétricien. Car la femelle vampyre est retorse, et ment comme elle respire, quand il s'agit de la survie de l'espèce. Elle ferait pleurer les pierres. Bah, comme je dis depuis quelques siècles, l'expérience aidant, il sera toujours temps d'aviser quand se posera le problème. Pour l'instant, je pousse mon radiateur à fond, et me love dans mon couffin, histoire d'être gonflée à bloc quand débarquera mon bébé géographe.

Chapitre 25

Jamais une journée de cours n'a paru aussi longue à l'élève modèle Andjà Krasniqi. Et plus les heures passent, plus celles qui restent semblent s'allonger de telle manière que la sonnerie qui la libèrera paraît toujours aussi désespérément lointaine. Son pauvre petit plan tourne dans sa tête comme un derviche en transe, de plus en plus vite. Et plus il tourne, plus l'impression qu'il est débile de naïveté s'impose à elle, et plus la certitude que, pourtant, c'est ce qu'elle doit faire, c'est ce qu'elle va faire, s'impose. La cloche électrique stridule enfin la fin des cours, et de son calvaire. Elle rassemble ses affaires sans rien changer à son rythme habituel, pour que ses camarades n'aient aucun élément à communiquer à la police, quand elle ouvrira son enquête. Parce que, sur ce point, Andjà ne se fait aucune illusion. Même au risque de griller son entreprise, et l'ensemble de sa couverture avec, Goran ne la laissera jamais disparaître sans se battre ! Goran n'acceptera pas qu'elle vive son amour en liberté, parce qu'il est jaloux d'elle, et ne pourra supporter qu'elle trouve son bonheur dans les bras d'un autre. Mamilla peut penser ce qu'elle veut, elle sait bien, elle, que son frère la convoite, qu'il l'a conservée dans un cocon pour la réserver à son usage exclusif. Jamais il n'a accepté qu'elle sorte, ne serait-ce qu'une soirée, avec les grands du bahut, sans lui donner ne serait-ce que l'ombre d'une explication vaseuse pour justifier son diktat. Alors, s'il savait pour qui elle s'apprête à disparaître, il en deviendrait fou. Enfin, un peu plus fou, parce que, franchement, il n'est pas l'archétype du garçon équilibré ! Et en plus, depuis peu, il a des boutons d'acné… Il est fêlé et il est moche. Il était vraiment temps qu'elle se casse. Tant pis pour les dégâts. Goran n'avait qu'à faire un peu plus attention à elle, et Mamilla… un peu moins ! Arrivée dans le couloir la dernière, sans que personne s'en étonne car elle est très souvent la dernière, surtout depuis quelques semaines, Andjà marque un temps d'arrêt devant son casier. Elle en ôte le petit cadenas, récupère à l'intérieur le sac à dos qu'elle y a caché, et le remplace par sa besace de collégienne, tout en guettant les retardataires du coin de l'œil. Quand les dernières chieuses ont enfin disparu, elle punaise sa lettre d'adieu à son frère et à Mamilla sur la tranche de l'étagère, de sorte qu'on ne puisse la manquer quand on ouvrira le casier, puis retourne sur ses pas, et pénètre sans frapper dans le bureau du directeur.

Vlad est assis dans son grand fauteuil de cuir noir et il attend. C'est le grand soir. Elle va arriver dans quelques minutes, et ils disparaîtront ensemble. Ses deux précédentes tentatives ont été réduites à néant par la petite peste, mais les huit années qu'elle a perdues dans sa traque grâce au coup du frigo lui ont donné l'avance nécessaire. Il a pu former sa femme en toute tranquillité. Elle est totalement sous sa coupe, persuadée d'être amoureuse comme n'importe quelle pucelle de son âge, sauf que son sang de vampyre a multiplié par dix l'efficacité déjà redoutable de son charme. Il a tout planifié depuis trois ans et demi, depuis ce soir où il a repéré la gamine complètement par hasard, en la croisant sur un trottoir, remorquée par un grand type patibulaire qui, de l'autre main, tractait également un petit garçon. Il a tout de suite su que c'était elle, et a organisé la mise sous surveillance discrète de la petite fille. Il a acheté l'école privée située à côté de l'immeuble où elle s'était installée avec son frère, chez une vieille parente, après le décès brutal de son père. Vlad a un sourire en repensant à l'homme. Un obstacle finalement vite effacé. Comme prévu, la gamine a été inscrite dans l'institution renommée dont il avait pris la direction. C'est tout le charme de l'enseignement privé hors contrat. Il n'y a personne pour vous ennuyer, les parents mis à part, bien entendu. Mais l'aura particulière dégagée par Vlad lui a permis de résoudre ce genre de problèmes sans presque coup férir, durant ces trois années. La suite n'était qu'un jeu d'enfant. Comprendre la psychologie de la fillette. La flatter sur sa beauté, lui faire miroiter cette carrière de mannequin international, lui expliquer que la nourriture de sa tante ne suffirait pas à en faire une championne, lui donner, chaque jour, la capsule de sang préalablement conditionnée. Lui faire toucher du doigt la jalousie de ce frère adulé, pour créer la faille, semer son grain de zizanie en terrain fertile… Lui faire comprendre tout l'intérêt du secret en cette affaire, l'atmosphère de mystère parlant directement à cette petite âme slave et romantique. C'était si facile. Et la suite, pareil ! L'achat, essentiellement pour des raisons alimentaires, du petit funérarium. La découverte fortuite de la maison comprise dans son achat, mitoyenne de l'entreprise par le mur du fond, isolée dans son petit parc fermé. Étrange petite bicoque sans aucun accès à la rue, inaccessible autrement que par la porte du placard du bureau de la comptabilité. Drôle de placard, en vérité. Porte coulissante de gauche, des étagères, des dossiers, de la compta. Porte de droite donnant sur une autre porte, blindée et verrouillée, celle-là, qui permet d'entrer dans la maison. Vlad s'est renseigné. Le premier propriétaire du funérarium avait conservé la maison pour pouvoir garder près de lui son épouse folle, plutôt que de la faire interner. A la mort de la dame, il avait vendu la boîte à un entrepreneur qui aurait bien aimé faire une plus-value en se débarrassant de la maison, mais l'isolement de la bicoque, bordée de tous côtés de parcelles bâties, rendait la chose impossible. Il l'avait oubliée. En achetant ses pompes funèbres pour une tout autre raison, Vlad a découvert, ravi, le nid dont il a besoin pour élever son futur fils en toute discrétion. Il a fait réhabiliter et moderniser la petite baraque sans lésiner sur les moyens, puis a personnellement supervisé la disparition des artisans ayant travaillé sur ce chantier dans de banals accidents, histoire que personne ne puisse soupçonner l'existence de sa tanière. Même le gérant embauché pour faire tourner la boutique avait interdiction de pénétrer dans le bureau de la comptabilité, dont il ne possédait pas les clés. D'ailleurs, pour plus de précautions encore, ledit gérant a malencontreusement raté un virage en rentrant bourré la nuit dernière au volant du corbillard, et a fini dans la Seine. Du coup, un écriteau, sur la vitrine, indique - comble de l'humour noir - que le funérarium est fermé pour cause de décès. Vlad s'occupera de payer l'ensemble des factures afin que personne ne s'avise de venir troubler sa quiétude matrimoniale et paternelle. Il a quelques années de paix en perspective. Le temps de concevoir son enfant, de l'amener à naître, puis de l'élever dans la pleine conscience de sa race et de ses capacités. Rien qu'à y penser, Vlad sent ses poils se dresser d'excitation sur ses avant-bras... enfin un peu d'animation dans cette vie devenue si terne depuis plus de trois ans... Il n'en peut plus de toute cette prudence, de cette gestion raisonnable si profondément ennuyeuse… Même cette petite peste de Frénégonde finit par lui manquer ! Par bonheur, cette période absolument monotone cesse ce soir. Il va enfin consommer l'objet de ses plus chers désirs, cette femme si jeune, si merveilleusement belle, cette femme que la vie, deux fois déjà, dans des réincarnations antérieures, lui a permis de rencontrer pour la lui ravir juste avant l'instant fatidique, cette femme unique, après laquelle il court depuis près de deux mille ans traversant les siècles et les contrées sans relâche…pour Elle, il donnerait tout… ou presque. Il n'est quand même pas prêt à sacrifier sa vie. Mais de toute façon, il n'aura pas besoin d'en arriver à de telles extrémités. Il a absolument tout prévu, jusqu'à sa disparition de l'école, cette nuit… Il a soigneusement fait attention à ce qu'aucun élément ne permette de relier l'établissement scolaire et le funérarium. Il a l'intention de vivre en reclus avec sa jeune épouse jusqu'à ce que leur enfant soit en âge de voyager. Les vivres seront livrés deux fois par semaine, et payés par le compte de l'entreprise. Quant à ses besoins plus spécifiques, il sortira les assouvir le soir. L'installation de crémation du funérarium reste opérationnelle, donc pas de soucis de ce côté-là non plus. Bien sûr, sa jeune femme s'ennuiera sans doute, mais, comme toute épouse de vampyre, elle restera docile, et passera son temps à se cultiver en lisant. Il a pris soin de constituer un fonds de bibliothèque suffisant pour tenir plusieurs années. Elle pourra également surfer sur Internet puisque la maison est branchée sur la fibre. Vlad est un esprit de progrès, qui a toujours accueilli avec curiosité les découvertes faites par les hommes, et qui a su en tirer profit, comme il le fait de tout. Il est là, dans son fauteuil, content de lui. Il a tout prévu. Il ne reste qu'à attendre. La cloche a sonné la fin des cours depuis un bon moment déjà. Et, justement, la porte de son bureau s'ouvre.

Chapitre 26

La nuit tombe à peine quand j'entends frapper discrètement à la porte de mon appartement. Un petit rom laveur de pare-brise se tient sur mon paillasson, avec, sur le visage, l'expression d'un Atlas qui porterait tous les malheurs du monde à lui seul. Puis, sans prévenir, son visage s'éclaire d'un coup, et il éclate de rire, en pénétrant chez moi.

" Avouez que vous avez vraiment eu envie de me gratifier de deux euros !

- C'est malin ! Ne me dis pas que tu vas m'accompagner accoutré de la sorte !

- Mais non, j'ai apporté de quoi me changer.

- Et comment as-tu fait pour rentrer dans l'immeuble ? Tu as piraté le digicode ?

- Non, j'ai attendu que quelqu'un sorte, et je me suis glissé à l'intérieur.

- Déguisé comme ça, sans que la personne en question réagisse !

- Je pense qu'elle ne m'a pas vu, en fait.

- Et, je peux savoir pourquoi tu es déguisé ainsi ?

- J'ai passé la fin de la journée à travailler, qu'est-ce que vous croyez !

- Prends-moi pour une gourde !

- Je vous assure. J'ai affaire, sur un dossier délicat, à un avocat que je soupçonne de collusion avec ceux qui sont censés être ses adversaires, et les miens, en l'occurrence.

- Une sorte d'agent double, quoi.

- C'est tout à fait ça. En matière d'espionnage, le monde de la finance est aujourd'hui au moins aussi retors que celui des États.

- Et donc ?

- Et donc j'ai passé l'après-midi et le début de soirée à le suivre, et à le photographier en compagnie de plusieurs personnes louches, dont j'étudierai posément le profil quand nous aurons terminé notre chasse au loup-garou.

- Au vampyre, ne déconne pas avec ça ! Et tu vas étudier ces profils à partir de quelques photos ?

- Non, pas seulement. Je vais évidemment passer les clichés dans le programme de reconnaissance faciale du FBI, et aussi dans celui du laboratoire de l'Identité judiciaire française, qui est tout nouveau, et me paraît très performant. Et puis je vais soigneusement inventorier le contenu de leurs portefeuilles ! me dit-il en exhibant trois morlingues plutôt classe avec un grand sourire.

- Du coup, tu n'as pas dîné, je suppose.

- Effectivement, mais ce n'est pas grave.

- Taratata. J'ai besoin que tu sois en forme, cette nuit. Passe à la salle de bains te changer, je te prépare quelque chose."

Quand le gremlin revient, il est déguisé en ninja, tout en noir, dans un ensemble collant qui met en évidence sa plastique de rat de bibliothèque rachitique. Je suis persuadée que je lui rends au moins dix kilos. C'est fou ce que ce garçon peut être vexant, quand on y songe. Je colle dans une assiette la paire d'œufs au bacon que je viens de faire frire pour lui. Il fronce les sourcils.

" Ben quoi ? Tu n'aimes pas les œufs ?

- Il ne s'agit pas de goût… En fait, ça va aller très bien, je vous assure.

- S'il ne s'agit pas de goût, il s'agit de quoi, alors ?

- Non, rien, c'est bien, je vous dis.

- Goran, tu me les broutes ! Si on doit bosser ensemble, il faut se connaître un minimum. Et pour se connaître, faut se parler. Alors, je t'en prie, dis-moi franchement ce qui ne va pas avec mes œufs ! Je te signale que ce sont des œufs bio, et que le bacon vient d'un porc fermier !

- Euh… C'est que vous avez dit que vous vouliez que je sois en forme, cette nuit… Là, on a des acides gras saturés, du cholestérol avec le jaune des œufs, de l'albumine avec les blancs, et du beurre brûlé… C'est très bon au goût, mais sur le plan nutritionnel…

- Je l'emmerde, le plan nutritionnel. Mange tes œufs et on y va !

- Ça vous ennuierait de m'expliquer plus précisément ce qu'on va faire ce soir, et ce que vous attendez de moi, pendant que je mange ?

- D'accord. Voilà. C'est très simple, en fait. Quand je suis chargée à bloc… Euh, je veux dire chargée d'énergie, évidemment, pas de…

- De … ?

- Tu me comprends ! Ou pas ? Bref, donc, quand ma jauge titille le trop-plein, je développe une acuité particulière qui me permet de détecter la présence de mon vampyre. C'est comme s'il laissait une trace que je perçois et que je peux analyser, tel un pisteur qui sait déterminer l'heure de passage d'un gibier en regardant ses empreintes… Or, après que nous nous fûmes quittés, ce matin, je me suis baladée, et j'ai perçu cette trace, complètement par hasard, alors que j'étais en taxi. L'idée, c'est de prendre ma voiture, et de retourner sur les lieux, puis, en circulant un peu au petit bonheur, de déterminer à quel endroit cette trace est plus présente, et à quel endroit elle s'estompe.

- Hmmmm, cette trace, elle reste détectable combien de temps après le passage de votre monstre ?

- Ne parle pas la bouche pleine ! La trace disparaît en quelques heures, mais, sans pouvoir expliquer comment je le sais, je peux faire la différence entre une trace qui s'affaiblit avec le temps, et une trace qui s'estompe par éloignement. Donc, en rassemblant toutes nos observations, tu dois être capable de me bidouiller un truc mathématique qui nous dira où il se trouve, comme font les flics américains avec les téléphones portables, à la télé.

- Une triangulation.

- C'est ça, je ne retrouvais pas le terme. Alors, tu sais faire ça ?

- Oui, c'est assez basique.

- Ça va, ne la ramène pas, s'il te plaît. Je suis nulle en maths, OK, je le sais, ce n'est pas la peine d'en rajouter…

- Une question, encore. Comment allez-vous faire pour rester "chargée à bloc", et donc performante, durant notre tournée ?

- Tu verras, c'est un des secrets de ma petite voiture. Allez, zou ! On descend au garage ! "

Goran fait vraiment preuve d'un flegme à toute épreuve. C'est à croire qu'il est privé de la capacité d'exprimer des sentiments. Quand je sors la Fantômobile de son écrin, il ne lève même pas un sourcil, comme si je l'invitais à bord de la plus banale des citadines. Franchement, il y a des moments où il m'énerve ! Du coup, c'est sans un mot que je démarre, et que je nous emmène dans le quartier où j'ai détecté la présence de Vlad. Alors que nous approchons, Goran se tourne brutalement vers moi, et me demande, sans ménagements :

" Où m'emmenez-vous ? Que venons-nous faire ici ?

- Ben, je te l'ai dit, on piste mon vampyre.

- Cessez de vous moquer de moi, je vous prie. Si vous avez découvert mon adresse, ce n'est pas la peine de monter tout ce cinéma pour me le faire savoir !

- Je me doutais bien que tu créchais dans le coin, mais sans savoir où, exactement.

- Je n'ai donc pas été assez prudent !

- T'es vraiment parano, toi ! Mais je m'en fiche, de ton adresse ! Ou, pour être plus exacte, je ne tiens pas à la connaître tant que tu ne me feras pas assez confiance pour me la donner toi-même ! Ce jour-là, ce sera cool. Et si tu m'invites à entrer, j'apporterai même le Champomy et les p'tits beurres ! "

Je me gare dans un trou de souris, histoire de mettre au point notre plan de quadrillage. Je sors une carte de Paris de la poche latérale de mon siège, et commence à la déplier pour isoler notre zone de recherches. Mais Goran, qui est resté silencieux un instant, reprend d'un ton qu'après une analyse très fine je pourrais qualifier de légèrement boudeur…Et encore.

" Ne vous moquez pas de moi, je vous en prie. Je vous fais confiance, mais…

- Tout le problème tient dans ce "mais"…

- Ne le prenez pas en mauvaise part, mais vous êtes désespérément imprudente, vous vous confiez à n'importe qui, et, si je vous donnais mon adresse, ma famille pourrait se trouver menacée par votre insouciance.

- Ne le prenez pas en mauvaise part ! Mais où as-tu pu apprendre des formules aussi has been ?

- Obsolètes !

- Hein ?

- Obsolètes, en français.

- J'avais compris, merci, mais même obsolète c'est has been !

- Si vous voulez."

Il a prononcé cette dernière phrase avec une indifférence qui en devient presque surnaturelle. Du coup, je décide de le secouer un peu :

"Oh, ne fais pas la gueule ! Si l'un de nous deux peut se vexer, c'est moi ! Allez, détends-toi quoi ! On est à l'endroit où j'ai détecté sa présence. Au boulot

- Mais je ne… Oh, je vois, c'était de l'humour. Très drôle. Comment procède-t-on ? "

Vous ne le trouvez pas désespérant, vous ? J'abandonne.

" Ouvre la boîte à gants. Sors-en le câble électrique et passe-le-moi."

Goran me tend le fil en question, qui se termine par deux petites pinces. J'en fixe une à chacun de mes lobes.

" Pas mal, mes boucles d'oreilles, non ? Bon, je t'explique. Tu as un rhéostat devant toi, sur le tableau de bord. Le gros bouton qui…

- Je sais ce qu'est un rhéostat !

- Gna gna gna gna gna gna… Bon. Grâce à ce système, je reste chargée de manière optimale, et ma capacité de détection est à son maximum. Si jamais tu vois que je me mets à briller, c'est qu'on approche du seuil de l'explosion. Là, tu tournes le bouton.

- Le seuil de …

- Mais non, j'déconne. C'est le rhéostat qui commande la vitesse de balayage des essuie-glaces !

- Très amusant… Prévenez-moi quand même quand vous donnez des informations réelles. Il serait stupide qu'un détail primordial m'échappe, noyé dans vos pitreries.

- Mais décontracte-toi un peu, enfin ! C'est pas drôle de bosser avec toi !

- Vous m'en voyez désolé. J'aimerais pourtant vraiment vous faire plaisir, mais je ne sais pas comme m'y prendre.

- Y'a pas de mode d'emploi, Goran. Il suffit d'être toi, de lâcher prise de temps en temps, de baisser la garde, de cesser de vouloir tout contrôler…

- Je crois que je comprends ce que vous dites, mais je ne sais pas comment y parvenir. Si ma sœur et moi…

- êtes vivants aujourd'hui, c'est grâce justement à ta capacité à tout contrôler, je sais. Mais il faudra quand même que tu te rendes compte qu'il existe une sphère protégée, au sein de laquelle tu peux te détendre. Quand tu es chez toi, tu n'es pas toujours dans le contrôle, si ? Avec ta sœur, et ta tante ?

258

- Si. Je ne sais pas faire autrement. Je sens que, souvent, ça les dérange, mais je ne sais vraiment pas faire autrement. Je sens que ma sœur m'en veut de lui imposer des règles de vie strictes, mais elle est trop petite pour se rendre compte des dangers que ce monde recèle.

- Elle doit avoir l'âge que tu avais en arrivant en France, non ?

- Non. Elle a douze ans. J'en avais treize. Et puis c'est une fille. Les gens la regardent, tandis que moi, personne ne me voit. Elle est donc plus exposée. Il faut que je la protège.

- Tu parles qu'elle en a marre ! C'est une préado qui doit vouloir s'amuser, et j'imagine parfaitement comment tu réponds à ses demandes en la matière.

- Ce ne sont pas vos affaires.

- Eh ben si, mon p'tit gars, que tu le veuilles ou non, ce sont aussi mes affaires. Parce que je t'aime bien, monsieur Goran dont je ne connais pas le nom. Et quand on aime quelqu'un, on est obligé de se sentir concerné par lui, et on essaye de l'aider, de le faire profiter de sa propre expérience... Même s'il y a des cas où c'est plus difficile que d'autres. Tiens, puisqu'on parle de ça : que dis-tu à ta sœur quand tu lui refuses une permission ? Parce que je ne me trompe pas, n'est-ce pas ? Ce n'est pas ta tante qui gère la chose ? Si ?

- Non, effectivement. Mamilla sait que j'ai toujours raison. Elle me laisse faire. C'est pour cela que je la paye.

- Que tu la payes ! Hou là, mais c'est encore plus grave que je ne le pensais...

- Ce n'est pas ma vraie tante. J'ai inventé notre lien de parenté pour nous donner un statut officiel, une identité acceptable par l'État français…

- Et tu la rémunères pour ça ?

- Oui. Elle a conservé son logement, qu'elle aurait perdu sans moi. Je lui donne plus d'argent qu'elle n'en gagnait auparavant, je règle l'intégralité des frais de fonctionnement, et, en plus, je place de l'argent pour sa retraite, le jour où elle voudra partir.

- Et tout ça, sans le moindre sentiment ?

- Je n'ai pas dit cela.

- Mais écoute-toi parler !

- Qu'ai-je dit ?

- Ce n'est pas ce que tu as dit, c'est le ton que tu emploies ! Quand je t'accuse de faire les choses sans sentiment, tu te sens vexé, non ? Accusé à tort ? Tu ressens une injustice et ça te met en colère. J'ai pas raison ?

- Si, effectivement.

- Et toi, tu me balances juste "je n'ai pas dit cela" sur le ton indifférent du mec à qui tu demandes l'heure et qui répond qu'il n'a pas de montre.

- Quelle comparaison étrange.

- Merde, Goran ! Tu écoutes quand je te parle ?

- Là, c'est vous qui vous mettez en colère contre moi, et je n'en comprends pas la raison. Bien sûr que je vous écoute…

- Mais tu ne m'entends pas ! Goran, ouvre-toi !

- Ali Baba et les quarante voleurs. Amusant.

- T'es désespérant ! Mais exprime tes sentiments, nom de Dieu de bordel de merde ! Là, tu m'énerves, et je l'exprime, c'est quand même pas difficile à comprendre ! Merde !

- Je vous aime."

Je vous promets qu'il a balancé le truc comme ça, avec son ton contenu de premier de la classe hyper raisonnable. Heureusement que j'étais garée, sinon j'emplâtrais la première voiture arrivant en face ! Je me laisse aller en arrière, contre mon dossier, et le regarde. Il soutient mon regard, posément, mais je note quand même, dans la lumière blafarde du plafonnier, qu'il a rougi. Je me souviens également qu'il est tombé dans les pommes lors de notre première rencontre. Ce garçon est donc capable d'éprouver des sentiments, et il doit même être plus sensible que la moyenne. C'est dans l'expression que ça pèche. Il s'est fabriqué une armure pour supporter le monde extérieur. Son problème, c'est qu'elle n'est pas en Goretex®, son armure. Elle empêche les agressions de l'atteindre, mais elle ne laisse pas transpirer les sentiments… Ses grands yeux attendent une réponse… Je ne suis pas dans la merde, moi… Va falloir la jouer finement…

" Écoute, Goran, je suis très flattée d'éveiller chez toi un tel sentiment, m…

- Foutaises ! Embrassez-moi ! "

Et voilà, il recommence. Ce n'est pas que le texte soit mauvais, mais il est prononcé de façon mécanique, sans aucune passion.

" T'as vu ça dans quel film ?

- Pardon ?

- Ta réplique de merde, là, ça vient de quel film ?

- Pourquoi vous mettez-vous en colère ?

- Parce que j'étais en train d'essayer d'être gentille avec toi, et que tu fous tout en l'air avec ta phrase débile, issue d'un quelconque soap !

- Je vous assure que j'ai dit ce que je ressentais. Je n'avais pas envie de vous entendre essayer de me raisonner, je voulais vraiment que vous m'embrassiez. "

Je lui saute dessus, et sans lui laisser une quelconque possibilité de réagir, je lui roule une galoche des familles qui le laisse essoufflé, effaré, et complètement coi.

" Faut que tu comprennes quelques bricoles, mon p'tit gars. Premièrement, y'a des trucs qu'on ne demande pas. On les prend ! Surtout quand on est un garçon. Deuxièmement, ce baiser ne signifie rien, pour moi. Il était là pour illustrer, te faire comprendre la nature réelle de la communication. Les mots, c'est la plus petite partie en ce domaine, le plus petit commun dénominateur. Le ton avec lequel on les prononce est bien plus important. Et je ne te parle même pas du langage du corps ! Toi, t'es muet en tout, sauf en mots ! Et là, il y a un sacré travail à faire. Je suppose que si tu réussis si bien dans ton business, c'est grâce justement à cette absence totale d'expression de tes sentiments. Je pense que tu serais de première force au poker, mais la vraie vie ne ressemble pas au poker. On ne trouve pas le bonheur dans une partie de cartes. Encore un truc. Tu ne m'aimes pas. Tu crois m'aimer, parce que tu penses que nous avons le même âge, que je suis une allumeuse, que jamais tu n'as approché une fille d'aussi près, et qu'en plus, tu m'as vue à poil. Mais toi et moi, ça n'est absolument pas possible. Faut que tu te mettes ça dans la tête tout de suite, ça t'évitera de souffrir. Je n'ai pas seize ans, Goran, j'en ai plus de mille trois cents soixante ! Comme cougar, t'avoueras que je me pose là ! Laisse faire le temps, apprends à t'ouvrir au monde, et tu finiras par trouver une chouette nana qui te fera plein de petits Goran. En revanche, il faut également que tu comprennes que tu ne m'es pas indifférent. J'ai des sentiments pour toi. Je me sens un peu comme une grande sœur, une amie, et j'aimerais qu'on passe du temps ensemble, à s'enrichir mutuellement. Si tu le désires…

- Je n'ai ni envie, ni besoin, ni d'une grande sœur, ni d'une amie.

- Ou comment réussir à rassembler quatre erreurs fondamentales en une courte phrase ! Tu as envie, et besoin, et d'une grande sœur, et d'une amie. Le problème, ce n'est pas que tu ne le sais pas, tu es beaucoup trop fin pour ça, c'est que tu le nies, et tant que tu resteras dans cette posture ridicule, personne ne pourra rien pour toi. Bon, tu as sans doute également besoin de tirer ton premier coup… Je peux te trouver une fille gentille qui fera ça bien… Mais comprends que, si je m'en charge, ça va alourdir sérieusement l'ambiance pour les jours à venir…

- Comment pouvez-vous vous moquer de ...

- Mais bordel ! Je ne me moque pas ! Bien au contraire. Je SAIS ce que tu mettras des années à apprendre. Je n'ai aucun mérite, j'ai eu ce temps que tu n'auras jamais. Et j'essaye, de toutes mes forces, d'être compréhensive ! Mais tu as beau peser moins que le poids de ton costume, tu es parfois très lourd… mon ami Goran.

- Peut-être est-il temps de commencer notre traque."

Vrrrrraaaaam ! La porte du coffre-fort s'est refermée pour un moment. Dieu qu'elle est solide, cette porte ! Je suis un peu dépitée, mais pas au point de tout céder. Il faut qu'il apprenne à écouter… Mieux ! Il faut qu'il apprenne à entendre, et à composer. Je ne peux toutefois m'empêcher d'être flattée de sa maladroite mais sincère déclaration. Oui ! J'ai bien dit sincère. Parce que, malgré l'absence totale d'émotion dans sa voix, je pense qu'il ressentait ce qu'il disait alors. Bon, je ne suis pas tombée de la dernière pluie. Ni de l'avant-dernière non plus, soyons francs. La première déclaration d'amour d'un ado enfin pubère, surtout s'il est à la fois intellectuellement génial et physiquement en retard, ce qui constitue une parfaite illustration de l'euphémisme le plus académique, est évidemment sujette à caution. Il cherche à coucher. Désespérément. Et Goran, malgré son incommensurable intelligence, est bien évidemment soumis à ce genre de pression. L'équation est chez lui plus subtile, parce qu'à l'étage supérieur, on élabore des stratégies complexes, mais il a envie, et besoin, de jeter sa gourme. Je pourrais m'en charger. Je connais la technique. Soyons plus précise. Je suis même en mesure de lui fournir le meilleur premier coup imaginable pour un primobaisant. Mais… est-ce un service à lui rendre ? Certainement non. Toutes celles qui me succéderont vont ramer comme des malades simplement pour exister. Est-ce un service à me rendre ? Non plus. Il serait ensuite capable de monnayer ses services en nature. Il y a quelques siècles que j'ai cessé de jouer à chat… euh, à ça… Je décide que le mieux, c'est de ne rien décider, et de se consacrer à la fameuse traque. Du coup, je tourne la clé sur "marche", et appuie sur le bouton marqué "contact". La Fantômobile, qui démarre en cycle électrique pur, frémit tout juste pour me signaler qu'elle est opérationnelle. Je mets la flèche et quitte prudemment mon stationnement.

Chapitre 27

Quand le commissaire Racine lève enfin le nez des dossiers en cours, version paperasse, le coin inférieur droit de son ordinateur portable lui indique qu'il fait nuit depuis un moment. Ce que son estomac, d'un "grouiiiik" péremptoire, confirme illico. Jules a tenté de se purifier de son "gaspillage" de temps du matin et de la sieste réparatrice dans laquelle il s'est trouvé contraint d'investir pour retrouver le fil normal de ses pensées en s'attaquant de face à l'administratif en souffrance… Que de temps volé à la fonction publique qui le rémunère, avec parcimonie, mais régularité ! Depuis, il rattrape, il rattrape, il… il a expurgé le tas. Plus de retard ! C'est, en quelque sorte, une manière d'être en avance… Il décide de tout éteindre et de rentrer chez lui, dressant mentalement la carte approximative du contenu, forcément succinct, de son réfrigérateur de célibataire. Le jingle traditionnel lui annonce qu'un courriel sollicite de sa haute bienveillance l'éventualité d'être ouvert, et, subséquemment, lu. Chouette, c'est Bab's qui répond…

Mon salaud,

Je continue à me geler les miches dans un grand lit vide, au cœur de Paris, et au lieu d'accourir, tu persistes à m'exploiter sans vergogne. En conséquence, ce mail constitue un ultimatum. Soit tu me rejoins chez Itaka San, où nous bavarderons tranquillement, et où tu te conduiras en gentleman, ce qui signifie que tu régleras l'addition sans lever l'ombre d'un poil de sourcil, avant de m'inviter à boire une

dernière coupe et plus si affinités, mais chez moi, parce que c'est plus
confortable et que j'ai du champagne au frais, soit je me régalerai seule
des délices proposés par cet izakaya, et pour tes infos, tu pourras
toujours te brosser. Une fois que tu auras lu ce mail, il te restera moins
de vingt-cinq minutes pour arriver avant que mon attente commence
à me peser. Ne perds par conséquent pas de temps à me répondre.
Agis !

Avec un sourire, Jules cherche sur Internet l'adresse du resto japonais, puis, ayant mémorisé le parcours en métro, éteint son ordinateur et saute dans son vieil imper. La soirée promet d'être divertissante.

Un quart d'heure à peine après avoir quitté son bureau, il se présente à l'adresse indiquée. C'est une petite boutique de plats à emporter japonais. Un peu interloqué, il en pousse la porte et pénètre dans le lieu, accueilli par une sonnerie discrète. Derrière une large vitrine réfrigérée, un petit homme de type asiatique, âgé, un peu voûté, confectionne des sushis, des makis, des yakitoris et des sashimis sans lever le regard sur l'arrivant. Une fois sa manipulation terminée, il se lave soigneusement les mains, puis, d'une voix flûtée, colorée d'un accent marqué, s'adresse enfin au commissaire qui commence à penser que Bab's s'est bien payé sa tête.

" Bonsoir, monsieur, et bienvenue. Je suppose que vous êtes le commissaire Racine. Madame Dreux vous attend. Elle n'est pas arrivée depuis très longtemps, mais je préfère vous prévenir qu'elle paraît un peu tendue. Je vous conseille de ne pas arriver les mains vides."

"Et merde", se dit Racine, qui, obnubilé par la crainte d'arriver en retard, a complètement oublié de passer chez le fleuriste. Il lève les yeux au ciel en se tapant sur le front, sous le regard goguenard du petit Japonais. "Où vais-je trouver des fleurs à cette heure-ci ?" se demande-t-il, déjà prêt à tourner les talons, quand le cuisinier l'arrête :

" Madame Dreux connaît bien notre maison. Je peux même dire qu'elle en est une fidèle cliente. Elle n'en possède pour autant pas tous les secrets. J'ai cru comprendre que c'est vous qui offrez le repas, ce soir…" Tout en parlant, le bonhomme a ouvert un placard dans le mur de côté. Un grand vase y abrite plusieurs bouquets de roses de différentes couleurs, déjà emballés, à l'enseigne d'une maison célèbre. Impassible, il attend que le commissaire fasse son choix.

" Mettez-moi le gros bouquet de roses roses, ce sera parfait. Vous sauvez ma soirée, et bien plus encore.

- J'espère que vous saurez vous en souvenir avant de quitter l'établissement."

Le vieil homme a prestement sorti le bouquet choisi du vase, et en a empaqueté les tiges dans une feuille de papier aluminium. Il le tend à Jules, avant de lui indiquer, en ouvrant une seconde porte qui ressemble comme une jumelle à celle du placard à fleurs :

- Par ici, s'il vous plaît.

Jules, ébahi, découvre un étroit escalier en colimaçon qui descend vers une vaste cave voûtée. Le décor est clair, sobre, presque dépouillé, et contribue à créer une atmosphère zen, bien secondé par un jeu d'éclairages indirects très doux, sans que, pourtant, s'impose l'impression d'une pénombre. Une dizaine de petites tables meublent l'espace sans excès, offrant une relative intimité aux convives qui les occupent par deux ou par quatre, la flamboyante Bab's constituant l'unique exception à cet ordonnancement. Jules s'empresse de la rejoindre, planqué derrière ses fleurs, et, tandis qu'elle les prend avec un grand sourire, le pendant féminin du petit Japonais débarrasse le commissaire de son imper.

" Je ne t'ai pas attendu pour commander", précise Elisabeth en humant le parfum des roses, les yeux fermés. Et elle ajoute, mutine :

" il est pratique, ce placard, hein ?"

Jules se sent rougir, mais le regard espiègle de sa vieille amie le rassure aussitôt. L'atmosphère n'est pas à la guerre. Il sourit, en haussant les épaules.

" Je ne voulais pas risquer d'être en retard, ton courriel était comminatoire…

- Tu vois toujours la partie vide du verre, mon vieux Jules. Ce mail était aussi plein de promesses…"

La petite Japonaise, ridée comme une vieille pomme qui aurait trop souri, est déjà de retour et dispose avec habileté une dizaine d'assiettes odorantes sur la table.

" C'est comme des tapas," indique Bab's à son hôte contraint. "Tu prends ce que tu veux, dans l'ordre qui te plaît, et, avec, on boit du saké."

Déjà, sans façons, elle a attrapé une bouchée avec ses baguettes, la trempe dans une sauce brune, et la croque avec entrain. Jules, un peu gauche, essaye de faire de même sans en mettre sur sa cravate. Tout en continuant à picorer, la profileuse lui raconte son séjour américain, et les derniers potins du métier. Jules l'écoute sans mot dire, spectateur comblé de son numéro de charme. Elle vieillit pourtant doucement, Bab's, comme lui, sans doute. Ses pattes d'oie se plissent plus profondément que lors de leur dernière rencontre, quand elle sourit, et elle sourit beaucoup. Il remarque également que la peau de son cou n'est plus aussi parfaite, mais loin de lui déplaire, ce léger défaut le remplit de tendresse, d'autant que sa camarade ne cherche pas à cacher son âge derrière un maquillage trop appuyé. Elle promène sa petite quarantaine avec sérénité, sans vraiment y penser, apparemment. Jules, observateur, note en effet que le fond de teint reste léger, et ne tente pas de camoufler les atteintes du temps qui passe…

" Jules ! Tu ne m'écoutes pas !

- Hein ? Quoi ? Sisi, je t'assure…"

Pris en flagrant délit de rêverie, le flic se sent rougir une nouvelle fois. Sa compagne de table le remarque et en rit :

" Tu t'empourpres encore comme un collégien ! Remarque, je comprends que tout ce que je raconte ne t'intéresse pas…

- Mais si, vraiment je…

- Blablabla ! Je me rends bien compte que je ne parle que pour éviter que le silence s'installe. J'ai peur du silence. J'ai peur du vide. Tu vois, mon vieux Jules, je commence à me retourner, de temps en temps, sur le chemin parcouru, et je me demande ce que j'ai fait de ma vie…

- Tu rigoles ! Tu es l'une des spécialist…

- Mais ce n'est pas de ça que je parle ! Ne te fais pas plus bête que tu n'es. Ou plutôt si, finalement, c'est exactement de ça que je parle, mais en creux ! En négatif ! Ma foutue carrière a dévoré l'intégralité de mon temps. Je l'ai vécue avec passion, c'est vrai. J'ai investi avec enthousiasme dans mes recherches, et tout ça pour quoi ? Je te le demande… Je trouve mon lit de plus en plus grand, quand je me couche seule, le soir. D'ailleurs, je me couche de plus en plus tard, pour reculer au maximum le moment d'affronter ce vide…

- Il est plutôt récent, ce vide, non ?" tente Jules un peu gêné de ces confidences mélancoliques. "J'ai ouï dire que ton lit n'est pas si souvent vide que ça."

Il a bien tenté de nuancer le propos d'une goguenardise de vieux pote, mais quand il croise le regard d'Elisabeth il y lit une telle blessure qu'il ne peut s'empêcher de baisser les yeux piteusement. Pourtant, déjà, à voix presque basse, elle reprend :

" les légendes urbaines ont la vie dure…"

Puis, d'un ton qui se veut plus léger, mais qui est trahi par un volume un peu trop appuyé :

" Si j'essaie d'être parfaitement honnête, tu es l'homme qui a le plus compté dans ma vie, finalement ! "

Un ange tente de se frayer un passage dans l'atmosphère lourde de sous-entendus qui les entoure. Jules reste coi. Bab's, gênée par son silence, se sent obligée de reprendre la main, sur le ton de la plaisanterie :

" En nombre de nuits, je veux dire… Enfin, au moins de nuits petits déjeuners compris… "

Le commissaire ne réagit toujours pas. Malgré le ton qu'elle voudrait badin, il reste pétrifié par les révélations de son amie. Il l'imaginait forte, traversant la vie comme une sorte de bulldozer rigolard qui aurait juste consenti à le prendre en stop pour de courtes balades, plus par pitié que par envie. Depuis leurs années de fac, il s'est toujours senti emprunté, gauche, mièvre, tiède, insipide, désespérément banal, quand il lui arrivait de vivre un court instant à ses côtés. D'ailleurs, il n'a jamais vraiment cherché à multiplier ces occasions pourtant flatteuses. Il préférait cantonner ses relations avec Bab's au domaine du fantasme, qui le voyait plus conquérant, plus sûr de lui, plus à la hauteur de la jeune femme. Quand il y repense, c'est elle qui, toujours, a fait le pas nécessaire. Il en avait déduit qu'elle aimait les hommes, sans la juger pour autant, appréciant finalement de figurer sur ce qu'il pensait être un tableau de chasse, avec ce petit plus qui lui permettait de repiquer au jeu de temps en temps, depuis vingt ans, sans pour autant supporter le poids d'un engagement... Les révélations de son amie éclairent leur relation de ces deux dernières décennies d'un jour complètement différent. Se pourrait-il que Bab's soit amoureuse de lui ? Non, ce n'est pas possible. Ils n'ont rien de commun, que cette vieille amitié, cette complicité particulière qui leur permet d'être souvent sur la même longueur d'ondes sans avoir à prononcer les mots... Ils constituent une espèce rare de vieux couple sans les inconvénients... Enfin, c'est ce qu'il pensait jusqu'à ce moment particulier où le temps paraît suspendu. La femme a baissé les yeux, et semble absorbée dans la contemplation des bouchées japonaises. Puis elle le regarde de nouveau, arborant ce grand sourire plein de dents blanches qui fait systématiquement d'elle la maîtresse du jeu.

"Non, je déconne ! C'est vrai que j'ai un peu le cafard, en ce moment, mais tu me connais, je vais rebondir ! Je rebondis toujours ! Tiens, parle-moi plutôt de ton affaire, là. C'est exactement de cela dont j'ai besoin. Un bon petit mystère pas piqué des hannetons ! Bon, je ne me fais pas vraiment d'illusions. Tu finiras par pincer le coupable, dont le mobile sera évidemment le profit, ce qui est d'une banalité affligeante. Mais tant que ce n'est pas fait, on peut tout imaginer... Alors, tu en es où ? Un trafiquant de sang ou un vampire ?

- Un vamp... et bien justement..."

Jules, surpris, perd pied.

"Oui ? "

Le commissaire hésite. D'un côté, s'il doit se confier à quelqu'un sans trop de risque de passer pour un dingue, quelque ahurissante que soit son histoire, c'est bien auprès de Bab's qu'il conserve une maigre chance de succès. D'un autre côté, comment rendre crédible l'abracadabrant ? Lui-même, malgré la démonstration brillamment mise en scène par Frénégonde, se surprend encore, de temps en temps, à douter de la matérialité des faits. Mais son silence trop long le trahit. Son interlocutrice de la soirée est trop fine mouche, trop aux aguets, pour ne pas sentir l'anguille cachée sous le rocher.

" J'attends, Jules, et c'est un truc dont les femmes ont horreur…

- Je ne peux rien dire ici…

- Tu rigoles ! Il n'y a pas plus discret que ce petit resto. La clientèle est triée sur le volet, rien que du beau monde qui se passe l'adresse en secret, alors…

- Alors ? Tout le monde connaît tout le monde ici, moi mis à part, non ?

- Ce n'est pas faux.

- Il te faudra donc attendre encore. Ce que je pourrais te confier exige que nous soyons seuls.

- Jules ! Mais tu me fais carrément des avances, là !

- Hein, mais non, pas du tout… Je… Je …

- D'ordinaire, c'est toujours à moi de suggérer que l'on s'isole ! "

Le regard de Bab's brille de gourmandise, sans que Jules puisse déterminer quelle proportion de ce péché mortel est due à ses éventuelles révélations sur l'affaire, et quelle part est destinée à des nourritures plus charnelles.

" Décidément," pense le commissaire en se levant de table, " cette femme est un démon ! Mais ce n'est pas si désagréable."

La petite Asiatique est déjà derrière lui à lui présenter son imperméable. Puis, tandis qu'elle s'occupe du vestiaire d'Elisabeth, le flic va régler la note, raisonnable, d'un coup de carte bleue, avant de glisser au vieil homme le billet de cinquante euros qu'il veille à toujours avoir au fond de son portefeuille, juste au cas où. L'honorable représentant de l'Empire du soleil levant le remercie d'une rapide inclinaison du buste :

" Vous pouvez revenir quand vous voulez, monsieur le commissaire, vous serez ici le bienvenu, à condition, bien évidemment, de venir accompagné. Nous n'acceptons pas les personnes seules.

- Cette restriction me paraît contraire à la loi, non ?

- Les personnes seules peuvent acheter des plats à emporter.

- j'entends bien, mais néanmoins, l'accès au restau…

- Mais il n'y a pas de restaurant, monsieur le commissaire. Mon épouse et moi-même accueillons nos amis, chez nous, pour déguster sur place les plats et boissons à emporter qu'ils ont librement choisis de nous commander. Et tout le monde ne peut prétendre faire partie de nos amis. Par exemple, nous ne comptons pas d'amis solitaires. Nous n'avons que des groupes d'amis."

Avant que Jules ne trouve que répondre, Bab's est là, morte de rire devant l'air ébahi de son commissaire personnel.

" Tu vois, mon cher Jules, Paris conserve encore de nombreux mystères, même pour un flic de la brigade criminelle."

Elle le prend par le bras, et, saluant son petit hôte sort de la boutique en riant toujours. Ils prennent ensemble, à pied, bras dessus bras dessous comme un vieux couple, le chemin de la garçonnière de la dame.

Pendant que le commissaire de mes deux roucoule comme un stupide pigeon au bras de sa poule, je tourne en rond dans le quartier où j'avais auparavant repéré la trace de Vlad, sans aucun succès. Je "sens" bien des relents de cette trace, qui prouvent qu'il a séjourné un moment dans la zone, mais rien de très frais, ni de très précis. C'est à croire qu'une fois encore, j'arrive trop tard, et que la chauve-souris s'est envolée… Du coup, je suis dans l'incapacité de donner à mon gremlin des renseignements suffisamment précis pour qu'il triangule quoi que ce soit. Comme, par ailleurs, il ne semble pas avoir digéré mon petit discours, je sens que mon aura disparaît plus vite que la réserve d'énergie de la Fantômobile. Je décide de laisser tomber, et en informe Goran, qui, laconique, me répond simplement :

" vous pouvez me laisser là."

Il m'énerve, ce petit bonhomme, et vu que je suis déjà remontée comme un coucou suisse, il me faut faire un gros effort pour lui répondre avec une relative gentillesse.

" Tu ne crois pas que tu pourrais me dire où tu crèches, que je te dépose chez toi ?

- J'ai besoin de marcher."

Bon, après tout, si ça l'amuse de jouer à l'huître ! Je me gare le long du trottoir. Sans bruit, il a ouvert la porte, s'est glissé à l'extérieur de la voiture, et a refermé avant même que j'aie le temps de lui dire bonsoir. Il se fond immédiatement dans la nuit. Et merde ! Qu'il aille se faire empapaouter ! Je ne suis pas sa mère ! Je fais demi-tour sur place, sous les moustaches d'un taxi en maraude qui n'a même pas le réflexe de klaxonner, et qui, du coup, va se le reprocher au moins jusqu'à la fin de la semaine, et prends le chemin de mon garage, en broyant du noir. Pour une soirée ratée, c'est une soirée ratée ! Non seulement je n'ai pas réussi à loger le vilain pas beau, mais, en plus, j'ai l'impression que je ne reverrai pas Goran de sitôt. Je crois que j'ai malencontreusement vexé sa virilité naissante… Il faut dire à ma décharge que j'ai peu d'expérience avec les puceaux… C'est dommage, je commençais à vraiment l'apprécier, ce gamin. Mais bon, si c'est son choix… De manière très pragmatique, je considère qu'il ne peut guère m'aider davantage dans ma chasse au Vlad, donc, tant pis. So long, Goran…

Mon téléphone sonne juste au moment où je déclenche la télécommande de la porte du garage. C'est un SMS de Goran, aussi précis que laconique, conforme en tout point à ce que l'on peut attendre du personnage :

J'ai besoin de vous le plus vite possible. Goran.

Suit la sacro-sainte adresse jusque-là si soigneusement tenue secrète. Une courte seconde, j'ai vraiment envie de l'envoyer balader, l'ombrageux gnome, mais je me retiens. Ne vient-il pas d'entamer son voyage à Canossa ? Vais-je lui garder porte close, alors que je mesure parfaitement l'effort énorme qu'il a dû consentir pour envoyer ce court message ? Je peux être peste, c'est vrai, mais je vous assure que ce n'est pas systématique. D'une main, je lui réponds un laconique "j'arrive," de l'autre je manœuvre ma tuture pour repartir en sens inverse. Un quart d'heure plus tard, je trouve, par miracle, une place pour stationner mon carrosse à moins de cinquante mètres de son immeuble. Je sonne avec un grand sourire, assez fière d'avoir soumis mon Goran si rapidement. Il ouvre presque aussitôt. Et je ravale mon sourire. Goran n'offre d'ordinaire pas au monde un visage rieur, je vous l'accorde, mais là, il a une mine à effrayer un congrès de croque-morts. Je n'ai pas le temps de tenter la moindre vanne qu'il me lance, d'une voix sépulcrale, domaine dans lequel je vous rappelle que je suis experte :

" Andjà a disparu."

Il s'efface pour me laisser entrer, referme la lourde porte cochère, puis m'ouvre le chemin vers la loge de la concierge, où nous attend une vieille femme qui a manifestement passé une partie de la soirée à pleurer. Je m'apprête à lui placer un petit couplet un peu moqueur sur son instinct surprotecteur, sur le désir des jeunes filles de s'émanciper, sur la quasi-certitude qu'il s'agit d'une mini-fugue express, qu'il convient de gérer avec patience et un peu de thé, tout ça avec pour objectif de détendre un peu l'atmosphère, quand deux de mes sens, alertés, stoppent net cette velléité de dédramatisation. Mes yeux, d'abord, dans leur rapide tour du propriétaire, viennent de glisser sur une photographie posée sur le buffet de la petite salle à manger. Ils s'arrêtent, repartent en arrière pour se fixer sur le cadre d'aluminium et son contenu. Je ne connais pas Andjà, mais je suis certaine qu'il s'agit d'elle. Parce qu'il m'arrive de manquer d'imagination, je m'étais fabriqué de cette gamine un portrait-robot mental en me contentant de féminiser et de rajeunir Goran. Jamais je n'aurais pu penser que la petite sœur de mon rom brun pouvait être cette blonde asperge, parfaite incarnation du désir de Vlad l'Emballeur. Dans la même fraction de seconde, je me rends compte que l'appartement "sent" le vampyre. Du coup, je me dis que l'hypothèse d'une fugue de la gamine a du plomb dans l'aile, ce que je garde bien évidemment pour moi. Sans demander la permission à qui que ce soit, considérant qu'il s'agit d'un cas d'extrême urgence, je compose le numéro d'enregistrement du portable de Jules. Facile, c'est le 1. A la deuxième sonnerie, cet enfoiré refuse l'appel.

Chapitre 28

Eh bien non, je ne me suis pas mise en colère. Je sais parfaitement adapter mon état émotionnel à la gravité de l'instant, et tant pis pour ceux que cela étonne. Je ne vous cache pas que j'ai, très momentanément, hésité à balancer violemment ce putain de téléphone contre le putain de mur de ce putain d'appartement, mais j'ai aussitôt considéré que, bien qu'indéniablement libératrice, cette manifestation bien compréhensible d'un violent accès de mauvaise humeur ne ferait pas venir le commissaire Racine plus vite, et qu'elle me priverait, au contraire, d'un moyen d'y parvenir, tout en risquant de me faire passer pour une houri dans ce logement auquel j'accède pour la première fois. J'ai donc composé aussi rapidement que possible un sms à destination de la force de police susnommée. La chose m'a demandé une paire de minutes, je ne suis pas encore très souple du pouce. J'y indiquais à Jules que son enquête pourrait trouver son dénouement dans la nuit pour peu qu'il daigne déplacer a.s.a.p. son fondement jusqu'à l'adresse de Goran, que je lui dévoilais sans vergogne.

Ceci fait, je concentre de nouveau mon attention sur le gremlin complètement défait, tout recroquevillé sur sa chaise, comme s'il essayait de prendre encore moins de place que d'habitude. Je note qu'il a inconsciemment placé la table entre lui et sa "tante" de récupération. La vieille femme paraît de marbre. Elle est grise, et complètement immobile, à croire qu'elle ne respire même plus. On jurerait qu'elle n'est encore en vie que par absence d'imagination. Goran, lui, bouge un petit peu, juste assez pour cogner son front sur son genou droit, qu'il tient serré entre ses bras. L'ambiance est particulièrement lugubre. Je profite de ce calme absolu pour me concentrer sur ma perception particulière. Je confirme que l'endroit "sent" le vampyre, mais pas comme si Vlad était venu en personne. C'est plus fin, plus ténu, et pourtant très frais. Je suis maintenant absolument convaincue qu'Andjà est la pauvre fille sur laquelle ce pourri a jeté son dévolu, et que sa transmutation est sans doute achevée, ce qui explique la disparition du soir. J'imagine en effet que mon vampyre a préféré garder la gamine dans son environnement familier jusqu'au dernier moment, afin d'éviter de se retrouver avec l'ensemble des forces de police françaises sur le dos pendant les années que dure le processus. C'était déjà sa manière de faire les deux fois précédentes. Mais cette fois-ci, à cause de ce maudit frigo, j'ai bien peur d'arriver trop tard pour sauver la gamine. J'interpelle la femme :

" Excusez-moi, madame, nous n'avons pas été présentées, et je ne sais pas ce que Goran a pu vous dire de moi…"

Elle lève les yeux sur moi. Je lis dans son regard la lutte que se livrent deux concepts clairement antagonistes. Le premier exprime son désarroi, sa honte, même, n'ayons pas peur des mots, à l'idée d'avoir manqué à tous ses devoirs en ne m'accueillant pas selon les canons de l'hospitalité. Le second lui répond que, vu les circonstances, elle n'en a strictement rien à foutre, ce que je comprends. Mais l'éducation finit par l'emporter sur les sentiments. Avec un soupir elle se lève et viens jusqu'à moi, qui suis toujours plantée dans l'entrée de la loge. Elle me tend une main froide comme la mort, et se présente :

"Bonsoir, mademoiselle. Je suis Mila Brisson, la tante de Goran et d'Andjà. Goran ne m'a jamais parlé de vous, mais puisqu'il vous a donné notre adresse, je suppose que vous êtes son amie. Je suis impardonnable, excusez-moi. Donnez-moi votre manteau, asseyez-vous. Voulez-vous boire quelque chose ?

- Merci, Mila. Je m'appelle Frénégonde. Je comprends parfaitement, croyez-moi, et je ne me formalise pas du tout. Je pense qu'il pourrait être utile de faire chauffer de l'eau pour un thé, la soirée risque d'être longue.

- Vous avez raison."

Avec des gestes automatiques, elle sort une ancienne bouilloire en cuivre chromé de sous son évier, la remplit d'eau du robinet, et la pose sur la cuisinière, à l'ancienne. A petits pas, elle se dirige vers un placard, et en extrait une boîte de sachets de thé. D'un autre, elle sort de grandes tasses de faïence démodées et les soucoupes assorties, qu'elle dispose sur la table. Goran n'a pas levé la tête, qu'il continue à cogner contre son genou avec une régularité qui m'effraie un peu. La vieille est maintenant campée face à sa cuisinière, immobile, les bras ballants, attendant que l'eau se mette à frémir pour mouiller les deux sachets de thé qu'elle a placés dans une théière sortie du même placard que les tasses.

" Mila, je vais vous poser une question qui va sans doute vous paraître incongrue, mais qui est nécessaire pour me permettre de bien comprendre la situation. A votre connaissance, Andjà est-elle pubère ? "

C'est une petite question toute bête, posée avec retenue, et dont vous comprenez évidemment l'importance. Un coup de tonnerre n'aurait pas eu plus d'effet ! Goran s'est détendu comme un ressort pour se retrouver face à moi, son visage à quinze centimètres du mien, et, sur un ton qui, de son point de vue, doit sans doute être menaçant, me demande :

" Pourquoi cette question ? Que sous-entend-elle ? Qu'êtes-vous en train d'insinuer à propos de ma sœur ? "

Moi - vous commencez à me connaître, non ? - je ne me laisse évidemment pas désarçonner par cette ridicule tentative d'intimidation. En revanche, je pense qu'il est temps de remettre un peu les pendules à l'heure :

" Toi, tu te calmes, et tu retournes sur ton perchoir ! La question a, évidemment, sa raison d'être. Elle ne sous-entend ni n'insinue rien, elle est faite pour aider à comprendre ce qui se passe. Une bonne fois pour toutes, mon garçon, il va falloir que tu admettes que tout génial que tu sois, tu ne comprends rien aux femmes, et que, vraisemblablement, c'est ce que ta petite sœur est en train de devenir. Donc, maintenant, tu te tais, tu laisses faire les grandes personnes, et tu observes pour apprendre ! "

Je finis ma petite tirade en lui jetant un regard au courroux calculé. Du coin de l'œil, je devine une amorce de sourire sur le visage de Mila. Je ne la connais pas, cette vieille, mais j'aimerais bien l'avoir pour grand-mère. Le roquet, la queue entre les pattes, enfin, je le suppose, est remonté sur sa chaise, l'air boudeur. Je me tourne vers Mila et, d'un geste du menton, lui repose la question. Elle me répond sans ambages :

" Andjà est réglée depuis plusieurs mois. Elle s'est physiquement développée de manière étonnante, cette année, mais le médecin n'a rien trouvé d'anormal dans ses analyses, alors nous avons pensé qu'elle était seulement précoce. Je ne sais pas si vous êtes au courant, mais je n'ai pas connu ses parents… Du coup, il est difficile de savoir si ses gènes…"

D'un geste de la tête, je la remercie pour sa franchise. Je me garde bien de lui dire quoi que ce soit à propos de Vlad, dont je suis certaine que Goran n'a pas parlé. Il me paraît évident que le développement rapide de la demoiselle doit davantage à la transmutation qu'à dame nature, mais ça aussi, je le garde pour moi. Manifestement en effet, le gamin n'a pas encore fait le rapprochement entre les deux affaires. De mon point de vue, le plus tard sera le mieux. Pour autant que je m'en souvienne, je ne lui ai pas expliqué la reproduction chez le vampyres, partant du principe que tant qu'il ne maîtrisait pas la chose chez les humains, il n'y avait pas matière à le surcharger d'infos. C'est un peu lâche, sans doute, mais je ne me sens pas complètement prête à lui exposer ce qu'est, plus que vraisemblablement, devenue sa sœurette. Je me lance donc dans des explications vaseuses sur le comportement bizarre des ados femelles juste pubères, sur la gestion erratique des flux d'hormones, et sur tout ce qui me passe par la tête pour tenter

285

de dédramatiser l'ambiance, avec dans la tête l'idée de convaincre la "tante" et son "neveu" que la gamine est en train d'errer dans Paris au bras d'un dragueur de quelques années plus âgé, quand le portier électronique me vint en aide. Son écran vidéo, interrogé d'un index leste par Goran, nous renvoie l'image de Jules et d'une pouffe. Le gamin soupire, me jette un regard de reproche, et déverrouille la porte cochère. Puis il ouvre la porte de la loge, et introduit les nouveaux arrivants. Il présente rapidement Mila Brisson à Jules Racine, et attend que celui-ci en fasse de même avec sa compagne, ce que s'empresse de faire le flic :

" Je vous présente madame Dreux. C'est une experte en profilage avec laquelle la police française collabore régulièrement. Je ne sais pas si ses talents nous seront utiles, ce soir, puisque je ne sais pas vraiment pourquoi l'on nous a demandé de venir. Mais puisque nous passions la soirée ensemble…"

Là, je prends une grande claque. La quadra sophistiquée que Jules vient d'introduire dans notre petit cercle a en effet pour lui un regard qui m'indique sans l'ombre d'un doute qu'ils ont déjà partagé la pomme, et qu'elle en redemande. J'ai comme l'impression que je ne suis pas près de glisser le lapin entre mes draps, il a déjà une garenne… Je note également, et vous admettrez que je suis quand même diablement observatrice, que mon flic avance sur des œufs, ne sachant pas qui sait quoi et à qui on peut quoi dire. Oui, je m'en rends bien compte, la tournure de cette phrase est maladroite, mais je la trouve explicite. Du coup, sans laisser à Mila ou Goran le temps d'ouvrir leur tiroir à doléances, je me décide à imposer ma version de l'histoire, afin de gérer au mieux la production de bobards : juste assez pour éviter les drames, mais pas trop pour que l'ensemble reste crédible. Je résume donc la situation à ma façon : une adolescente précoce, indéniablement belle et ordinairement placide, n'est pas rentrée de son collège ce soir. J'ajoute que si la surface du marigot est immobile, ça ne signifie pas pour autant que le crocodile est devenu végétarien, ce qui est une formule congolaise pour signifier qu'il faut se méfier de l'eau qui dort. Je m'excuse auprès de Jules pour avoir en partie gâché une soirée qui s'annonçait prometteuse sans raison véritablement valable, mais en me débrouillant pour lui lancer un clin d'œil significatif. Je fais ici une incise. Le clin d'œil en question se trouve posséder une double signification. La première a pour objet de lui indiquer que je ne dis pas tout, et que je lui réserve certaines informations qui concernent notre enquête, mais qu'il convient de ne pas aborder le sujet en question en ce lieu, ni en ce moment. La seconde est plus égrillarde, on ne sait jamais. Dans la foulée, sans reprendre mon souffle, mais surtout sans permettre à quiconque de récupérer le crachoir, je distribue les rôles : à Mila, la mission de laisser des messages sur le répondeur du mobile d'Andjà, qui a été coupé. Ça ne sert donc à rien, sauf à laisser croire à la dame qu'elle est utile. À Goran, l'exploration systématique des réseaux sociaux des ados, en ciblant les camarades de bahut de sa frangine. Connaissant le gremlin, je suis certaine qu'il connaît déjà leurs pedigrees complets. À Jules, je confie la tâche de contacter, de l'intérieur de la maison poupoule, les services chargés de la

287

protection des mineurs, pour avoir quelques indications sur les statistiques concernant les fugues des ados femelles, les disparitions réellement inquiétantes, et les moyens de lutter dans les deux cas. Cette dernière demande est bien évidemment destinée à nous permettre de nous casser le plus rapidement possible, afin de tenir un conseil de guerre entre adultes consentants. Ayant vérifié, d'une habile question, que la tourterelle faisandée et son gallinacé sont venus en métro, puis pedibus, je me désigne volontaire pour les raccompagner jusqu'à la tanière du poulet, ce qui me permettra de les briffer sur les circonstances vraisemblables de la disparition de l'asperge, et, incidemment, de connaître l'adresse de Jules. Sans laisser à personne la moindre possibilité de réagir, je sonne la retraite. Nous prenons congé de Mila et de Goran avec des paroles de réconfort, alors que la pauvre vieille vient juste de finir de faire infuser son thé, et nous nous apprêtons à décoller. Goran se jette alors contre moi, et me serre très fort dans ses bras, en murmurant "merci" à mon oreille. Interloquée, et un peu gênée de cette manifestation étonnante de sa part, je laisse faire. Puis nous quittons enfin l'immeuble. Je drive les perdreaux jusqu'à ma petite voiture. Là, j'indique à la vieille que c'est elle qui tient le rôle de la sardine sur la banquette arrière, mais Jules décide de jouer les galants et lui offre la place du mort. Puis il se contorsionne pour se glisser dans le minuscule réduit, ce qui nous fait tous rire. On devait en avoir besoin.

Une fois installés, je demande à mon commissaire de m'indiquer son adresse, ce qu'il fait sans malice. Je démarre ma petite voiture sur laquelle personne n'a songé à s'extasier - bon tant pis - et, une fois en route, je reprends le crachoir :

" Dites-moi, m'sieur Jules, que connaît exactement la p'tite dame de notre histoire ?

- Mademoiselle Toucour, je tiens à préciser immédiatement qu'il s'agit de votre histoire, et non de la nôtre. Par ailleurs, madame Dreux n'est pas une "p'tite dame", mais un docteur en psychologie mondialement connu et respecté. Je vous saurais gré d'en tenir compte, comme j'apprécierais également que vous m'appeliez commissaire

- Vous pouvez toujours vous brosser, mon vieux. Je parle comme j'en ai envie, et j'ai largement passé l'âge de me faire remonter les bretelles ! Maintenant, si vous répondiez à ma question, je pourrais vous faire un résumé de la suite de MON histoire.

- J'ai informé Bab's... Euh, madame Dreux...

- Non, Bab's c'est bien, le coupe le docteur en psychologie de renommée mondiale qui se marre de notre joute.

Jules rend les armes.

- Très bien. En gros, donc, j'ai eu le temps de résumer votre histoire à Bab's, qui n'en croit pas un mot. Je lui ai également dit que nous poursuivions un vampyre, ce qui l'a fait beaucoup rire. Je pense, mademoiselle Frénégonde, que vous ne couperez pas à votre petite démonstration...

- Arrêtez de me donner du "mademoiselle" à toutes les phrases, Jules, c'est assommant. Pour la démonstration, il va falloir attendre, c'est un truc que je ne peux pas faire sans risque en conduisant. Je suis étonnée que vous l'ayez mise dans la confidence. C'était une histoire à passer pour fou, non ? Vous n'avez pas trouvé d'autre moyen pour mettre une femme dans votre lit ?"

Je reconnais que j'y suis allée un peu fort. Jules me lance un regard noir d'exaspération par l'intermédiaire du rétroviseur central, tandis que Bab's éclate de rire. Je pense que cette fille est une bonne nature finalement. Il n'est pas exclu qu'on devienne copines. Elle est peut-être partageuse, on ne sait jamais... C'est d'ailleurs elle qui poursuit :

" Ce n'est pas grave, que j'y croie ou pas, à votre histoire. Je la trouve marrante, et je ressens un fort besoin de rire, en ce moment. Donc, je joue avec vous, tout en promettant de rester muette comme une tombe.

- C'est beaucoup moins silencieux qu'on veut bien le croire, une tombe, Miss Bab's. Mais j'aurais sans doute l'occasion de vous expliquer ça plus tard. Si je résume, Jules vous a dit, en gros, que depuis près de mille trois cent cinquante ans je poursuis le vampyre qui m'a égorgée alors que je n'avais pas encore seize ans, et qu'il se trouve que ce salopard est également le tueur en série qui intéresse notre commissaire. J'ai bon jusque-là ?

- J'aime bien "Miss Bab's". Oui, vous avez bon. J'ai une meilleure visibilité sur les développements les plus récents de l'affaire que sur ses prémices, mais en gros, c'est ça.

- Bien. Jules vous a-t-il expliqué un peu la nature du vampyre ? Sa place dans l'évolution, Darwin, tout ça ? Non ?

- Pas vraiment, non.

- Pour faire court, parce qu'on est un peu à la bourre, je dirai que le vampyre représente le prédateur ultime de la chaîne alimentaire terrestre, un peu au même titre que le tigre, si vous voulez, sauf qu'il est infiniment plus discret.

- Admettons.

- Ouais. Bon. Il me faut maintenant vous instruire d'un élément un peu particulier de sa biologie.

- Parce que les autres ne le sont pas ?

- Si, bien évidemment, mais celui-là l'est davantage, et en plus, c'est celui qui nous concerne aujourd'hui. Dans la race des vampyres, il n'existe pas de femelles-nées."

Je lis une forme d'ébahissement taille XXXL dans les yeux de mes passagers. J'y vais donc de mon petit cours de biologie, tout en restant attentive à ma conduite. Bon, je ne vous refais pas le topo, vous connaissez déjà le truc. Je leur explique tout bien par le menu comment se reproduit le néfaste en général, puis je passe aux goûts particuliers de Vlad tels que je les ai découverts au travers des siècles. Je leur explique comment j'ai réussi à récupérer les deux premières cibles du pervers, et pourquoi je suis certaine qu'Andjà est sa nouvelle victime. Là, je fais une pause, histoire de vérifier qu'ils ont bien enregistré tout le processus. C'est Jules qui rompt le silence le premier :

" Je suppose que vous ne nous avez pas donné les derniers développements de l'histoire…

- Qu'est-ce qui vous fait dire ça ?

- Tout ce que vous nous avez dit est bien évidemment ennuyeux pour la jeune fille, mais ne justifie pas de tenir son frère à l'écart de ces informations.

- Effectivement, j'ai gardé le meilleur pour la fin. Les deux premières gamines, j'ai pu les sauver parce que la transmutation n'était pas terminée. Il m'a fallu du temps pour les désensibiliser, et je vous garantis qu'elles ont souffert un long martyre, mais elles s'en sont sorties. Pour Andjà, en revanche, je pense qu'il est trop tard. Si elle a disparu, c'est que sa transmutation est totale. Et là, franchement, ça pue.

- Vous pouvez être plus explicite ? demande Bab's qui ne sourit plus.

- Je peux. Nous sommes confrontés à une alternative : soit Vlad a déjà mis la gamine dans son lit, soit pas. Dans le second cas, si l'on détruit le vampyre, la gamine redeviendra pleinement humaine, et pourra vivre une vie normale ensuite. Dans le premier cas, en revanche, la fertilité du vampyre étant absolue, elle est enceinte. Pour elle, il n'y a alors plus grand-chose à faire. Si l'on tue son vampyre, en effet, elle retrouvera le rythme de vieillissement normal d'une humaine, mais plus aucun homme ne pourra la toucher sans qu'elle devienne folle. Il faut ajouter qu'elle mettra un monstre au monde, et qu'elle se battra corps et âme pour l'élever."

Le silence retombe, juste égratigné par le sifflement discret du moteur électrique de la Fantômobile. Puis Bab's dit :

" Pourquoi ai-je la nette impression que vous préféreriez la première hypothèse, celle qui prévoit la grossesse de cette enfant ?

- Où allez-vous chercher une idée pareille ? J'aime beaucoup Goran, et… J'aimerais bien lui rendre sa petite sœur, mais je pense qu'il est trop tard, et donc, je me prépare au pire.

- Vous comptez la tuer, n'est-ce pas ?

- Si elle est enceinte ? Oui, sans hésitation. Je détruirai le monstre et sa génitrice. Aucune autre solution ne sera plus humaine pour elle.

- Ni plus intéressante pour vous !

- Que voulez-vous dire ?

- Ne me prenez pas pour une gourde, je vous en prie. Je pense que votre histoire n'existe que dans votre tête, mais je suis certaine que vous y croyez vraiment, et que, par conséquent, il y a une sincérité vraie dans votre récit. Je l'entends à votre manière de raconter. N'oubliez pas que ma spécialité, c'est de me glisser subrepticement dans la tête de mes contemporains. Or, puisque vous croyez à votre histoire, vous êtes persuadée que si vous tuez celui que vous qualifiez de vampyre, vous disparaîtrez en même temps que lui. C'est l'hypothèse deux, celle qui permet de sauver l'encore vierge Andjà, mais qui, dans votre tête, exige votre sacrifice. Tandis que si la jeune fille a été "consommée" par l'homme en question – que ce soit avec ou sans son consentement, c'est et ça reste un détournement de mineure caractérisé –, vous en déduisez qu'il est nécessaire de la tuer, elle, ce qui vous permet de protéger le prétendu vampyre, de sauver votre peau, et de poursuivre votre quête. Le seul problème, ma pauvre enfant, c'est que tout cela n'existe que dans votre tête…"

Je ne sais pas vous, mais moi, je la trouve soudain beaucoup moins sympa, la bobo quadragénaire. Je croise le regard de Jules dans le rétro, et j'y lis qu'il a très clairement compris que je ne vais pas tarder à lâcher les chevaux. J'arrête la voiture sur une entrée de parking. A cette heure avancée, il y a peu de chances qu'on vienne nous emmerder. De coups d'œil et de tête explicites, j'indique au commissaire qu'il est temps de virer son fondement de ma banquette arrière. Il s'extrait à grand peine de son réduit. Comme il contourne la voiture, je baisse ma vitre, et lui demande de ne pas profiter de la situation pour se rincer l'œil. Il retient un petit sourire et s'éloigne. Me voici seule avec la récalcitrante qui me regarde de biais, avec l'air de quelqu'un qui s'apprête à en recevoir une bonne. Elle la mérite, remarquez, mais une fois encore, je me montre bonne fille. Je lui fais le coup du pschittt ! Sauf que là, je suis dans un petit chez-moi et que j'ai envie de m'amuser un peu. Tandis que je suis sous forme vaporeuse, je me glisse sous ses fringues et je chatouille. Bon, pour être très précise, je ne peux, sous cette forme, la chatouiller vraiment, mais je passe sur sa peau comme un courant d'air coquin, insistant sur les parties sensibles. Puis je repasse par ma prise spéciale, et me reconstitue à ses côtés. C'est étonnant, durant tout le temps que je mets à me reloquer, elle ne dit pas un mot. Coite, la Bab's, et moite, aussi, maintenant je le sais mais ça, je ne le dirai à personne. J'ouvre de nouveau ma fenêtre et rappelle le commissaire qui fait le pied de grue à une vingtaine de mètres. Il nous rejoint dans la voiture. Il vient juste de se plier en huit pour pouvoir refermer la portière quand on se met à entendre un drôle de petit bruit. C'est la Miss qui claque des dents. Et voilà ! Ça joue les grandes dames, et ça tombe en état de choc à la moindre contrariété. Du coup, comme on est plus près de chez moi que de chez eux, je les ramène à mon appartement.

Une demi-heure plus tard, Bab's et son chevalier servant sortent de ma salle de bains. Une bonne douche a en effet été nécessaire pour calmer mââme Dreux, et Jules, allez savoir pourquoi, a préféré s'en occuper lui-même. Pendant ce temps-là, que voulez-vous, j'ai tapé dans ma réserve de single malts, lovée en rond sur mon radiateur. Mais puisque mes interlocuteurs sont de nouveau disponibles, nous nous installons dans le salon pour poursuivre notre conseil de guerre. Bab's a changé. Je la trouve beaucoup moins mondaine, tout à coup. Il est certain que le coup a été rude pour sa mise en plis, et que, sans maquillage, au sortir de la douche, elle fait son âge, mais, au-delà de son apparence physique, quelque chose, dans son regard, révèle une fragilité nouvelle. La dame a perdu d'un coup toutes ses certitudes, ce qui laisse un grand vide en elle. De mes trois derniers "convertis", elle est manifestement la plus sévèrement touchée. Il faut dire qu'elle est, de loin, la plus "culturée" des trois, celle dont le bagage universitaire, nourri exclusivement des théories majoritaires, est le plus lourd, et surtout le plus rigide. Créez-y la moindre faille, et le monde s'écroule, sauf à nier la réalité de la faille en question, ce qui est, avouons-le, la méthode de défense la plus usitée de la science officielle. Mais Bab's est trop fine pour prétendre que ma petite démonstration relève de l'illusion, ou d'une hallucination. Et donc, son monde vient de s'écrouler. De mon point de vue, ce n'est pas un mal. Elle s'en remettra, et ça va renforcer l'aura de Jules, et rééquilibrer le partage des pouvoirs dans leur petit couple. Il ne pourra pas prétendre que je ne l'ai pas aidé, celui-là ! Quant à moi, j'ai fait une croix sur le bonhomme. Il est de la race complexe de ceux qui-ne-se-lient-pas-ou-alors-très-tard-mais-c'est-pour-de-bon. Autant dire que je ne le mettrai pas dans mon lit avant deux ans, au bas mot...Mais la question n'est pas à la bagatelle. Maintenant que mon histoire est crue, et partagée, je reviens sur la conclusion de Bab's.

" Vous n'avez pas complètement tort, dans votre analyse des conclusions de l'histoire, Bab's, à sa réalité près. Effectivement, dans le cas où l'union aurait été consommée, si je détruis la femelle et son rejeton, je peux poursuivre ma quête. Je ne vous cache pas que, si j'ai le moindre doute sur la virginité de cette jeune fille, c'est ce que je ferai…

- Vous n'avez pas imaginé qu'Andjà pourrait avoir été déflorée antérieurement à...

- Non ! Vlad s'en serait aperçu aussitôt, et n'aurait pas poursuivi un travail inutile. Non, elle était vierge en quittant son école, ce soir, j'en suis absolument certaine. Et c'est ici que se situe précisément mon dilemme : que faire si nous réussissons à la retrouver avant consommation ? La seule façon de la sauver, c'est de détruire Vlad, et de disparaître en même temps que lui. Je pourrais me contenter de la détruire, elle, afin de reprendre ma chasse comme si de rien n'était, parce que, après tout, cette fille, je ne la connais pas. Je ne sais pas si elle mérite que je me sacrifie pour elle. Mais j'ai trop d'affection pour son frère, et trop d'admiration pour la mission qu'il a assumée seul depuis la mort de son père pour agir ainsi. Donc, si nous la récupérons sans bobo, et que je suis absolument certaine qu'elle est encore intacte, je tuerai Vlad de mes mains, et je m'en irai avec lui. Ma décision est ferme."

Mes deux interlocuteurs hochent la tête pour montrer qu'ils comprennent et soutiennent ma position. Il ne reste rien à dire. Nous nous séparons. J'appelle un taxi qui se chargera de reconduire les tourtereaux chez Bab's, puis, dès qu'ils sont partis, je me convoque à une longue séance de méditation sur mon radiateur, en présence de Basse Tête qui vient de pointer le museau au travers du mur de la cuisine.

Chapitre 29

Mila n'a pas fermé l'œil de la nuit. Elle a revécu à l'identique l'une de ces interminables nuits d'angoisse, durant l'agonie de son mari, à attendre le point du jour comme une minuscule mais nouvelle victoire de la vie sur l'obscurité. Elle s'est levée très tôt, et a préparé le déjeuner des deux enfants comme si la bonne odeur de chocolat chaud pouvait ramener Andjà à la maison. Puis elle a attendu un moment que Goran descende de son antre, mais il n'est pas venu. Alors, malgré la consigne, elle est montée jusqu'à son appartement. Elle a trouvé la porte du palier entrouverte, a appelé, et, en l'absence de réponse ou du moindre bruit, elle est entrée dans l'univers secret de Goran. Un univers absolument propre et rangé, parfaitement organisé, où, dans chaque pièce, trônent les ordinateurs, sous le regard indifférent de grandes bibliothèques garnies de classeurs identiques, rangés par couleurs. Au centre de la pièce principale, l'ancien séjour de l'appartement, elle devine le poste de travail à la présence du grand fauteuil de cuir dont le luxe tapageur tranche avec l'aspect strictement utilitaire du reste du mobilier, y compris le bureau qui lui fait face, simple plateau posé sur une paire de tréteaux de tôle laquée, juste encombré d'un grand écran plat, d'un clavier et d'une souris sans fil. Sans connaître grand-chose à l'informatique, Mila note qu'il manque néanmoins une pièce à l'ensemble. Il n'y a pas là d'unité centrale. Or, à l'exception stricte de ses promenades hygiéniques comme laveur de pare-brise, Goran ne sort jamais sans son ordinateur portable. Mila découvre que la partie basse du grand écran constitue une station de connexion. C'est là que se branche le portable, quand Goran est chez lui. Donc il est parti, cette nuit, sans qu'elle entende le moindre bruit, elle qui pourtant ne dormait pas... Accablée, la vieille femme redescend dans sa loge pour attendre. Elle n'a pas d'autre idée.

La veille au soir, dès le départ du policier et des deux femmes, Goran est immédiatement monté dans son appartement, sans rien lui dire d'autre qu'un rapide bonsoir, comme si un méchant feu léchait ses fesses maigrichonnes. Ce que Mila ne sait pas, c'est qu'à peine juché sur son siège, le garçon a activé un programme sur son ordinateur principal, et que ce programme est entré en communication avec le minuscule émetteur qu'il venait de fixer derrière le revers de la veste de Frénégonde, à l'occasion de cette accolade qui n'était maladroite qu'en apparence. Il a ensuite suivi l'intégralité de la conversation des trois adultes, sans bouger d'autre partie de son corps que ses doigts, qui, à leur habitude, ont vécu leur vie autonome sur le clavier durant tout l'échange. Ils ne se sont arrêtés un court instant que quand le commissaire et la femme qui l'accompagnait ont quitté l'appartement. Pendant ce bref moment, Goran a concentré l'ensemble de ses facultés à réfléchir, à faire le point. Le pauvre petit adolescent souffreteux qui a passé la soirée perché sur sa chaise a bel et bien disparu. A-t-il été autre chose qu'un leurre, d'ailleurs, une manière supplémentaire de se faire oublier ? Il n'a pas de temps à perdre pour le désespoir, il n'a pas le droit de baisser les bras. Il a compris immédiatement toutes les conséquences des informations volées à Frénégonde. Il faut qu'il trouve sa sœur le premier, pour la protéger de ce Vlad, s'il en est encore temps, puis de Frénégonde et de ses amis, si le vampyre a… Mais non, c'est impossible ! Il va sauver Andjà. Il l'a toujours fait. Ses doigts, déjà, ont repris leur infernale valse. Il fouille les ordinateurs de Jules et de Frénégonde en parallèle, à la recherche du moindre indice, tout en explorant les différents sites de réseaux sociaux sur lesquels se confient les camarades de classe d'Andjà. Sur ceux-là, il repère les profils les plus intéressants, et remonte le flux d'informations pour trouver d'où ces enfants se connectent, puis craque les pauvres défenses des ordinateurs ainsi repérés pour continuer sa traque. Ses yeux photographient les différents écrans qui défilent sur son moniteur, et commandent aux doigts de jeter aussitôt tout ce qui est inutile. Ce qui ne l'est pas provoque une nouvelle action digitale, qui génère un nouvel écran… Stop ! Un document partagé entre le flic et la goule, et dont il n'a pas connaissance. C'est une image. Un dessin, un portrait. Le portrait-robot de Vlad qui lui saute au visage en plein écran. Les doigts s'arrêtent. Goran connaît ce type. C'est monsieur Paker, le directeur et propriétaire allemand de l'institut privé haut de gamme où Goran a décidé de scolariser sa sœur, après avoir trouvé un prospectus vantant ses mérites dans la boîte aux lettres de leur nouveau logement, juste après leur installation. Son enquête avait confirmé la qualité de l'établissement. Jamais il n'aurait pu penser que cet homme si apparemment respectable et droit puisse être Vlad. Et pourtant ! L'autre avait laissé un indice. Paker, en allemand, signifie " emballeur ". Moins d'une minute s'est écoulée depuis cette découverte que déjà ses doigts ont repris leur course effrénée sur les touches de plastique. Il a décidé de jouer sa partition en solo. Ou, plus exactement, de garder une longueur d'avance, en utilisant le policier comme roue de secours. Il faut d'abord trouver où se cache le vampyre.

Il lui a fallu plusieurs heures pour éplucher un nombre incalculable de fichiers divers et variés, avant de trouver le petit quelque chose, le grain de sable dans l'engrenage bien huilé de l'organisation de Vlad. Un détail, un truc tout bête. En cherchant à partir de l'institut de formation privé, il a d'abord réussi à identifier l'ordinateur du directeur de l'établissement, qui, toute bête fauve qu'il peut être, vit quand même avec son temps, et qui est donc connecté. Enfin, qui l'était. Depuis la veille au soir, l'ordinateur en question a disparu de la Toile. Goran s'est donc intéressé à l'historique des messages émis et reçus par cette machine. Tous concernaient l'école, son fonctionnement, ses achats, les relations avec les profs, la notation des élèves, leurs dossiers... Tous, sauf un, une confirmation de commande de travaux de plâtrerie à faire dans une maison individuelle dont l'adresse était précisée dans le corps du message. Une seule minuscule erreur, une étourderie, une toute petite facilité que Vlad s'est accordée, sans doute pour gagner du temps, ou parce que son autre ordinateur était momentanément indisponible... Mais Goran ne perd pas une minute à crier victoire. Ses doigts ont saisi l'information et l'on transformée en une série de questions précises. L'adresse permet de situer la maison sur un plan, et même sur une photo satellite, tandis que la consultation du cadastre indique qu'elle est incluse dans une propriété plus vaste, qui se trouve abriter un funérarium avec sa propre chambre d'incinération. Un petit coin du cerveau de Goran salue l'ingéniosité du procédé et comprend pourquoi les victimes du vampyre étaient devenues introuvables. A cinq heures du matin, il a l'ensemble des éléments dont il a besoin, mais il est fatigué. Il a envie de foncer, mais sait qu'il aura besoin de tous ses moyens pour affronter ce type qui doit être pratiquement trois fois plus lourd que lui. Alors, il ferme les yeux, détend ses bras et ses jambes, et s'endort.

Vingt minutes plus tard, ses yeux s'ouvrent de nouveau. Il réfléchit quelques secondes, puis se remet à taper sur son clavier à toute vitesse, sans jamais donner l'impression d'hésiter. Il écrit ainsi un texte assez long, le relit, par acquit de conscience, et l'expédie. Puis il quitte son fauteuil, se rend dans sa chambre où il se change. Il enfile sa tenue élastique noire, qui ne contraint aucun de ses mouvements. Il extrait ensuite de sous son lit une vieille petite valise de mauvais cuir brun dont il sort un pistolet automatique qui paraît énorme dans ses mains si fines. L'engin est inséré dans un holster qu'il enfile, avant de compléter sa tenue d'une veste de survêtement, noire elle aussi. Enfin, sans faire plus de bruit que l'ombre qu'il est devenue, il se glisse dans la rue. Trente-cinq minutes plus tard, il est devant le funérarium qui abrite la prison de sa petite sœur.

A six heures trente tapantes, le réveil de Jules se met à sonner. C'est normal, il est réglé pour ça, et comme c'est une brave bête de réveil, il fait son job. Il se trouve que Jules a du mal à sortir du lit, le matin. La seule solution qu'il ait trouvée pour y parvenir, c'est justement ce réveil, et son environnement. L'engin en question n'a, en effet, rien à voir avec ces machins électroniques qui bipent, vibrent ou chantent sur la table de nuit. Il en a eu, des comme ça, au début, mais pas un n'a résisté plus d'une semaine aux mesures de rétorsion prises à leur encontre pour crime de lèse-sommeil de Jules. Du coup, celui qui n'était alors qu'un jeune inspecteur soucieux de ne pas bousiller sa carrière naissante en arrivant systématiquement en retard et pas rasé au bureau prit le taureau par les cornes. Il récupéra le vieux coucou de son père dans un carton au fond de sa cave, et le donna à réviser chez un horloger de la vieille école. C'était un de ces réveils mécaniques à gros cadran, surmonté d'une paire de cloches semi-sphériques qu'un marteau venait frapper frénétiquement à l'heure prévue. Le bruit produit était déjà conséquent, mais il fallait penser à protéger le souvenir paternel de la vindicte de l'ours au réveil. L'engin fut donc posé à une distance suffisante pour empêcher Jules de le saisir et de le projeter contre un mur. Pour plus de sûreté et d'efficacité, encore, il fut carrément placé dans la pièce à côté, le salon, en l'occurrence, sur la caisse de résonnance du vieux piano droit de sa mère. Dans une assiette creuse de faïence, elle-même pleine de pièces de monnaie. Depuis plus de vingt ans, tous les matins, à six heures trente, Jules réveille ainsi tout son immeuble, ce qui convient finalement assez bien à l'ensemble de ses voisins. Le Parisien ordinaire se lève, en effet, à six heures trente.

A six heures trente tapantes, donc, ledit réveille déclenche son boucan d'enfer. Sauf que, ce matin, qui n'est ni samedi ni dimanche, les deux jours de la semaine ou le levier de commande de la sonnerie situé sur la face arrière de l'engin est soigneusement placé sur "arrêt" - le réveil en question étant effectivement de fabrication française, c'est vous dire s'il est âgé - ce matin donc n'est pas un matin ordinaire, puisque Bab's dort lovée dans les bras de Jules. La veille au soir, en effet, une fois dans le taxi, ils ont préféré finir la nuit chez lui en zappant le chapitre "champagne", la soirée ayant été suffisamment agitée. C'est leur première nuit chez l'homme, leurs précédentes rencontres s'étant toujours terminées dans le vaste loft de la femme, pour différentes raisons toutes plus valables les unes que les autres, comme par exemple la largeur du lit ou la taille de la douche. Mais quelque chose a changé, dans leur relation, la veille au soir, dans le petit restaurant japonais, et ce changement s'exprime jusque dans le choix de l'appartement. Malgré le fait qu'ils ne soient plus des collégiens, et bien que leur aventure ne soit pas nouvelle, ils ont dormi dans les bras l'un de l'autre comme des amoureux tout neufs. Il faut ici préciser que le lit de Jules est beaucoup moins large que celui de Bab's, et que son appartement est également moins chauffé et moins bien isolé que celui de sa compagne, ceci expliquant, en partie, cela. Quoi qu'il en soit, quand la stridente alarme se déclenche, le haut du crâne d'une Bab's complètement prise par surprise par la violence du phénomène vient brutalement heurter le menton de Jules, situé un peu plus haut sur le même oreiller. C'est à moitié groggy que le policier titube jusque dans le salon pour faire taire le vieux réveil de marque "Le Colibri", ce qui est, reconnaissons-le, l'expression d'un humour suranné, mais attendrissant. Quand il revient dans la chambre en se massant le bas du visage, il trouve sa compagne de la nuit assise dans le lit, très sensuellement enroulée dans un drap, mais une expression furibarde sur le visage :

" Jules ! Je ne suis pas contre l'idée d'une évolution dans notre relation vers plus de stabilité, mais la disparition de

305

ce réveil est un préalable indispensable à toute négociation en ce domaine ! "

Le commissaire réfléchit un court instant en faisant jouer sa mandibule pour vérifier que rien n'est brisé dans sa tringlerie masticatoire. Apparemment, il en sera quitte pour un beau bleu. Lentement, la phrase de Bab's pénètre son cerveau encore embrumé, qui finit par entendre la promesse derrière la menace. Une connexion synaptique supplémentaire lui fait ouvrir les yeux en grand et retrouver le sourire :

" C'est d'accord, à condition que tu le remplaces.

- Que je le ???

- Remplace. Tu devras me sortir du lit, tous les matins, samedis et dimanches exceptés.

- Mais je n'ai pas dit que je m'installais…

- Si. Je l'ai très nettement entendu.

- Je ne l'ai pas dit !

- Alors, c'est que je lis dans tes pensées ! "

Elle en reste coite. Jules prend, enfin, le taureau par les cornes.

" D'accord, beau mec, mais on s'installe chez moi. Il y aura moins de bazar à transporter.

- Effectivement. Du moment que je dispose d'un rasoir, d'une brosse à dents, de mon ordinateur et d'une cafetière…

- Ouais, ben justement, tu pourrais nous faire du café pendant que je me douche. Non, Jules, n'y pense même pas ! Ta douche à toi est beaucoup trop petite pour ça ! "

Avec un soupir, Jules prend la direction de sa kitchenette et se lance dans la fabrication d'un jus de chaussette "amélioré", car ce n'est pas tous les jours fête. Tandis que l'eau transforme la poudre brune en liquide odorant, il saute dans ses fringues et descend chercher une baguette fraîche et deux croissants. L'eau coule toujours dans la douche quand il réintègre l'appartement. Il dresse rapidement la table-bar, sort du beurre, un fond de confiture, sert le jus dans deux bols antédiluviens, et attend. L'eau coule encore. Il décide de consulter ses mails. Il ouvre donc son portable, le met sous tension, démarre son gestionnaire de courriels, et tombe aussitôt sur le message expédié une grosse heure plus tôt par Goran, en notant, avec un peu d'étonnement, que Frénégonde n'en est pas destinataire.

Monsieur le commissaire,

Permettez-moi tout d'abord de vous indiquer que votre connexion internet est fliquée. J'ai mis en œuvre un programme de brouillage qui devrait tenir deux ou trois jours, je n'ai pas le temps de faire mieux. A vous de décider ensuite si vous acceptez cette intrusion ou pas. Si vous choisissez de laisser faire, merci de détruire au préalable le présent document.

Même si je n'ai pas apprécié être tenu à l'écart de votre discussion d'hier soir, après votre départ de chez moi, j'en connais les

307

raisons. Elles sont mauvaises, mais compréhensibles. Vous avez, tous les trois, l'impression que je suis un enfant. Pas un enfant ordinaire certes, mais un enfant quand même. C'est une erreur. Toutes les avancées de votre enquête, vous me les devez, mais ça n'a apparemment pas suffi à vous convaincre de me faire confiance. Ce n'est pas grave puisqu'en l'occurrence, cette défiance me sert aujourd'hui. Je ne sais pas comment vous pensiez, mademoiselle Frénégonde et vous-même, retrouver le vampyre et ma petite sœur. Pour dire la vérité, en fait, je sais que vous n'avez pas la moindre idée sur la façon d'y parvenir. Je pense que vous vous êtes couchés dès que vous êtes rentré avec madame Dreux. C'est, en tout cas, ce qu'a fait mademoiselle Frénégonde. Dans un moment où chaque minute compte pour espérer sauver ma sœur, je vous trouve tous les trois inconséquents et inutiles. Je sais, moi, où se cache Vlad.

Je pourrais me contenter de vous donner cette information et de vous laisser agir, mais vous comprendrez qu'après vos échanges d'hier, je n'y suis pas enclin. Vous pourrez, à ce propos, récupérer le micro-espion que j'ai glissé au revers gauche de la veste de mademoiselle Frénégonde en lui disant "au revoir", hier soir. Je n'en aurai plus l'usage. Malgré ses nombreux siècles d'expérience, elle est tellement imbue d'elle-même qu'elle constitue une cible particulièrement aisée même pour un arnaqueur même débutant, ce que je ne suis plus depuis longtemps. Je m'apprête donc à aller récupérer ma sœur seul. Je vais néanmoins vous donner ici un certain nombre d'informations, afin que vous puissiez prendre le relais après mon départ. Je me suis donné, au bas mot, une bonne heure d'avance, ce qui me laisse assez de marge. J'espère que vous découvrirez ce message tôt ce matin, et que vous agirez sans perdre de temps.

Voici, en effet, ce qui va se passer. Je pénètrerai dans la maison de Vlad aux alentours de six heures du matin. Qu'il ait déjà contaminé ma sœur ou non n'est pas important à ce stade de l'histoire. Je vais le tuer. Je dispose, pour ce faire, du pistolet automatique de mon père, et de deux chargeurs complets. Cela devrait suffire. Une fois qu'il sera mort, si j'en crois ce que vous disait mademoiselle Frénégonde hier, je saurai immédiatement s'il a violé ma sœur ou pas. Soit elle redevient la petite fille que je connais, et, pour elle, l'histoire est terminée, soit elle se comporte comme une femelle vampyre. Je me débrouillerai alors pour l'immobiliser. Il vous appartiendra ensuite d'organiser son avortement, puis sa prise en charge dans une clinique psychiatrique pour lui permettre de retrouver ses esprits. Malgré tout ce qu'en a dit mademoiselle Frénégonde, je conserve l'espoir qu'elle mènera une vie acceptable par la suite. Mais pourquoi vous confié-je cette tâche au lieu de m'en charger, vous demandez-vous ? C'est très simple, monsieur le commissaire. J'aime mademoiselle Frénégonde. En tuant Vlad, je la condamne à disparaître. Il m'est impossible de survivre à cette idée. Une fois le vampyre tué, et, le cas échéant, ma sœur neutralisée, je me suiciderai, en espérant retrouver Frénégonde dans le monde des esprits. Voilà pourquoi je me trouve contraint de vous confier l'avenir de ma sœur. Je sais en effet de façon certaine que vous êtes un homme bien.

Je vous salue cordialement,

Goran Krasniqi

Suivent l'adresse du funérarium et le plan d'accès à la maison depuis la boutique.

Jules n'est pas, à proprement parler, un homme d'action. Quand Bab's pénètre dans la cuisine, les cheveux encore humides, il en est à relire le texte pour la troisième fois, le front barré de rides de contrariété. La psychologue retient de justesse le "huuuuum" qu'elle allait libérer pour indiquer qu'elle a perçu, et apprécié, l'odeur des croissants frais. Elle vient se placer debout derrière le commissaire pour lire le texte à son tour, ce qu'elle fait en diagonale sans pourtant perdre le moindre détail important au passage. Puis elle réagit aussitôt :

" Jules, bouge-toi ! Tu fonces à l'adresse indiquée, moi je file chez Frénégonde en espérant qu'il n'est pas trop tard. Que je la trouve ou pas, je te rejoins au funérarium.

A peine a-t-elle fini sa phrase qu'elle est déjà dans l'escalier, en train d'enfiler son manteau, non sans avoir réussi à kidnapper un croissant au passage. Jules compose sur son téléphone le numéro de la brigade, et demande une voiture. En usant du gyrophare, elle sera le moyen le plus rapide de rejoindre le gamin. En attendant son chauffeur, Jules vérifie son arme de service. Elle n'est jamais sortie de son étui qu'au stand d'entraînement, une fois par an. Le commissaire n'est guère adepte de la manière forte. Il préfère résoudre les affaires par déduction, puis laisser la responsabilité de l'assaut à d'autres, mieux armés que lui pour ça. Mais aujourd'hui, la chose paraît malaisée... Il ne pourra guère compter que sur le renfort de son chauffeur, et encore, les explications qu'il aura à lui donner sur le fond de l'affaire l'épuisent déjà.

Quelques minutes plus tard, la sirène bi-ton du véhicule de police annonce son arrivée dans la rue. Jules descend aussitôt et s'engouffre dans la Peugeot banalisée. Le chauffeur est un petit homme trapu, moustachu et taciturne que Jules connaît bien. Tant mieux, l'homme n'est pas bavard. Le commissaire lui donne l'adresse. Le conducteur, d'un signe de tête, indique qu'il situe, et démarre aussitôt sur les chapeaux de roues. Il ne lui faut pas dix minutes pour arriver à proximité du funérarium. Jules lui a demandé de couper le klaxon deux rues avant l'arrivée, car il ne tient pas à trop attirer l'attention avant de savoir à quelle situation il va devoir faire face. Gérer une foule de curieux exigerait des troupes supplémentaires. Il se gare à une cinquantaine de mètres du magasin.

Le funérarium se dresse devant lui. Sans se faire trop d'illusions, Jules pousse la porte de la boutique, qui s'ouvre sans résister, à sa grande surprise. Manifestement, Goran a décidé de lui faciliter le travail. Comme il peut le constater, la serrure a été crochetée, puis rendue inutilisable par injection de colle à prise rapide des deux côtés. En se référant à son plan, le commissaire traverse la salle d'accueil, une chambre funéraire, puis la réserve de cercueils, pratiquement vide, le tout dans une quasi-obscurité. Le policier préfère ne pas tenter d'allumer les plafonniers, et il a stupidement oublié de se munir d'une torche. Il doit se débrouiller à la lumière des réverbères doublée de celle, timide, du jour naissant, qui pénètrent par la vitrine, mais il a beau laisser les portes ouvertes, plus il avance, plus il fait sombre. Il parvient enfin dans le bureau de la comptabilité, dont la porte est également déverrouillée. Là, dans une obscurité presque totale, la périphérie de la porte coulissante droite d'un placard mural se détache nettement, soulignée d'un rai de lumière. Jules la fait glisser pour découvrir qu'une porte blindée béante n'a pas non plus résisté au jeune rom. Derrière cette porte, la scène qui s'offre à lui ne laisse guère de doutes quant à la nécessité de faire intervenir les secours immédiatement. Le commissaire appelle son chauffeur, et se contente, pour l'instant, de demander une ambulance. Puis il s'approche doucement de la jeune fille agenouillée par terre, en pleurs, et qui serre contre elle le buste exsangue de son frère dont le corps est enchevêtré avec celui d'un homme d'âge mûr, lui aussi ensanglanté.

Chapitre 30

Jules a commencé par séparer les corps des deux hommes. Pour Vlad, il n'y a plus rien à faire. Le vampyre stocke la totalité du contenu du chargeur d'un pistolet automatique entre le sternum et le haut du crâne. Son sang couvre l'ensemble de la scène, où il se mélange à celui de Goran. Le gamin, que sa sœur hystérique ne veut pas lâcher, ne souffre que d'une plaie, provoquée par un long poignard de chasse enfoncé dans sa poitrine jusqu'à la garde. Le flic constate que l'hémorragie n'est pas très importante, pour une blessure de cette gravité. Il sait, par expérience, que ce n'est pas bon signe. Le sang s'écoule à l'intérieur du corps, où il va noyer les autres organes. Deux doigts posés sur la carotide du jeune homme ne laissent guère d'espoir. Le pouls est filant, mais, comment faire un massage cardiaque avec l'encombrant coutelas justement fiché à l'endroit même où ses cours de secourisme commandent de poser fermement la paume des deux mains ? Jules se souvient que, lors de son trajet aller, dans la pénombre, il a noté la présence d'un défibrillateur derrière le comptoir, dans la salle d'attente. Les malaises ne doivent pas être rares dans ce genre d'établissement. Il se rue à la recherche du précieux dispositif. En moins d'une minute, il est de retour à côté de Goran. Andjà, tétanisée, le laisse agir désormais. Elle se tient, immobile, à genoux, figée comme une geisha pendant une cérémonie. Jules élargit la déchirure du vêtement, et pose les électrodes autocollantes ainsi que l'indique le très didactique mode d'emploi de la petite valise verte. Une seconde, il se demande si le métal de la lame du couteau ne va pas conduire le courant de manière inappropriée, mais il s'envoie lui-même se faire voir aussitôt en se disant, in-petto, que s'il ne fait rien, le garçon sera mort avant l'arrivée de l'ambulance.

Quand les brancardiers débarquent enfin, il a déjà, par trois fois, choqué le jeune muscle cardiaque martyrisé pour l'obliger à poursuivre son effort, et, trois fois, le cœur est reparti faiblement. Mais le regard que lui lance l'urgentiste, tandis que les infirmiers évacuent la civière, ne lui laisse guère d'espoir.

Andjà voudrait accompagner son frère dans l'ambulance, mais n'a pas assez d'énergie pour s'opposer à Jules quand celui-ci lui indique qu'ils rejoindront Goran directement à l'hôpital, mais qu'il lui faut d'abord répondre à quelques questions. D'une voix monocorde, déconnectée de tout sentiment, où ne perce qu'une grande lassitude, la jeune fille lui fait le récit de la nuit. Elle lui conte une histoire hachée, sans logique, avec de grands pans d'ombre. Elle ne sait plus comment elle est arrivée dans la maison. Devant le cadavre de Vlad, elle reconnaît le directeur de son établissement scolaire, mais elle est incapable de se souvenir ce qu'il fait là. Elle se rappelle voir Goran arriver dans la salle de séjour où le policier les a retrouvés tous les trois, mais ne peut expliquer ce que Vlad et elle y faisaient alors. Elle se souvient que son frère brandissait le pistolet automatique de leur père et en menaçait le directeur d'école. Elle explique qu'alors, l'homme a éclaté de rire, et qu'il s'est moqué de Goran, de sa petite taille et de son aspect chétif. Il a employé le terme "petit singe savant" pour indiquer que le garçon n'avait pas changé, physiquement, depuis son arrivée en

France. Il a continué à parler du passé, avec beaucoup d'énergie, au point de captiver le garçon, qui le menaçait toujours de son arme. Et, tout en racontant à Goran, sans paraître se soucier d'Andjà, comment il avait repéré la petite fille dès leur arrivée en France, comment il avait attiré son père dans un piège qu'il qualifie d'élémentaire pour s'en débarrasser, comment il avait acquis l'école où il était certain que serait scolarisée la fillette, comment il avait, ensuite, joué sur ses sentiments profonds pour lui faire miroiter une vie de paillettes et de strass, et créer une faille entre eux, et comment, pour la "fortifier", il lui a inoculé, presque quotidiennement, le "cocktail de vitamines des top models" fabriqué avec son sang, tout en lui faisant ce récit avec un sourire supérieur et méprisant, il s'est rapproché du garçon jusqu'à le dominer d'une bonne tête. Puis, d'un coup, Andjà a vu jaillir un poignard dans sa main. Il s'est jeté sur Goran qui a alors tiré sur lui pratiquement à bout touchant, vidant le chargeur tandis que les deux hommes roulaient par terre, enchevêtrés… C'était un peu avant l'arrivée du policier.

Une fois le récit terminé, Andjà se met à pleurer sans bruit. Les larmes tracent leur sillon brillant depuis le coin des yeux jusqu'à la commissure de ses très jolies lèvres. C'est vrai qu'elle est belle, cette jeune fille. Jules n'en prend conscience que maintenant, et cette beauté le paralyse quand il faudrait prendre celle qui n'est encore qu'une petite fille dans ses bras pour la réconforter. C'est alors qu'il entend la voix de stentor de son chauffeur aboyer :

" Vous ne pouvez pas entrer ici, mesdames, police ! "

Et, immédiatement, l'organe plus flûté de Frénégonde lui répondre :

" T'es pas équipé pour m'en empêcher, p'tite bite ! "

Un vacarme en provenance du bureau adjacent indique que le policier a essayé d'arrêter la jeune femme, et que cette tentative s'est révélée vaine. Puis, immédiatement, la frimousse blonde d'une Frénégonde manifestement énervée passe la porte blindée, suivie de la physionomie plus amène d'Elisabeth Dreux, et du chauffeur, qui se tient l'entrejambe à deux mains.

" J'ai essayé…

- C'est bon, laissez, je m'en occupe. Retournez garder l'entrée, merci. "

Jules ne tient pas à avoir de témoin pour la suite de la discussion. Il note que Frénégonde tient à la main une feuille imprimée qui ressemble fort à un mail. Un échange de regards avec Bab's lui suffit pour comprendre qu'il s'agit de la lettre d'adieu de Goran. Il se prépare à rapporter aux deux femmes le récit qu'Andjà vient, tant bien que mal, de lui faire, mais Frénégonde l'en empêche, de manière radicale.

Chapitre 31

J'arrive sur les lieux un peu sur les nerfs, je l'avoue. Quel petit con, ce Goran ! Il se prend pour qui à vouloir me faire un enfant dans le dos ? Il se croit assez fort pour jouer sa partition perso ? Eh ben c'est raté, puisque je suis toujours là. Donc Vlad n'est pas mort. Or, si le petit trapu en civil qui garde l'entrée du funérarium n'est pas flic, moi, je suis nonne ! C'est donc qu'il y a quand même eu du grabuge. J'attaque le poulet de front :

" Le commissaire Racine est là ?

- Je… Euh…

- Ça veut dire oui et ça tombe bien, j'ai besoin de le voir."

Avant que le petit bonhomme ait pu comprendre ce qui lui arrive, nous le contournons chacune de son côté, et nous nous engouffrons dans l'enfilade des pièces qui conduit vers le bureau. C'est là que le petit flic tente de me retenir une nouvelle fois :

" Vous ne pouvez pas entrer ici, mesdames, police ! "

Et il m'attrape le bras. Moi, vous commencez à me connaître, j'ai horreur qu'un mec me touche quand il n'y a pas été invité. Je lui réponds poliment que, de mon point de vue, il n'est virilement pas outillé pour m'interdire quelque accès que ce soit, et, afin d'être certaine qu'il m'a bien comprise, je lui balance mon escarpin gauche dans la photocopieuse (ben oui,

317

l'appareil à reproduire, ça s'appelle comme ça !) Du coup, il me lâche. Simple et efficace, non ? Je passe la porte blindée, toujours suivie de Bab's qui s'adapte remarquablement à la situation, si vous voulez mon avis. Là, je tombe sur du grand guignol.

Au sol, étendu dans une mare de sang, gît Vlad l'Emballeur. Je n'ai aucun doute ni sur son identité - c'est quand même le mec que je connais le mieux au monde, depuis treize siècles que je le poursuis - ni sur la tangibilité de son décès. Je ne peux compter le nombre d'impacts, vu la quantité de sang répandue, mais il est évident que mon tortionnaire pèse quelques grammes de plomb de plus qu'hier. Goran n'y est pas allé avec le dos de la cuillère, et le résultat me pose un sacré problème. Juste à côté du cadavre, se tiennent l'asperge et Jules. Elle est couverte d'hémoglobine et paraît complètement absente, se contentant de pleurer sans bruit. Pas de trace de Goran. Avant que le commissaire puisse ouvrir la bouche, je sors mon pétard et le braque sur la gamine. Je suis désolée pour elle, mais il me faut l'éliminer, et tant pis pour la suite.

" Que faites-vous ? "

Jules et Bab's constituent vraiment un vieux couple. Il n'y a qu'eux pour ne pas s'en être rendu compte. Ils ont parlé ensemble d'une même voix. Je leur dois une explication. Sans baisser mon arme, je la leur donne :

" le steak haché, par terre, est bien Vlad, je l'affirme et le confirme. Et il n'est pas besoin d'être légiste pour se rendre compte qu'il est tout ce qu'il y a de plus décédé dans le genre. Jusque-là, vous me suivez ? OK, je poursuis. Je suis une goule, engendrée par ledit Vlad. Donc, je dois forcément disparaître avec lui. Or, je suis toujours là. Vous en déduisez quoi, vous ? "

Un bataillon d'anges a largement le temps de traverser la pièce avant que Bab's ne tente sa chance :

" Je ne connais pas bien le principe de fonctionnement de votre... état, mais de votre côté êtes-vous absolument certaine de l'inéluctabilité de ce processus ? Et de son instantanéité ?

- Absolument.

- Alors, je ne vois pas.

- C'est pourtant simple. C'est une histoire de sang. D'énergie primale. Si je suis toujours là, c'est que le sang de Vlad continue de vivre. Et la seule possibilité, c'est qu'il le fasse à l'abri de l'utérus de cette demoiselle."

Mon doigt se crispe sur la queue de détente de mon petit automatique. Andjà ne réagit pas. Elle se contente de continuer à pleurer sans émettre aucun son, sans tourner la tête, sans chercher à fuir, sans même baisser les yeux. Elle me regarde, sereine et fataliste, et ça, ça ne colle pas avec la virulence que j'attends d'une femelle vampyre... À moins qu'elle ne la joue justement profil bas pour tromper son monde. C'est tordu, ces petites bêtes-là. Jules intervient :

" Attendez un moment, Frénégonde, je voudrais être certain d'avoir bien compris la situation dans tous ses développements possibles. Vous prétendez que si vous êtes toujours là, c'est que Vlad a assuré sa descendance, c'est bien ça ?

- Je ne vois pas d'alternative.

- Qui vous dit qu'il ne l'a pas fait plus tôt ?

- Depuis que je lui cours après, je pense que je m'en serais aperçue.

- Sauf s'il a assuré le coup dans les huit ans que vous avez passés dans le frigo de la boucherie Dulard…

- Possible, mais hautement improbable. Il faut deux à trois ans pour transmuter une gamine, plus une trentaine de mois pour la gestation, ce qui nous fait dans les cinq ans… L'éventuel Vlad junior aurait donc trois ans, et jamais un vampyre n'abandonnerait son rejeton à cet âge-là, surtout pour se reproduire de nouveau.

- Sa progéniture lui a peut-être échappé, aidée par sa mère ?

- Non, la femelle est attachée à son mâle et à l'unité de leur cellule familiale.

- Vous ne pouvez condamner cette jeune fille sur de simples présomptions, et…

- J'étais certaine que vous diriez ça, c'est pourquoi je ne vous demande pas votre avis."

Le ton est monté, sur la fin du dialogue. Nous nous affrontons du regard, tous les deux, tandis que je tiens toujours l'asperge en joue, sans que ça paraisse l'émouvoir. C'est Bab's qui rompt le lourd silence qui règne dans la pièce :

" Andjà, nous ne nous connaissons pas, et je n'ai pas l'habitude de pénétrer l'intimité des gens de manière aussi abrupte, mais tu n'es plus une enfant, et tu te rends bien compte que nous sommes dans une situation tendue. Peux-tu nous dire si l'homme qui gît ici a tenté d'avoir avec toi des relations sexuelles ? "

Le ton que la psychologue a employé me laisse penser qu'elle maîtrise les techniques d'hypnose. La gamine paraît s'extraire d'un mauvais rêve intérieur et la regarde de ses immenses yeux bleus.

" Non, enfin, je ne sais pas. Je ne me rappelle pas être venue ici, ni ce que j'ai fait avant l'arrivée de Goran…

- Justement, quand Goran a pénétré dans la pièce, ça a dû être un choc pour toi non ? Essaye de te souvenir de ce moment précis, et nous remonterons ensuite dans tes souvenirs plus anciens."

La situation a évolué de manière subtile. Bab's s'est rapprochée de la gamine et lui a pris les deux mains. Ce faisant, elle s'est glissée entre ma cible et le canon de mon arme. Je fais un pas de côté afin de conserver mon avantage, mais décide de la laisser manœuvrer. Je me rends compte que, dans le même temps, Racine s'est également déplacé, qu'il a sorti son arme de service, et qu'il me tient en joue. Mais qu'il est con ! Comme si les balles pouvaient m'atteindre ! La gamine, insensible à notre petit jeu, tente de rassembler des souvenirs fuyants comme les rêves au petit matin. Elle finit par secouer la tête, accablée :

" J'ai vraiment l'impression que ce n'est pas loin, mais rien ne me revient, je suis désolée."

Puis, d'un coup, son visage s'éclaire.

" Il y aurait un autre moyen. Si un médecin m'examine et constate que je suis vierge, vous aurez votre réponse, non ? "

Bab's se tourne vers moi, interrogative. Je réponds :

" Évidemment oui, les vampyres n'ont pas trouvé le moyen de féconder leurs femelles par Saint-Esprit interposé.

- Ça fait deux fois que vous utilisez le terme de "vampire" depuis votre arrivée ici. Je peux savoir ce que vous voulez dire par là ? Je vous signale que les vampires n'existent pas."

La gamine me dévisage comme si elle avait affaire à une débile. Je baisse mon arme, et lui réponds :

" Ben si. Tu vois, en haut de ton mètre soixante-quinze est perchée une tête bien faite, certes, mais encore bien vide, en termes d'expérience. Le bonhomme que ton frère a transformé en meule d'emmental est justement un vampyre, et, si tu es ici, c'est qu'il avait l'intention de se fabriquer une descendance en se servant de ton petit corps de nymphe diaphane."

D'accord, j'ai parlé un peu fort, et je reconnais également que je ne ménage pas cette frêle jeune fille qui a toutes les raisons d'être sérieusement traumatisée. C'est vrai, je suis jalouse, et après ? C'est de ma faute, à moi, si les mecs n'ont d'yeux que pour les filles de plus d'un mètre soixante-dix qui s'habillent en trente-quatre ? C'est certainement parce que je suis énervée que je ne me suis pas inquiétée plus tôt de l'absence du gremlin. Il est tellement discret qu'il faut un moment pour se rendre compte qu'il manque à l'appel, celui-là ! Je demande :

" Où est passé Goran ? "

Jules est brutalement intéressé par l'extrémité de ses chaussures, tandis que l'asperge se remet à pleurer sans bruit. Manifestement, ça pue. C'est le commissaire qui, dans un soupir, m'annonce que le garçon est parti à l'hosto dans un sale état. Il raconte comment il a réussi à le maintenir dans un semblant de vie le temps qu'arrivent les secours, mais que le pronostic vital de mon complice rom ne vaut pas un kopeck chez les bookmakers anglais. Je réponds que tant qu'il y a de la vie, il y a de l'espoir, ce qui est d'une banalité affligeante, je le reconnais, mais qui n'en demeure pas moins vrai, et demande au flic de nous ouvrir la route avec sa sirène jusqu'à l'hosto où l'on a conduit Goran. Jules emmène Bab's et Andjà avec lui dans la voiture de la maison poupoule, que je suis au volant de ma Fantômobile.

Arrivés dans la cour de l'établissement, nous nous garons n'importe comment à proximité des urgences, en laissant la surveillance des deux véhicules au chauffeur de la préfecture de police. Je crois qu'il m'en veut encore un peu, le petit râblé. Bah, tant pis, la prochaine fois, il fera plus attention. Tandis que nous marchons vers le hall, j'enjoins Jules d'accompagner Andjà auprès du service de gynécologie, et de demander en urgence un examen pour tentative de viol, afin que nous soyons fixés sur ce point crucial. Bab's opine du chef et décide de les accompagner. Je vais, quant à moi, m'occuper de trouver le gremlin, auprès de qui nous convenons de nous rejoindre.

Il me faut un moment pour obtenir l'attention de la secrétaire du bureau de réception des urgences, qui est évidemment une femme hétéro. Dans tous les autres cas, j'aurais pu faire usage de mon charme, mais là, c'est inutile. Quand, enfin, elle me prête une oreille distraite, ça fait près d'un quart d'heure que je bous. Je lui explique néanmoins très calmement ce que je fais là, suite à quoi elle me demande si je suis de la famille. Je sens que si je réponds négativement à cette question, je vais me faire envoyer aux plumes, moi. Je m'invente donc sœur aînée de Goran et d'Andjà, en précisant que la petite dernière en question me suit de près. La bonne femme replonge dans son ordinateur, pianote, sourise, clique, et m'annonce, avec un sourire qui donne envie de lui coller des taloches :

" Vous pouvez vous asseoir dans la salle d'attente, ma petite demoiselle, le docteur viendra dès que possible pour vous donner des nouvelles de votre frère."

Encore une qui ne me connaît pas ! Je résiste néanmoins à l'envie de lui faire avaler son écran d'ordinateur, et passe donc dans la salle d'attente. Là, j'avise le panneau qui indique où sont les toilettes, et m'enferme dans une des cabines, qui présente l'avantage d'être vaste, équipée d'un lavabo individuel, avec une prise de courant, et d'être séparée de ses congénères chiottes par de vrais murs, et non par des cloisons. Je me déshabille posément, plie soigneusement toute ma petite garde-robe sur le couvercle de la lunette, et change d'état. Puis je me faufile dans la prise de courant à partir de laquelle je me lance dans l'exploration des salles d'opération. Le problème, c'est que, si le réseau électrique est super pratique pour se déplacer partout à une vitesse supersonique, les panneaux indicateurs y sont inconnus. Et je ne suis vraiment pas douée pour les jeux de labyrinthes, moi... sans compter que l'expression "jeter un œil" est ici inappropriée. Je ne vais pas me lancer dans un cours d'anatomie goulique, mais quand je me déplace en suivant les fils électriques, des yeux, je n'en ai plus. Il me faut donc, dans chaque pièce, m'extraire de la prise, me reconstituer sous la forme d'une brume un peu compacte, constater que je me suis plantée, me vaporiser de nouveau, replonger dans la prise... Je mets donc un certain temps à localiser le bon emplacement. Il s'agit d'une salle d'opération comme on en voit dans toutes les bonnes séries médicales à la télé. Quatre personnes habillées et masquées de vert clair s'activent autour de Goran. Il est recouvert d'un drap de papier bleu, qui ne laisse apparaître que son visage équipé d'un masque translucide d'où sortent des tuyaux, et la zone de la blessure. Le moins que l'on puisse dire, c'est qu'elle n'a pas l'air en forme, mon intelligence artificielle. Un moniteur, derrière la table d'opération, trace une lugubre ligne horizontale, vert fluo, sans émettre aucun bip un tant soit peu encourageant. L'un des personnages dit alors :

" dernière tentative, on s'écarte."

Puis il saisit les poignées du défibrillateur. Un sifflement ténu, de plus en plus aigu, se fait entendre puis cesse. Le type pose alors les poignées sur le torse ensanglanté de Goran, et déclenche son mécanisme. Le corps de mon petit pote décolle de la table sous la violence du choc électrique puis retombe, inerte. Les quatre visages se sont tournés vers le moniteur et scrutent, inquiets, le comportement de cette fichue ligne verte, qui reste désespérément plate. Alors, celui des toubibs qui tient encore les poignées annonce :

" Heure du décès sept heures cinquante-trois."

Il s'adresse ensuite directement à Goran.

" Je suis vraiment désolé, mon garçon, j'ai fait le maximum, mais tu ne m'as pas beaucoup aidé. Je n'ai pas le pouvoir d'obliger à vivre les gens qui préfèrent mourir. Bon voyage."

Il repose son appareil, puis demande :

" savez-vous s'il a de la famille sur place ? Il faudrait leur demander, pour le don d'organes. Il est jeune et, mis à part le cœur, il est plutôt en bon état."

Je ne perds pas de temps à attendre la réponse. Moi, j'ai surtout retenu que ce petit con avait une chance de rester vivant, mais que son entêtement lui a fait choisir de partir. Et je me dis que j'ai peut-être encore une chance de le récupérer au passage. Je me résous alors à ce qui me fait le plus horreur : je me projette dans l'entremonde.

Chapitre 32

Comment c'est, l'entremonde ? Ah, ça... Je me doutais bien que je n'éviterais pas la question... Vais-je éluder ? Ce n'est pas l'envie qui manque, mais si vous m'avez suivie jusqu'ici, je me dois de vous répondre. La première chose à comprendre, en ce qui concerne cet univers particulier, c'est qu'il n'a pas de matérialité. Son "aspect" dépend de celui qui s'y trouve. La seconde, c'est que c'est un "non-lieu" malsain, puisque ses squatters sont en rupture de normalité. Je vois que rien de ceci ne vous éclaire. Je reprends. Premièrement, donc, l'entremonde relève du domaine de l'esprit. On n'y rencontre donc pas de corps physiques, mais seulement ce que l'on peut appeler des âmes, à défaut de terme plus approprié. Ces âmes (ouvre-toi) sont forcément des âmes en peine, puisque dans le cas contraire, elles auraient gagné l'étage supérieur, que d'aucuns appellent "paradis". Ne me demandez pas de vous décrire ce stade-là, je n'y ai jamais mis la pointe d'un orteil spirituel, je crois vous l'avoir déjà dit. Le seul truc que j'imagine, mais c'est une pure conjecture, c'est que si l'enfer existe, le tri se fait à l'entrée de l'étage supérieur, et non à la sortie de celui-ci. D'où mon refus d'aller faire un tour là-haut, sans aucune certitude quant aux possibilités de retour. Pour en revenir à notre entremonde, il rassemble donc tous ceux qui, pour une raison quelconque mais néanmoins mauvaise, ont reculé au moment d'entrer dans la lumière. La presque totalité de ces esprits relève de la catégorie "fantômes", qui compte deux sous-espèces : les "errants" et les "hantants". Les errants ont refusé l'étape suivante sans trop savoir pourquoi. Ils trouvent simplement que leur mort est injuste, et ne l'acceptent pas. Du coup, ils errent dans l'entremonde en geignant, ce qui est très chiant, mais à part ça, ils ne font de mal à personne. Les hantants, eux, ont refusé d'entrer dans la lumière parce que quelque chose ou quelqu'un les retient, de leur point de vue. Cette dernière partie de phrase est essentielle, bien entendu. Croire que l'on est indispensable, c'est avant tout commettre un gros péché d'orgueil. On trouve donc là des amoureux qui ne peuvent supporter de quitter l'être aimé, des jaloux qui ne peuvent supporter l'idée que quelqu'un d'autre risque de tripatouiller leur être aimé à eux tout seul, des revanchards qui voudraient faire la peau au responsable de leur mort, comme mon tonton Eudes, des radins qui ne peuvent supporter de laisser leur pognon derrière eux, ou leur voiture, leur maison, leur chien, leur entreprise, leur bateau, leur fauteuil... La liste est interminable. Ceux-là restent en lisière de l'entremonde pour épier l'objet de leur désir, et peuvent, de temps en temps, perturber le quotidien des vivants. Certains sont un peu plus puissants que d'autres, en général dans le cas de très grosses colères, et réussissent alors à déplacer quelques objets, mais ils sont vraiment rares. Pour certains errants, comme pour les hantants, il arrive qu'un jour ils se lassent, et finissent pas monter "au ciel". Pour d'autres, l'errance peut ressembler à une éternité. J'ai, par exemple, croisé ici le fiancé d'une certaine Lucy. Il possède peu de vocabulaire, mais hurle comme un singe en colère dès qu'un paléontologue touche à un os de sa femme. Il a notamment une dent contre un certain Yves Coppens, à l'âme de qui il promet régulièrement de casser la figure. On trouve également des glandouillous qui ont perpétré des attentats suicides, et qui réclament leur quota de vierges. L'entremonde, je vous le déclare, est multiconfessionnel. En dehors des fantômes, il y a les goules, mais nous sommes extrêmement rares, et nous nous rencontrons donc assez peu, surtout moi, vu que j'évite de traîner ici. Il existe également une autre catégorie de présences dans cet étrange espace. Ce sont des visiteurs éphémères, en provenance de l'étage supérieur, qui ne passent que si on les appelle, et s'ils ont envie de passer. Quand on leur pose une question, ils ont tendance à répondre par une autre question, ce qui me laisse penser que le niveau du dessus est géré par des jésuites. Ces êtres-là n'ont pas de nom, pas d'histoire… Ils sont une part indifférenciée de l'humanité passée. Voilà, en gros, ce que l'on trouve dans l'entremonde. Vous aurez compris que l'ambiance y est glauque et lugubre, bien évidemment, sauf pour la toute dernière catégorie d'esprits qu'on peut y croiser, et que l'on appelle les passants. Il s'agit des morts récents, en cours de transfert depuis leur corps physique vers l'étape suivante. Pour eux, l'entremonde est un couloir avec de la lumière au bout, et ils se comportent comme tout bon moustique le ferait, sauf que ça ne fait pas grzzbzzzz quand ils disparaissent. Vous l'avez bien compris, c'est dans ce groupe que je suis venue draguer, avec l'intention de choper mon Goran au passage, de lui dire ce que je pense de sa façon de se conduire, de lui confirmer qu'il a bien fait la peau à Vlad, mais que je suis toujours vivante, et que, par conséquent, il n'a aucune raison de se laisser partir. J'ai, grosso-modo, une paire de minutes de temps terrestre pour agir, même si le temps est une valeur très élastique dans l'entremonde. Il me faut donc faire vite. Je stationne le long du couloir, où je vois débouler tous les morts du monde, les uns après les autres. Eux ne voient que la lumière, et avancent de manière plutôt régulière, ce qui me permet de faire un tri rapide. Je mets quand même un moment à repérer mon gremlin. Il est plaqué à la paroi du couloir qu'il explore du bout des doigts, comme s'il cherchait… une fente, une porte secrète, un passage… Il n'oublie aucun détail, ce gamin ! Il se souvient de mon évocation du placard à balais. Pourtant, c'était loin de constituer l'essentiel du récit que je lui ai fait de mon passage à l'état de goule. En revanche, il a sous-estimé la nécessité d'éprouver un sentiment fort pour réussir à s'extraire du flot des passants ordinaires. Chez lui, il s'agit d'un calcul, et ça, ça ne marche pas. Je le rejoins et lui mets, en pensée, la main sur l'épaule. Il sursaute, en pensée également, je vous l'accorde. Mais je vous garantis que le sursaut d'un esprit, ça se ressent. Bref, il est étonné de me voir, et ne sais sur quel pied danser… Enfin, quel pied... Je me comprends ! Il ne sait pas pourquoi je suis ici, et peut penser que je suis simplement en train de passer de l'autre côté, et que donc je lui en veux, ce que je m'empresse de démentir aussitôt.

" Salut, p'tit gars, ça boume ? Ne t'embête pas à répondre, ce n'était qu'une formule de politesse. Je te livre en express les nouvelles du jour. Premièrement, je te confirme que Vlad est mort, au cas où tu n'aurais pas eu le temps de t'en rendre compte. Le moins que l'on puisse dire, c'est que tu ne l'as pas raté. Aujourd'hui, ce n'est plus Vlad l'Emballeur, mais Vlad l'Emballé ! Lol ! Non ? Bon, laisse tomber. Deuxièmement, je n'ai pas disparu, je suis toujours la même, je me balade à ma guise entre ici et le monde des vivants, par conséquent je ne t'en veux pas, enfin, pas trop, et donc il est inutile de mourir pour me rejoindre, c'est même le contraire qu'il faut faire, vu que je n'ai pas l'intention de perdre mon temps ici. Troisièmement, si je suis toujours là, c'est que le sang de Vlad est toujours actif. Il a donc un gamin ou un embryon quelque part. Je suis persuadée que le petit monstre se développe dans le ventre de ta sœur, qui pourrait par conséquent avoir rapidement besoin de toi, ne serait-ce que pour la protéger de moi, puisque tu sais exactement ce que je pense de cette situation. Quatrièmement, tu es officiellement mort, mais j'ai bien entendu le toubib quand il a dit que tu ne désirais pas vivre. Je pense que les raisons que je viens de te donner te conduiront à changer d'avis, et à faire demi-tour pour redescendre le long de ce couloir et te réveiller sur la table d'opération. On criera au miracle, mais ça ne sera pas la première fois, et si tu ne tardes pas trop, ton cerveau si exceptionnel ne souffrira même pas.

- Non.

- Non quoi ?

- Non je ne retourne pas dans le monde des vivants. D'abord, je ne sais pas comment on fait. J'aimerais qu'on respecte ma mort. J'ai vécu chaque électrochoc comme une intrusion intolérable dans ma vie privée. Je suis mort, un point c'est tout.

- Et l'avenir de ta sœur ?

- J'en ai confié la responsabilité au commissaire Racine. C'est un homme bien. En plus, il ne le sait pas encore, mais il va demander la main de mademoiselle Dreux, qui va accepter. Il y aura donc une spécialiste de psychologie auprès d'Andjà pour l'aider à devenir adulte. Pour elle, c'est beaucoup mieux ainsi. L'attelage que nous avons constitué avec Mamilla a donné tout ce qu'on pouvait attendre de lui, mais il est dépassé aujourd'hui.

- Et Mamilla, justement, tu la jettes ?

- Elle est à l'abri jusqu'à la fin de ses jours. Mon notaire a reçu les instructions nécessaires par mail authentifié la nuit dernière. Et elle aura toujours Andjà auprès d'elle.

- Et le fait que ta sœur porte le rejeton de Vlad, ça te laisse froid ?

- Je suis certain que vous vous trompez sur ce point. Quand je suis arrivé, il essayait de l'embrasser, mais elle ne se laissait pas faire, et elle avait encore ses vêtements. Sa part humaine n'était pas encore détruite, donc je pense qu'elle n'est pas enceinte.

- Le sang de Vlad toujours actif ?

- Ce n'est pas mon problème, sauf que…

- Sauf que ?

- Le seul élément qui pourrait m'inciter à revenir, c'est que vous n'avez pas disparu avec lui, non pas que la cause de ce mystère m'intéresse d'une quelconque façon, mais je pourrais ainsi continuer à vous aimer, même si c'est sans espoir.

- Sans espoir, sans espoir… Faut voir. Tout se discute, mon p'tit gars. Reviens d'abord, et on en reparle.

- Bien essayé, mademoiselle Frénégonde, mais même amoureux de vous, je ne suis pas prêt à prendre vos fariboles pour paroles d'Évangile. D'autant que…

- Haaaaaa que tu m'énerves ! D'autant que quoi ?

- Eh bien, en devenant un être de l'entremonde, je reste à vos côtés beaucoup plus longtemps… Quelque chose comme une éternité, ce qui me laisse infiniment plus de chances de me faire aimer, et ce d'autant que, comme vous, je ne vieillirai plus. J'aurais préféré que mon décès n'arrive que dans quelques années, histoire de présenter un physique plus viril, mais bon, le physique, pour un fantôme…

- Tu veux devenir un fantôme ?

- Quelque chose comme ça, oui. Il me suffit juste de trouver cette fichue porte dont vous m'avez parlé.

- Ça ne marchera pas ! Pour pouvoir refuser d'entrer dans la lumière, il faut éprouver un sentiment très fort, désespéré. Toi, tu livres une analyse froide !

- Vous venez de le dire. Il faut éprouver un sentiment très fort, mais il n'est pas nécessaire de pousser des cris d'orfraie pour le prouver. J'étais prêt à me suicider par amour pour vous. Vlad n'a fait que précipiter la chose. Si ce n'est pas un sentiment fort, ça ! Je suis par conséquent certain de trouver cette issue qui, pour l'instant, me fuit. Et vous ne pouvez rien faire contre.

- Effectivement. Tu me laisses donc la noble tâche d'apprendre à ta sœur et à ta tante que tu as préféré mourir plutôt que de revenir auprès d'elles.

- Vous savez parfaitement que rien ne vous oblige à présenter les choses ainsi. Vous avez même, au contraire, les moyens de faire de moi le héros mort en défendant sa petite sœur, comme son père lui avait demandé de le faire, père que j'ai, de plus, vengé en débarrassant le monde de son assassin. Le tableau est certes dramatique, mais il a une certaine allure, non ? Et pour l'authentifier, il vous suffit de faire disparaître ma lettre d'adieu.

- Et pourquoi je ferais ça ? Pourquoi te rendre service alors que tu fais tout pour m'emmerder ?

- Parce que je vais revenir vous hanter, et que ça peut se passer de façon agréable pour nous deux, ou pas.

- Tu me menaces, maintenant !

- Non, je vous explique quelques éléments de la nature humaine qui paraissent vous échapper. Vous vous laissez toujours emporter par vos sentiments, au détriment de l'analyse.

- Eh ben, elle s'annonce longue, mon éternité !

- Une dernière chose, avant que vous ne retourniez dans le monde des vivants. La nuit dernière, je n'ai pas pensé – il faut croire que j'étais ému – à préciser mes dernières volontés en matière de sépulture : je souhaite être incinéré. Et j'aimerais que, dans la phase ultime, lors de la combustion, vous restiez seule avec moi. D'abord parce que je n'ai pas envie d'imposer ce pénible moment à Andjà ou Mamilla, et puis, surtout, parce que je pense que je pourrais éventuellement avoir besoin d'un soutien à ce moment-là, et je ne voudrais pas que vous passiez pour folle à discuter toute seule. Merci de faire le nécessaire. Et à très bientôt. Tenez, vous voyez, ce ne sera pas long, elle est ici, la porte que je cherchais."

Et voilà mon gremlin qui disparaît dans la paroi. Bon, ben, je n'ai plus qu'à récupérer mes fringues, et à retrouver ma petite bande pour leur donner les dernières nouvelles de Goran. Je cherche déjà mes mots !

Il y a des jours, comme ça, où tout fonctionne de travers. Au moment où je commence à sortir de ma prise électrique, en me demandant ce que je vais raconter, et à qui, je me rends compte que la porte de la cabine est ouverte, et que mes vêtements ont disparu. Un infirmier et un policier en uniforme discutent devant la porte. Il semblerait que cet hôpital soit très à cheval sur la sécurité. Une porte de chiotte qui reste verrouillée plus de dix minutes déclenche une alarme et une intervention de l'équipe de garde, qui soupçonne un malaise. Dans le cas présent, je découvre que la situation a donné naissance à un vrai polar, d'où la présence du flic. On est à la recherche d'une femme qui se serait déguisée en docteur, infirmière ou femme de service pour se promener dans l'établissement. Dans quel but ? Les paris sont ouverts : enlèvement d'enfant, trucidage de belle-mère, attentat terroriste, que sais-je ? Du coup, je suis dans la merde. Si je veux réapparaître, j'ai le choix entre deux solutions amusantes : soit je me balade à poil, et je finis au quartier des fous, soit je passe par la lingerie, où je pique effectivement une tenue de personnel, et je finis en taule… Je replonge dans le réseau électrique. J'ai une idée. Je circule dans différents circuits, à la recherche de la zone de plus grosse consommation électrique de l'hosto : le service de radiologie. On y trouve en général des systèmes de sas par lesquels passent les patients afin de se mettre en petite tenue. Je finis par y arriver mais pas de bol ! Les sas sont munis d'un système sophistiqué de serrures qui empêche de sortir tant que l'opérateur ne le manœuvre pas… A force de traîner dans les gaines techniques, je trouve, par hasard, le vestiaire du personnel. Comment n'y ai-je pas songé plus tôt ! Je vérifie rapidement que la pièce est vide. Toujours sous forme de nuage, j'explore les lieux, et me trouve confrontée à une série de casiers métalliques munis de cadenas hétéroclites. J'en choisis un à combinaison, me glisse à l'intérieur, mémorise la position des cliquets, me rematérialise, ouvre le cadenas, et… Pas de pot, des fringues de mec, et beaucoup trop grandes pour moi. Je recommence mon petit manège en commençant par explorer le contenu des armoires, et je tombe enfin sur des fringues à ma taille. Moches, mais à ma taille. Je m'attife à la hâte et file par les couloirs à la recherche de ma petite bande, qui doit maintenant se trouver auprès du corps de Goran, au service des urgences.

Trois étages et quatre couloirs plus loin, je touche au but quand je perçois un brouhaha suspect devant moi. Je glisse un œil au coin du corridor. C'est plein de policiers et de personnels de l'hosto qui s'agitent autour de Jules, Bab's et Andjà qui se serre, apeurée, contre la psychologue. Un escogriffe en civil apostrophe mon commissaire préféré en brandissant ce qui ressemble à mon téléphone portable. Il tient, par ailleurs, mes vêtements sous l'autre bras. Je tends l'oreille. L'agresseur est inspecteur de police, et voudrait savoir pourquoi le numéro de mobile de Jules est le plus appelé par le téléphone de la mystérieuse personne que tout le monde recherche. Avec un sang-froid indéniable, Jules sort alors tranquillement son portefeuille, en extrait sa carte professionnelle, qu'il donne à lire à l'autre. L'attitude des flics change immédiatement. Puis il explique que la propriétaire de ces fringues est une connaissance complètement siphonnée qu'il accompagnait à l'hôpital pour une visite en psychiatrie, assisté de madame Dreux, psychologue patentée, et de sa nièce (tiens donc !), que la personne en question leur a faussé compagnie, et qu'elle a pour habitude de se promener nue n'importe où, quand une crise lui prend. Il récupère mes fringues, et donne aux autres flics instruction de chercher une jeune femme exhibitionniste se baladant à poil dans l'établissement. Comme il est sympa, il me décrit comme une petite (ben oui, mes fringues sont, sur ce sujet, assez expressives) brune maigrichonne. Du coup, j'attends que toute la volaille ait décollé à la chasse au naturiste pour retrouver mon groupe.

Je me rends compte, en approchant, qu'un médecin se tient légèrement à distance, et que ce quidam ne semble pas concerné par mon histoire. Bien qu'il ait maintenant quitté son masque, je reconnais le toubib qui a essayé de sauver Goran. Le calme revenu, il s'avance vers Jules, Bab's et Andjà. Comme il parle à voix basse, je suis encore trop loin pour entendre ce qu'il leur dit, mais je vois distinctement les épaules de la fillette brutalement secouées par de gros sanglots. Bon, au moins, je n'aurai pas à leur apprendre la chose. Je les rejoins en me faisant la plus discrète possible. Jules me repère le premier, et me fait les gros yeux. Hé, c'est pas de ma faute ! Je ne pouvais pas imaginer qu'on ne peut plus s'isoler en paix dans les hôpitaux ! Comme je ne vais pas faire un esclandre, je récupère mes fringues, et lui glisse à l'oreille de me rejoindre chez moi dès qu'ils se seront recueillis près de la dépouille de Goran, en amenant Andjà avec eux. Et je file aussi discrètement que possible.

Chapitre 33

Plusieurs jours ont passé. Il a fallu un peu de temps et beaucoup de diplomatie à Jules pour réussir à border l'affaire et à en limiter l'impact. Si j'ai bien compris, il a un copain cyberflic qui l'a beaucoup aidé quand il a appris le décès de Goran, officiellement mort en tentant d'arracher sa jeune sœur aux griffes d'un tueur en série. Le commissaire Racine a par ailleurs été très étonné d'être appelé, un matin, par un notaire qui l'informait que le gremlin avait fait de lui son exécuteur testamentaire, et le tuteur d'Andjà, afin de soulager une Mamilla qu'il supposait par anticipation très affectée par sa disparition. Il n'avait pas tort, mais Andjà est très proche de sa tante, et elles affrontent ensemble ce deuil en femmes slaves, fatalistes et réservées. Comme Goran l'avait prévu, Jules a demandé Bab's en mariage, et elle a accepté. Donc je fais une croix sur le bonhomme pour une bonne paire d'années, comme je le craignais.

Après leur sortie de l'hôpital, Jules, Bab's et Andjà sont venus me rejoindre chez moi, comme prévu. Bab's m'a indiqué que l'examen pratiqué sur la jeune fille s'est révélé négatif. Du coup, j'ai estimé qu'Andjà avait le droit de savoir, et je lui ai raconté toute l'histoire, depuis ma rencontre avec Vlad jusqu'au décès de son frère. Elle l'a acceptée avec une déconcertante facilité, sans que j'aie besoin d'apporter une preuve quelconque. J'ai également rapporté à mes trois compagnons mon dernier échange avec Goran, et son choix de devenir un fantôme. La gamine a d'abord cru qu'elle pourrait revoir son frère sous cette forme, mais je l'ai aussitôt découragée. Sauf à avoir des talents de médium, et les vrais médiums sont très rares, il lui faudra s'en remettre à moi pour pouvoir échanger avec lui. J'ai essayé de lui expliquer qu'il valait mieux, pour elle, se préparer à un deuil ordinaire, même si son frère ne l'était pas. Elle a paru désappointée, et a pleuré sans bruit un moment. Nous nous sommes ensuite rendus ensemble chez Mamilla. Après d'émouvantes embrassades entre Andjà et la vieille femme, au comble du bonheur de retrouver sa protégée, Jules s'est chargé de lui apprendre la disparition héroïque de Goran. Pour Mamilla, nous avons convenu d'opter pour la thèse officielle du tueur en série. Elle a beaucoup pleuré, et, c'est con, mais nous aussi, même moi. Oh, je n'ai pas pleuré la disparition du gremlin, puisque je sais que je le reverrai bientôt, mais la tristesse profonde de cette vieille dame. La douleur qu'elle éprouvait à l'idée qu'elle n'avait pas su protéger celui qui s'était confié à ses soins était terriblement poignante. J'ai été à deux doigts de lâcher le morceau, mais j'ai tenu bon. Il lui appartient, à elle aussi, de faire son deuil. C'est ainsi, c'est la vie… Mais je peux vous garantir, avec plus de treize siècles d'expérience, qu'on ne s'habitue jamais à la perte d'un être aimé. Et quand, comme moi, on a horreur de la tristesse, eh bien on apprend à aimer moins pour souffrir moins. Enfin, on essaye.

Nous sommes aujourd'hui réunis au funérarium pour dire un dernier adieu à Goran. La tristesse est encore lourde, même si elle s'exprime maintenant sans bruit. Goran et Andjà ne pratiquant pas, il n'y a pas eu de cérémonie religieuse.

Les pompes funèbres nous ont donc concocté un moment de recueillement à leur manière, sobre et de bon goût. Puis chacun a déposé une rose sur le cercueil, et Jules, Bab's, Andjà et Mamilla sont retournés dans le salon attendre que l'on apporte l'urne, tandis que, pour répondre à l'ultime volonté de Goran, j'accompagne le cercueil vers la chambre de combustion. Je suis seule avec lui quand s'ouvre la porte du four, le préposé m'ayant quittée pour rejoindre son poste de manœuvre. Je ne vous cache pas que je suis un peu inquiète, car l'esprit de Goran ne s'est pas encore manifesté. Je pensais que son côté gremlin ne résisterait pas à l'envie de venir me perturber pendant le temps de recueillement, mais non, rien. Le cercueil avance dans l'étroite ouverture, disparaît tout entier dans le sombre réduit. La porte se referme. Un bruit sourd m'indique que les brûleurs sont entrés en action. On nous a expliqué qu'il faut compter une paire d'heures avant de pouvoir récupérer l'urne, parce qu'il faut attendre que les cendres refroidissent avant de pouvoir les récolter, mais l'incinération elle-même dure moins longtemps. Enfin, on nous a quand même parlé de plus d'une heure. J'ai demandé une chaise, et me suis installée pour attendre que l'esprit de Goran se manifeste. Au bout d'une heure, je n'ai toujours aucune nouvelle. Alors, je m'approche de la porte du four, et je pose la main dessus. C'est interdit, bien entendu, car même si elle est bien isolée, la chaleur est sensible, mais il n'y a personne dans la pièce pour m'empêcher de le faire. Je me recharge lentement en profitant de cette énergie douce et pleine de sentiments. Les brûleurs se taisent. Le silence devient très profond, et accompagne ma méditation. J'ai fermé les yeux, et je m'ouvre au monde qui m'entoure, comme je le fais quand je niche sur mon radiateur. Une paix infinie m'envahit. J'absorbe l'idée, l'essence de Goran qui, fantôme à venir ou pas, fait pour toujours maintenant partie de moi. Je sens le moindre frémissement de l'air dans la pièce, le subtil déplacement d'un rideau, le léger flux de ventilation qui glisse sous la porte d'entrée, les petits grattouillis derrière la trappe du four... Les quoi ? Qu'est-ce que... Je reviens brutalement sur terre. Mes sens ne me trompent pas. Je sens effectivement que quelque chose frotte contre la porte de l'incinérateur. Je vais voir l'opérateur dans la cabine voisine, car je suppose qu'il dispose d'un hublot pour surveiller l'intérieur de l'engin. Pas de bol, le monsieur a quitté son poste. Je suppose qu'il est également le préposé à la mise en urne, ceci explique cela. Par ailleurs, je ne vois pas le hublot espéré. En revanche, il y a, au milieu du pupitre de commandes, un gros bouton marqué "porte four n°1 – Ouverture d'urgence". Je manipule le machin : un coup à gauche, ça bloque ; un coup à droite, ça tourne, puis ça fait "clac". Je jette un œil dans la salle. Le sas d'accès au four est entrouvert. Je reviens sur mes pas pour en avoir le cœur net, et, alors que j'approche, la petite porte coulissante glisse en grand vers le haut et un type assez baraqué s'en extirpe avec un peu de difficulté. Il faut dire que le passage est conçu pour un cercueil posé sur un tapis roulant, avec une pente qui mène vers le four. L'énergumène prend donc le chemin à l'envers. Il me présente un dos large et musculeux, à la peau bronzée. Ah, oui, je ne l'ai pas précisé, mais le mec est torse nu. En fait, comme je le découvre la minute d'après, quand il finit de s'extraire, il est même complètement à poil. C'est un gaillard d'un bon mètre quatre-vingt-cinq, pour quatre-vingt kilos de barbaque sans lard, bâti en Adonis de salle de sport. Il finit par se retourner, la main en paravent devant le service trois pièces, et me sourit. J'ai l'impression que je connais ce mec… Putain ! Goran ! Mais, mais, mais…

" Surprise !"

Là, les enfants, j'en perds mon latin, mon grec ancien, mon français, et toutes les autres langues que je baragouine plus ou moins correctement. L'autre rigole en voyant ma tronche. Puis il se dirige tranquillement vers une table qui sert à recevoir les fleurs et ornements non destinés à l'incinération, s'empare de la nappe mauve qui la couvre et s'en confectionne un pagne assez mimi. Après quoi il attend, goguenard, que je pose une question. Ce que je fais, dès que j'ai repris mon souffle :

" C'est bien toi, Goran ?

- Oui, mademoiselle Frénégonde, c'est moi.

- Tu me parais bien matériel, pour un fantôme.

- C'est sans doute que je n'en suis pas un.

- Ressuscité d'entre les morts ? Si c'est le cas, tu as quarante-huit heures de retard…

- Non, non, non, pas ressuscité non plus.

- Alors quoi ?

- Cherchez un peu, sinon, ce n'est pas drôle.

- Mais ce n'est pas drôle ! Et que fais-tu dans ce corps qui n'est même pas le tien ?

- Ah, pardon, mais je m'inscris en faux. Ce corps, quelle que soit sa nature, est bien le mien.

- Je n'y comprends rien.

- Allez quoi, réfléchissez ! Ce n'est quand même pas sorcier ! Bon, je vous aide : par qui ai-je été tué ?

- Par Vlad, mais…

- Eh oui, par Vlad le vampyre, qui est lui-même venu mourir contre moi tandis qu'il m'embrochait…

- Et alors ?

- Et alors, il m'a éclaboussé de son sang, tandis que je n'étais pas encore mort, et là, dans ce que je pensais être mon dernier souffle, et qui l'eût été sans l'intervention du commissaire, j'ai été pris d'une inspiration subite, et j'ai avalé toute l'hémoglobine de vampyre qui m'était accessible… Les minutes de vie supplémentaire offertes par l'acharnement de ce cher Jules puis par les médecins ont fait le reste.

- Donc tu es mort assassiné par un vampyre après avoir bu son sang.

- Eh oui.

- Donc tu es une goule, comme moi.

- Eh oui.

- Arrête de dire "eh oui" avec cet air de crétin satisfait, tu m'énerves. Tout ça n'explique pas ce physique d'Apollon !

- Oh, ça… C'est simple en fait, plus vous récupérez d'énergie, plus votre capacité de transformation augmente.

Avec ce que j'ai pris dans ce four, je pouvais vous faire Hulk, ou King-Kong.

- Mais pourquoi diable ça ne me le fait pas, à moi ?

- Sans doute parce que vous n'avez jamais essayé. Je pense, sans vouloir vous offenser, que vous manquez d'imagination."

Tiens, ma fille, prends ça dans ta petite gueule de blonde, pas besoin de l'emballer, c'est pour déguster tout de suite. Ce morveux à cinq minutes d'existence en tant que goule et il en sait déjà plus que moi. Il m'énerve, il m'énerve...

" Dis donc, monsieur Je-sais-tout, t'aurais pas pu te fabriquer des fringues, tant que tu y étais ?

- Non, hélas, non. J'ai bien essayé, mais on ne se reconstitue que sous la forme d'une unité. Je pense que si je choisissais un animal, je réussirais à faire pousser une fourrure, mais là…

- Bon, ne bouge pas, je vais voir ce que je peux faire."

C'est vrai, quoi, il faut bien que quelqu'un prenne des initiatives.

Je retourne vers le salon d'attente. Depuis, l'entrée, je fais signe à Jules de me rejoindre, puis referme la porte derrière lui, laissant les trois femmes seules. Bab's a bien posé une question du regard, mais j'ai fait celle qui ne la voyait pas. Je suis un peu prise de court, là, il me faut un peu de temps pour réfléchir…

" Jules, s'il vous plaît, pourriez-vous avoir la gentillesse de filer au grand magasin qui fait le coin de la rue pour acheter un jean, un sweat-shirt, des sous-vêtements et une paire de baskets pour un garçon ? Vous prenez tout ça en taille 14 ans, et en pointure 39, et, pour l'instant, vous ne me posez pas de question. Merci beaucoup."

Jules est un homme foncièrement pragmatique. Il sait que s'il s'exécute sans retard, il bénéficiera plus vite d'une explication complète que s'il commence à m'interroger. C'est ça qui est bien avec lui. Du coup, il quitte le funérarium sans attendre et va accomplir sa mission.

Quant à moi, je reviens vers mon gremlin. Va falloir que je lui trouve un autre surnom s'il décide de conserver ce physique avantageux. Notez que je n'y suis pas fondamentalement opposée. Je suis bien évidemment horriblement vexée qu'il ait découvert ce truc avant moi, mais après tout, il fait ce qu'il veut, je ne suis pas sa mère. Sauf que, pour cette fois, il va falloir qu'il désenfle un peu pour rentrer dans les fringues que Jules va rapporter. Faut pas trop me gonfler non plus, il serait dommage qu'il l'oublie ! Je le rejoins dans la salle de crémation. Il est assis sur ma chaise, plutôt cool, la tête rejetée en arrière, les yeux clos. Quand je me souviens comment j'ai paniqué, moi ! Il faut quand même avouer que je lui ai pas mal mâché le travail. Il débarque avec une partie non négligeable de mes siècles d'expérience. Le premier choc passé, je commence à mesurer tous les aspects positifs de cette nouvelle situation. Andjà va être aux anges, et donc mériter son prénom. Pour Mamilla, va falloir la préparer au choc, en amont, sinon, c'est elle qui pourrait lâcher la rampe, car elle n'a pas été épargnée ces derniers temps. Mais bon, ça ne présente pas de difficulté insurmontable, et j'imagine qu'ensuite, elle sera heureuse, elle aussi. Quant à moi… Je vais pouvoir compter sur un allié pour résoudre le mystère qui continue à me turlupiner - pourquoi n'ai-je pas disparu ? – et plus si affinités. C'est qu'il n'est pas laid, le bougre, avec son physique d'acteur américain. Y a-t-il des aspects négatifs ? Dans l'immédiat, je n'en vois pas. Il faudra bien sûr que Goran apprenne à regarder les autres vieillir, mais on a un peu de temps pour l'y préparer. Le bellâtre ouvre les yeux, tourne la tête et me regarde en souriant d'un air blasé. Mouais. Je sens quand même que ça ne sera pas facile tous les jours. Il serait en train de changer de méthode de drague que ça ne m'étonnerait pas, et, pour tout dire, je préférais l'ancienne. Je m'approche de lui. Il va pour se lever, mais je lui pose fermement la main sur l'épaule afin qu'il reste le cul sur la chaise, ce qui me maintient dans une position dominante. Je sais que le jeune homme pratique assez mal la communication non verbale, et j'ai bien l'intention d'en profiter, le temps qu'il apprenne.

" J'ai expédié Jules t'acheter de quoi sortir d'ici discrètement. Tu étais doué pour l'invisibilité jusqu'à présent, va falloir continuer. Voici ce que nous allons faire. Dès le retour de Jules, tu t'habilles et tu files par la porte de service jusqu'à chez moi, où tu nous attends. Je trouverai un prétexte pour amener tout le monde là-bas, et je les préparerai en chemin.

- Pourquoi attendre ?

- Tu le fais exprès ? Nous sommes entrés à cinq dans ce funérarium, on en repart à cinq, et sans faire de bruit. Nous sommes en deuil, je te rappelle. Tu crois que ça ferait quel effet au personnel de retrouver son macchabée en train d'embrasser sa petite sœur ?

- Oui, vous avez raison, bien entendu, mais je suis si impatient…

- Eh ben au moins, le passage dans l'au-delà t'aura un peu décoincé ! Voilà que tu exprimes des sentiments, maintenant, que tu t'agites…

- Vous avez raison, ça n'arrivera plus.

- Mais au contraire, bonhomme, au contraire, faut que ça arrive encore, mais au bon endroit et au bon moment. Tiens j'entends Jules qui arrive, planque-toi dans la cabine de l'opérateur."

Quand mon flicounet entre avec son sac de grand magasin, je suis sagement assise sur ma chaise. Il me tend le paquet et le ticket de caisse. Je prends le tout sans un mot, avec juste un petit clin d'œil. Il hausse les sourcils, va pour poser une question, referme la bouche et ressort. Je rejoins Goran dans la cabine, lui passe le tout, et attends qu'il se change, mais lui, manifestement, préfère que je sorte. Tant pis. Je le laisse donc. Il me rejoint deux minutes plus tard, l'air fâché d'avoir dû retrouver son physique de crevette. Je me sens obligée de lui préciser les règles du jeu.

" De la discrétion, Goran, de la discrétion…"

Puis je lui ouvre la porte qui donne sur la zone de stockage des cercueils, d'où il pourra filer à l'anglaise. Il disparaît. Je vais alors rejoindre les autres pour attendre l'urne.

Un petit quart d'heure plus tard, le directeur de l'établissement nous retrouve dans le salon d'attente. Il tient d'une main l'urne choisie par Andjà, dont les yeux rougis brillent déjà, et de l'autre se gratte la tête. Il a l'air passablement ennuyé. Comme Jules est le seul homme dans la salle, et que ce brave croque-mort est le fruit d'une culture judéo-chrétienne machiste, c'est à lui qu'il s'adresse :

" Savez-vous si le défunt souffrait d'une quelconque maladie des os ? "

Jules, interdit, bredouille, puis se tourne vers Andjà qui, tout aussi abasourdie, ne peut qu'écarquiller les yeux.

" C'est ennuyeux. Je m'explique. Je suis désolé d'avoir à évoquer la chose, en règle générale, nous évitons d'entrer dans les détails techniques lors de la cérémonie, mais… Enfin… Voilà : en fin de crémation, nous récoltons ce qu'il est de tradition d'appeler "les cendres" que nous mettons dans l'urne choisie par la famille à cet effet. Ce terme de "cendres" est tout à fait impropre, car il s'agit, en fait, des résidus calcaires résultant de la combustion des os. Ces éléments, qui se présentent sous la forme de fragments plus ou moins importants, sont ensuite pulvérisés ainsi que la loi française nous y contraint. C'est le résultat de cette pulvérisation que nous plaçons ensuite dans l'urne. Quand la crémation concerne de très jeunes enfants de moins d'un an, nous trouvons très peu de fragments, la calcification osseuse étant à peine entamée. Il en est de même, dans certains cas, pour les corps de dames très âgées, souffrant d'une ostéoporose avancée, mais quand il s'agit d'un adolescent ou d'un adulte en bonne santé, les résidus sont normalement importants. Or là, nous n'avons rien trouvé. À croire que le corps s'est désintégré, ou que le cercueil était vide... C'est la première fois de ma vie que je vois ça, je ne sais que dire."

Vous imaginez bien que je ne vais pas expliquer le pourquoi du comment à ce type que je ne reverrai jamais. Ce n'est pas non plus ni le lieu ni l'heure d'évoquer la chose avec mes compagnons. Puisque personne ne bouge, il m'appartient de prendre l'initiative, une fois encore. J'attrape l'urne dans la main du bonhomme :

" Eh bien, ne dites rien, et nous resterons discrets de notre côté. Mais faites réviser votre machine, mon vieux. À mon avis, elle doit chauffer trop fort, il n'y a pas d'autre explication, sauf à imaginer que le défunt ne l'était pas et qu'il s'est échappé de son cercueil scellé enfermé dans un four lui-même fermé. Goran était un type génial, je vous l'accorde, mais c'était quand même pas Houdini. Je vous souhaite le bonjour."

Je pousse tout mon petit monde abasourdi sur le parking où nous récupérons ma voiture. Une fois les portes closes, les questions fusent de trois bouches en même temps - et pourquoi-ci ? Et pourquoi-ça ? Et qu'est-ce que ça veut dire ? Et patati, et patalère... J'attends sans mot dire que le silence revienne, et puis je leur explique. Comment voulez-vous faire autrement ?

FIN du tome I

2ème version, terminée à Locronan le 02/08/2020

Printed in Great Britain
by Amazon

81255515R00203